KLAUS BRABÄNDER

Bienenstich

EDITION SCHAUMBERG

1. Auflage © Dezember 2020

Edition Schaumberg

Brunnenstraße 15, 66646 Marpingen

Telefon 06853502380

E-Mail: info@edition-schaumberg.de

Verlagsinformationen im Internet unter www.edition-schaumberg.de

Gestaltung, Satz: Thomas Störmer

Schrift: Janson Text

Druck: bookpress.eu

ISBN 978-3-941095-72-4

1

Die Gestalt, die kurz nach Mitternacht über den Friedhof schleicht, bewegt sich langsam auf den Ort zu, den er für diese Nacht als Ziel ausgewählt hat.
Zwei Tage lang hat der Mann das Terrain ausgekundschaftet, er kennt die Stellen, wo das Wurzelwerk der mächtigen Bäume zu Stolperfallen werden konnten, weiß um die Bereiche, in denen der Friedhofsweg in einem katastrophalen Zustand ist und hat den Verlauf des Weges genau im Kopf abgespeichert.
Die Taschenlampe wird er erst an Ort und Stelle einschalten und das nur kurz, um sicher zu sein, dass er den richtigen Namen erwischt hat.
Der Mann nimmt sich Zeit, muss sie sich nehmen, weil es schneller ohnehin nicht geht, trotz seiner Ortskenntnisse. Eine Stunde hat er eingeplant, inklusive Abtransport. Bedächtig, jeden Schritt vorsichtig auf das abschüssige Gelände setzend, nähert sich der Mann seinem Ziel.
Endlich ist die Pflasterfläche erreicht, die Wand zeichnet sich schemenhaft gegen den sternenklaren Nachthimmel ab. Der Mann schaltet die Taschenlampe ein und lässt den Lichtschein kurz über die Wand gleiten, bis der gesuchte Name auftaucht.
Was nun folgt, tut er nicht zum ersten Mal. Das Werkzeug in seiner Jackentasche ist genau für diesen Typ der Verschlussplatte angefertigt. Es gibt Dutzende von Systemen, allesamt angeblich total sicher und für Unbefugte nicht zu öffnen, aber für einen Handwerker ist das kein Problem. Sich die Werkzeuge zu besorgen oder notfalls selbst anzufertigen, war ein Kinderspiel gewesen. Zu Hause in seinem Werkraum hat der Mann eine ganze Auswahl dieser Werkzeuge, jedes passt auf einen

anderen Verschlusstyp und doch sind Sie im Prinzip alle gleich. Die Hilfsmittel, die er hier und heute braucht, hat er nach einem Sondierungsbesuch vor einigen Tagen ausgewählt und jetzt in seiner Jackentasche verstaut.

Vor Jahren hatte es dieses Problem noch nicht gegeben, da waren Hacke und Schaufel gefragt, aber seit es die Wände gibt, braucht man dieses Spezialwerkzeug.

Vier Schrauben nacheinander lösen, oben rechts, unten links, unten rechts und dann die letzte. Danach gegen die Platte drücken, oben mit dem Zieher in den Spalt und der Verschlussdeckel löst sich. Das Teil ist nicht größer als eine Terrassenfliese und wiegt nur wenige Kilogramm; leicht herauszuheben und wieder einzusetzen, sobald der Inhalt aus der Kammer geborgen ist.

Der Mann greift in die Kammer und zieht den Inhalt heraus. Er stellt ihn seitlich auf den Boden, setzt die Platte wieder ein und befestigt die vier Schrauben. Nach getaner Arbeit schaltet er die Lampe kurz ein und überprüft den Sitz der Platte. Passt! Niemand wird etwas bemerken. Das Werkzeug verschwindet in der Jackentasche, der Mann säubert seine Hände an den Hosenbeinen.

»So, Hennes«, sagt er leise zu Boden gerichtet. »Gehen wir!«

Auf dem gleichen Weg, den er gekommen ist und genau so vorsichtig, schleicht die dunkle Gestalt davon, erreicht nach einiger Zeit den Zaun und stellt seine Beute vorsichtig auf einem Mauerfeiler ab. Die Trittleiter liegt noch immer dort, wo er sie vor kurzem abgelegt hat, das Seil mit dem Haken liegt daneben. Langsam und vorsichtig steigt der Mann die Leiter empor, sitzt schließlich auf der Mauerkrone, wuchtet die Leiter auf die andere Seite und macht sich an den Abstieg. Zum Schluss zieht er seine Beute von der Mauer und küsst sie.

»Jetzt geht's nach Hause, Hennes«, flüstert er.

Wenig später fährt ein Kombi vom Parkplatz des Friedhofs. Die Scheinwerfer werden erst eingeschaltet, als der Wagen die Zufahrtsstraße erreicht hat.

2

Der Sturm wütete die ganze Nacht, die Feuerwehr war pausenlos im Einsatz, und auch der Bauhof hatte rund um die Uhr zu tun, um verstopfte Regeneinläufe frei zu bekommen, abgerissene Äste und umherfliegende Plakate und Mülleimer von den Straßen zu räumen.

Die orkanartigen Böen wurden von sintflutartigen Regenfällen begleitet, das halbe Unterdorf stand unter Wasser. In den Hochlagen wurden Dächer abgedeckt und Gartenlauben davon geweht.

Noch in der Nacht wurde ein Krisenstab gebildet, Notfallpläne wurden abgerufen und Informationsketten aufgebaut. Die Einsatzkräfte schufteten bis zur Erschöpfung, konnten Schlimmeres verhindern, waren jedoch machtlos gegen dieses Unwetter, dem stärksten seit Jahrzehnten.

Als sich die Lage um sechs Uhr morgens etwas beruhigt und die Sonne herauskommt, ist das Ausmaß der Verwüstungen erst richtig zu sehen. Die Mitarbeiter des Bauhofes werden trotz ihrer Erschöpfung in Zweiergruppen aufgeteilt, um die Straßenzüge zu inspizieren und eine Schadensaufnahme vorzunehmen.

Kollegen vom Ordnungsamt suchen den Bürgerkontakt, um herauszufinden, wo die Hilfe am dringlichsten ist, die Feuerwehr pumpt weiterhin Keller leer, das Bauamt versucht, die Gebäudeschäden zu beziffern und Notmaßnahmen einzuleiten, und das Grünflächenamt ist unterwegs, um zu überprüfen, ob es Gefahrenstellen durch umgestürzte Bäume und Astbruch gibt.

Vinzenz Reinheimer hat die Aufgabe, dem Friedhofsamt zu melden, ob Schäden an Gräbern oder der Einsegnungshalle entstanden sind. Vinzenz ist müde und dementsprechend wenig motiviert.

Er hat die Nacht zwar ohne dienstlichen Einsatzbefehl zu Hause verbracht, was allerdings nicht heißt, dass er untätig gewesen ist.

Sein Nachbar Edgar und er haben sich in Edgars Kellerbar die Kanne gegeben und gemeinsam betrauert, dass Edgars Frau nun wohl endlich das Weite gesucht hat. Es war zwar nicht das erste Mal, dass Jennifer abgehauen ist, aber Edgar war der Überzeugung, dass sie dieses Mal nicht zurückkommen würde. Vinzenz hat von solchen Dingen zwar keine Ahnung, weil er mit Frauen eigentlich nichts am Hut hat und auch sonst gegen zwischenmenschliche Beziehungen ziemlich immun ist, aber da Edgar sein einziger Kumpel ist und zudem einen hervorragenden Selbstgebrannten im Keller hat, war die Zeremonie des mitleidigen Tröstens und des allgemeinen Bejammerns dann doch intensiver und länger geworden. Bereits vor dem Ausbruch des Unwetters waren die beiden derart sturzbesoffen, dass sie im Keller gar nicht mitbekamen, was draußen los war. Erst als Vinzenz am Morgen auf dem Sofa aufwachte, hatte er beim Blick aus dem Fenster festgestellt, dass irgendwas passiert sein musste. Aus Angst, seinen Job zu verlieren, war er bereits eine Viertelstunde vor Dienstbeginn auf der Arbeit erschienen und stellte schon bei seiner Anfahrt fest, was das schwere Unwetter angerichtet hatte.

Vinzenz Reinheimer verschafft sich zunächst einen Überblick. Die Einsegnungshalle ist anscheinend intakt, aber überall liegen abgebrochene Äste herum, der ganze Parkplatz ist übersät. Mit Flatterband sperrt er die Zufahrt, hier muss erst aufgeräumt werden; alleine würde er das allerdings nicht schaffen. Außerdem hat der Chef lediglich etwas von Schadensfeststellung gesagt, von Aufräumen war keine Rede.

Auf dem Friedhof selbst sieht es ziemlich übel aus. Blumengestecke, Kränze von frischen Gräbern und jede Menge Astwerk

liegen kreuz und quer über die Grabreihen verteilt. Die Grabsteine sind von Erde verdreckt, die Mülltonnen hat es umgeweht, ihr Inhalt ist über die ganze Fläche verbreitet.
»Ach du Scheiße«, entfährt es Vinzenz. »Das wird eine Menge Arbeit.«
Unten am Hang sieht es noch schlimmer aus. Dicke Äste der uralten Eichen sind abgebrochen, Sturzbäche des Regens haben den Weg ausgespült, einige Grabeinfassungen hängen schräg und drohen zu kippen.
Vinzenz schlendert den Weg hinab und schaut sich um. Die Schäden sind enorm! In Richtung der Urnenwand entdeckt er den Friedhofsgärtner, der kopfschüttelnd, die Arme in die Hüfte gestemmt, dasteht und flucht.
»Schau dir diese Scheiße an!«, ruft er, als er Vinzenz erblickt. »Eine Katastrophe! Wer soll das alles reparieren?«
»Henry, das schaffst du nie und nimmer vor deiner Pensionierung!«
»Idiot, ich muss noch fünf Jahre!«
»Trotzdem!«
»Schau dir die Urnenwand an! Die rechte Seite ist komplett hinüber.«
Ein dicker Ast einer Kastanie, die viele Meter weit entfernt steht, ist abgebrochen und von der Gewalt des Sturmes gegen die Urnenwand geschleudert worden. Dort hat das Holz den oberen Teil der Wand abrasiert und die gesamte Stele in Schieflage gebracht. Von vier Kammern fehlen die Abdeckplatten.
»Die kannst du wegwerfen!«, meint Vinzenz.
»Schlaumeier«, entgegnete Henry. »Bauschutt oder was? Hilf mir, wir müssen wenigstens die Urnen in Sicherheit bringen, bevor die Angehörigen Rabatz schlagen. Die Urnen und die zugehörigen Abdeckplatten legen wir in den Keller der Einsegnungshalle. Hoffentlich sind die noch heil, sonst laufen die Amok.«
»Wer?«, fragt Vinzenz treuherzig.

»Die Angehörigen, du Depp; wer sonst? Stell dir vor, es hat die Asche übers Land geweht, dann hängen die mich am nächsten Baum auf.«
»Hoffentlich hält der Ast«, kichert Vinzenz.
»Du bist so ein Arsch!«, kontert Henry. »Los, komm jetzt!«
»Ohne Schubkarre? Die Dinger sind bestimmt sauschwer.«
»Wo willst du denn bei dem Chaos mit ’ner Schubkarre durch? Wir tragen sie einzeln, das geht schon.«
Die beiden Arbeiter schaffen die Trümmerteile beiseite und bahnen sich einen Weg zur Urnenwand. Aus der Nähe betrachtet ist das Chaos noch größer. Die Wand ist über die gesamte Breite beschädigt, aber am schlimmsten hat es die rechte Stele getroffen. Von den acht Urnengräbern fehlen vier Platten, die Kammern sind offen und die Urnen hängen schräg in den Hohlräumen.
»Äh, Henry«, ruft Vinzenz aufgeregt. »Da fehlt eine.«
»Wo fehlt was?«
»Eine Kammer ist leer.«
Vinzenz unterbricht seine Aufräumarbeit und eilt herbei.
»Tatsächlich! Scheiße! Die muss hier irgendwo rumliegen.«
Die Männer suchen das Umfeld der Urnenwand akribisch ab, finden allerdings keine Urne.
»Vielleicht ist sie den Hang runtergekullert«, spekuliert Henry.
Sie suchen und suchen, aber die Urne bleibt verschwunden.
»Scheiße«, flucht Henry. »Das gibt Ärger.«
»Weißt du, welche Platte zu welcher Urne gehört?«
»Da stehen zwar die Namen drauf, aber zwei Platten sind zertrümmert. Die auf dem Amt sollen das klären, das ist nicht unser Bier.«
»Das wird eine mühselige Schlepperei!«
»Stimmt, aber was bleibt uns übrig? Ich rufe jetzt erstmal im Amt an, damit die informiert sind. Sollen die entscheiden, wie es jetzt weitergeht.«

3

»Gräber«, meldet sich die Leiterin des Friedhofsamtes genervt.
»Hier ist Henry. Schlechte Nachrichten: Hier fehlt eine Urne!«
»Wie, hier fehlt eine Urne? Was soll 'n das jetzt?«
Der Friedhofswärter versucht umständlich den Grund seines Anrufs zu erklären, wird aber immer wieder von Rückfragen seiner direkten Vorgesetzten unterbrochen.
»Hast du alles abgesucht?«, schnauzt Julia Gräber ins Telefon.
»Ja, klar. Der Vinzenz vom Bauhof war dabei, aber wir haben das Ding nicht gefunden.«
»Der Vinzenz vom Bauhof? Na Mahlzeit! Der ist doch dauerbesoffen, kein Wunder, dass ihr nix findet.«
»Wenn es dir nicht passt, kannst du ja die Spürhunde von der Polizei anfordern«, bellt Henry zurück, weil er sich von dieser Sesselfurzerin nicht anmachen lassen will.
»Das kann ich nicht entscheiden, da muss ich den Bürgermeister fragen.«
»Glaubst du vielleicht, dass der die Urne hat?«, lacht Henry übermütig.
»Langsam reicht mir dein dummes Geschwätz! Bring endlich Ordnung in deinen Laden und beruhige die Friedhofsbesucher. Stell Hinweisschilder auf, die auf die Gefahrenstellen hinweisen. Die Aufräumarbeiten müssen erst noch organisiert werden, im ganzen Ort herrscht Chaos. Ich weiß nicht, wann ich Arbeitskräfte zur Verfügung habe, bis dahin hilf dir selbst und verschone mich mit deinen schlauen Sprüchen!«
Julia Gräber knallt den Hörer auf und atmet tief durch. Auch das noch! Die verschwundene Urne ist ihr egal, aber der Zoff, den es mit den Angehörigen geben würde, wenn sie Wind von

der Sache bekämen. Nein, diesen Strauß will sie nicht ausfechten, das gibt ihre Vergütungsgruppe nicht her. Dafür soll der hochdotierte Hauptamtsleiter den Buckel hinhalten. Eilig wählt sie dessen Kurzwahl, aber es geht niemand ran. Dann eben das Sekretariat!

»Wo ist denn der Gerd?«, fragte Julia kurz angebunden.

»Zu Hause, dem hat der Sturm das Dach weggeweht.«

»Und Angelika?«, erkundigt sie sich nach Gerds Stellvertreterin.

»Die hat Wasser im Keller und ist am Abpumpen. Eventuell kommt sie später noch ins Amt.«

»Na super! Dann muss das eben der Chef regeln.«

»Was?«

»Ach, vergiss es!«, murmelt Julia und beendet das Gespräch. Typisch! Wenn man die Abteilungsebene mal braucht, ist sie nicht da. Die kümmern sich erstmal um sich selbst, anstatt anderen zu helfen. Super Leistung! Bleibt nur der Bürgermeister. Der wird zwar nicht begeistert sein, aber das ist Julia im Augenblick völlig egal.

Sie fährt mit dem Aufzug zwei Stockwerke nach oben und meldet sich im Vorzimmer des Chefs.

»Ich muss dringend mit dem Bürgermeister sprechen!«, fordert sie.

»Nach dem schreien heute Morgen alle, der steht unter Dauerbelagerung. Nur wenn es etwas Wichtiges ist.«

»Ist es!«

»Um was geht es?«

»Das sage ich ihm lieber selbst.«

»Keine Chance, ich muss die Prioritäten einschätzen. Also?«

»Auf dem Friedhof fehlt nach dem Sturm eine Urne.«

»Ja und?«

»Das wird ein Heidenaufstand.«

»Wegen einer Urne? Der Chef hat nach dieser Nacht ganz andere Probleme.«

»Das kann gut sein, aber der Chef muss das wissen. Gerd und Angelika sind nicht da. Was soll ich den Angehörigen sagen?«

»Oh Gott, das auch noch! Wer fehlt denn?«

»Das weiß ich noch nicht.«

»Dann schlage ich vor, dass ihr das erstmal klärt, bevor ihr den Chef damit belämmert. Oder soll der vielleicht Detektiv spielen?«

»Nein, es ist nur, weil …«

»Ruf an, wenn ihr soweit seid. Ich sag's dann dem Chef, der soll entscheiden. Wieso ist die Urne eigentlich weg?«

Julia startet einen kurzen Erklärungsversuch, kommt allerdings nicht weit, weil im Vorzimmer andauernd das Telefon klingelt. Schließlich begibt sie sich in ihr Büro und sucht im Managementprogramm für die Friedhofsbelegung nach dem Namen. Zwischendurch telefoniert sie mit Vinzenz, hinterfragt die Nummer und den Standort der zugehörigen Stele und stellt schließlich fest, dass es sich bei der fehlenden Urne um die sterblichen Überreste von Arthur Holzer handelt.

Die Informationen gibt sie sofort an das Vorzimmer des Bürgermeisters weiter, wartet eine Weile und geht dann zum Frühstück in den Pausenraum. Dort sitzen einige Kollegen und Kolleginnen beisammen und diskutieren heftig über das Unwetter der vergangenen Nacht und seine Folgen. Fast jeder kennt Betroffene und Julia ist im Nachhinein dankbar, dass sie nicht im Ort wohnt und deshalb von dem Unwetter verschont geblieben ist.

Die Gespräche und die Frühstückspause ziehen sich in die Länge und aus den erlaubten 15 Minuten ist schließlich eine Dreiviertelstunde geworden, als Julia wieder in ihrem Büro eintrifft.

Kaum, dass sie an ihrem Schreibtisch Platz genommen hat, läutet ihr Telefon.

»Wo stecken Sie denn?«, hört sie die Stimme des Bürgermeisters. »Kommen Sie bitte zu mir, wir müssen etwas besprechen!«

Minuten später sitzt Julia Gräber vor dem Schreibtisch des Bürgermeisters.

»Tja, Frau Gräber! Es fehlt also die Urne von Arthur Holzer?«
»Sieht so aus!«
»Sind sie nun sicher oder nicht?«
»Ja, schon!«
»Wenn das stimmt, haben wir ein Problem! Aber wie kann denn so etwas passieren? Ausgerechnet Arthur Holzer!«
»Ich weiß es nicht! Der Orkan ... der Friedhofsgärtner hat gesagt, dort oben sähe es aus wie auf einem Schlachtfeld.«
»Der Vergleich hinkt! Auf einem Schlachtfeld liegen überall Leichen herum. Bei uns fehlt eine, oder besser gesagt, was von ihr übrig ist.«
»Na, das hat er halt nur so gesagt; wegen der Zerstörungen.«
»Wissen Sie, wer Arthur Holzer war? Ach nee, dafür sind sie viel zu jung.«
»Nein, nie gehört.«
»Arthur Holzer war ein Fußballgott! Eine Legende!«
»Wie Ronaldo? Sonst kenne ich keinen Fußballer.«
»Nein, Frau Gräber, so nun auch wieder nicht. Zu seiner Zeit gab es solche Stars noch nicht; außer Pele vielleicht.«
»Den kenne ich auch nicht.«
Der Bürgermeister kommt in den nächsten Minuten ins Schwärmen. Er schwelgt über die Weltmeisterschaft 1964 in England, erzählt von Uwe Seeler, Helmut Haller und Manfred Schnellinger, den Idolen seiner Jugend.
»Und das war auch die Zeit von Arthur Holzer; er hat es bis in die Bundesliga geschafft. Mann, hatte der einen Bums!«
»Ach ja?«, staunt die Frau und bekommt große Augen.
»Ich meine, er hatte einen kräftigen Schuss. Na, egal. Das Problem ist, dass sein Sohn der größte Förderer unseres Sportvereins ist, und nicht nur das, der gehört leider auch der Oppositionspartei an und sitzt im Gemeinderat. Der schlachtet das aus, bis zum Erbrechen. Verstehen Sie? Die Urne muss her, egal wie!«
»Aber Herr Bürgermeister, wenn sie doch weg ist! Vinzenz sagt, er hätte alles abgesucht.«

»Dann sollte er nochmal suchen, ich schicke zehn Mann vom Bauhof.«

»Mir hat er erzählt, der Bauhof ist im Dauerstress.«

»Stimmt ja auch, aber zehn Mann für eine Stunde, wir müssen Prioritäten setzen.«

»Ich gebe es weiter!«

»Anordnung von mir, Frau Gräber! Und informieren Sie mich bitte sofort, wenn sie Arthur … ich meine seine Urne gefunden haben!«

»Mach ich!«

Sechs Stunden später, Julias normale Arbeitszeit ist längst vorbei, steht fest, dass Arthur Holzers Urne unauffindbar ist.

4

Die Eheschließung mit Marion im vergangenen Jahr hat an meinem Tagesablauf nicht viel geändert, bis auf die Tatsache, dass meine To-do-Liste zu einer Endlosrolle geworden ist.
Bei den Elefanten und Krokodilen wachsen die Zähne zeitlebens nach. Bei meiner Liste ist das ähnlich, auch hier erscheint automatisch eine neue Aufgabe, sobald eine Zeile abgearbeitet ist. Das Problem ist nur, dass ich dabei nicht jünger werde und die Aufgaben nicht einfacher. Wenn mir dann zusätzlich sprichwörtlich der Tag verhagelt wird, hört der Spaß auf, und zwar endgültig!
Seit zwei Tagen bin ich am Schuften. Wegen einzelner defekter Dachziegel kommt kein Dachdecker, deshalb muss ich selbst dafür sorgen, dass das Dach wieder einigermaßen dicht wird. Die Blechhütte mit den Gartengeräten hat es komplett zerbröselt, ihren Inhalt musste ich bei den Nachbarn einsammeln. Ein neues, stabileres Teil zu besorgen, hat mich genau so viel Geld wie Nerven gekostet, allerdings wird es erst in einigen Tagen angeliefert.
Dass die alte Hollywoodschaukel beim Nachbarn im Apfelbaum hing, war kein großer Verlust, weil wir von Dagmar und Markus zur Hochzeit eine neue Schaukel bekommen hatten, die noch in der Originalverpackung im Keller liegt, aber das alte verbogene Teil zu bergen und auf den Schrottplatz zu transportieren, war eine echte Plackerei gewesen.
Immerhin hatte ich es ohne fremde Hilfe geschafft, was Marion mir nie und nimmer zugetraut hätte, aber nun wartete eine neue Herausforderung: Ehe der Rasen gemäht werden konnte, was wiederum sinnvoll war, bevor die neue Schaukel montiert

und die Gartenmöbel wieder aufgestellt werden sollten, musste der Rasen von den Scherben der zerdepperten Tontöpfe und Blumenkübel gesäubert werden.
Da alle Mülleimer mittlerweile voll waren, wusste ich nicht mehr, wohin mit dem Zeug, und fragte daher in der Siedlung nach einem Anhänger. Den bekam ich auch, allerdings erst nachdem ich den von der Familie Ringling bereits gefüllten Anhänger in der Grünschnittanlage entleert hatte. Dort hatte ich eine Stunde anstehen müssen, weil der halbe Ort unterwegs war. Nun steht der von mir erneut beladene Anhänger vor unserer Tür und wartet auf den Abtransport, allerdings ist die Annahmestelle am Mittag geschlossen und öffnet erst am nächsten Morgen wieder.
Um am Abend wenigstens einen vorzeigbaren Arbeitsfortschritt vorweisen zu können, habe ich beschlossen, endlich die neue Schaukel aufzubauen. Ich hätte allerdings die Verpackung mit dem Foto des Endproduktes nicht zerreißen sollen. Jetzt habe ich nur eine Schwarzweiß-Zeichnung in einem Maßstab, der für viele Menschen über 60 nicht brauchbar ist.
Meine vereinfachte Annahme, dass die beiden Seitenteile gleicher Bauart sind, stellt sich als Irrtum heraus, als ich die dritte Querstrebe montieren will. Da ist links ein Loch übrig, rechts fehlt eins. Die Idee, ein zusätzliches Loch zu bohren, muss ich aufgeben, weil kein passender Bohrer zu finden ist. Daher bleiben also nur die Demontage und der Neuaufbau, was mich in meinem Zeitplan weit zurückwirft, dabei wollte ich fertig sein, bevor Marion von der Arbeit kommt.
Beim zweiten Versuch muss ich übersehen haben, dass die Haken für das Befestigungsseil der Dachplane nach oben zeigen müssen – wieder verkehrt. Jetzt reicht es mir endgültig! Ich fluche wie ein Rohrspatz vor mich hin und schleudere den Schraubenschlüssel quer durch den Garten. Dabei bemerke ich nicht, dass sich ein Zaungast in meinen Arbeitsbereich eingeschlichen hat.

»Läuft wohl nicht so, wie du dir das vorgestellt hast?«, fragt Sonja hinter meinem Rücken.
Ich erschrecke und fahre zusammen.
»Mein Gott!«, stöhne ich. »Hast du mich erschreckt!«
»Schlechtes Gewissen?«
»Werte Frau Nachbarin, weshalb sollte ich ein schlechtes Gewissen haben?«
»Männer haben meistens ein schlechtes Gewissen.«
»Wenn du nur gekommen bist, um mir deine männerfeindlichen Sprüche um die Ohren zu hauen, kannst du gerne wieder tschüss sagen.«
»Warum so sensibel, Josch?«
»Weil mich diese Sch… Bauanleitung nervt. So eine schöne Schaukel und dann dieser Mikrochip in Druckform. Da krieg ich's an die Nerven!«
»Deine Flucherei hört man bis vors Haus.«
»Kein Wunder, ich bin geladen.«
»Komm runter, es gibt Schlimmeres!«
»Kaum vorstellbar, aber gut, möchtest du einen Kaffee?«
»Nein, danke. Ich soll fragen, wann der Hänger frei ist.«
»Wer will das wissen?«
»Erstens mein Mann, zweitens der Rest der Siedlung. Wir wollen zum Wertstoffhof.«
»Ich wollte zur Grünschnittanlage, aber die öffnet erst morgen früh wieder. Tut mir leid.«
»Das ist jetzt aber blöd.«
»Stimmt!«
»Und nun?«
»Abwarten und Tee trinken.«
»Tee?«
»Einspruch stattgegeben, das Zeug trinkt ihr ja nur im Notfall.«
»Ich würde dir gerne einen meiner Männer als Hilfe schicken, aber die haben im Garten selbst alle Hände voll zu tun; das

heißt, nee, ohne den Anhänger kommen die auch nicht wirklich weiter.«

»Lass nur …«

»Ich geh mal rüber und frag nach. Bin gleich wieder da.«

Und schon ist Sonja wieder weg und mir schwant, was gleich passieren wird. Fünfzehn Minuten später sind meine Befürchtungen Wahrheit geworden.

Die halbe Nachbarschaft ist in unserem Garten versammelt. Während die Männer eifrig diskutieren und bemüht sind, mein Werk zu Ende zu bringen, dabei beratschlagen, welche Teile in welcher Reihenfolge montiert werden müssen, decken die Frauen den Tisch und schleppen aus dem Keller alles herbei, was man zur Happy Hour am Nachmittag benötigt.

Mir bleibt lediglich die Rolle des Zuschauers. Marion wird gleich von der Arbeit nach Hause kommen und mir vorwerfen, dass ich ein fauler Sack sei und andere die Arbeit machen lasse; meine Chancen stehen schlecht, das zu erklären.

Eine halbe Stunde später ist die Schaukel montiert, die Tafel gerichtet und die Nachbarschaft sitzt gemütlich beisammen. Die Gespräche drehen sich hauptsächlich um die Folgen des Unwetters. Jeder weiß von irgendwelchen Schäden zu berichten, hat Bekannte die ebenfalls betroffen sind, oder kennt jemanden, der jemanden kennt, dessen Nachbarn oder entfernte Verwandte im gleichen Boot sitzen. Im Laufe der Unterhaltung wird kaum ein Straßenzug oder Einwohner ausgelassen. Es handelt sich um ein globales Problem mit dem Zentrum in Spiesen. Der Ortsteil Elversberg ist ausgenommen, dort hat es zwar geregnet, aber außer einem vollgelaufenen Keller ist nicht viel passiert.

»Der Neffe meines Schwagers hat einen Bekannten, der schafft beim Bauhof«, weiß Wolfgang. »Er hat ihm erzählt, dass auf dem Friedhof sogar die Urnenwand umgestürzt ist und jetzt fehlt eine Urne.«

»Da könnte man glatt ein Buch darüber schreiben«, scherze

ich. »Vom Winde verweht!«
»Nee, im Ernst, die Urne ist weg!«
Es entsteht eine Diskussion über Größe, Gewicht und Stabilität von Bestattungsurnen, der ich mich allerdings mangels Erfahrung nicht anschließe. Die Mehrheit kommt zu dem Schluss, dass das Behältnis trotz des Sturmes noch da sein müsse.
»Wenn's die Asche von meiner Frau wäre«, versichert Wolfgang, »könnte ich das verstehen. Die ist auch nie dort, wo sie sein soll.«
»Dummschwätzer«, wehrt sich Trudi. »Außerdem lebe ich noch!«
»Ich war Seemann«, erklärt Markus. »Für mich kommt nur eine Seebestattung infrage.«
»Glaubst du, wegen dir fahre ich extra an die Nordsee?«, widerspricht seine Gattin Dagmar.
»Ich stelle unseren Swimmingpool zur Verfügung«, bietet Gerd an. »Den benutzen wir sowieso nicht mehr.«
»Oder wir fahren ihn nachts zum Bostalsee«, schlägt Eric vor.
»Wer badet nackt im Bostalsee?«, fragt Marion, als sie plötzlich aus dem Keller auftaucht. »Und wieso feiert ihr in meinem Garten, ohne dass ich etwas davon weiß? Ich hätte schon vor einer Stunde Feierabend machen können.«
Marions Erscheinen ist für die Mädels das Zeichen, dass die Zeit für die erste Flasche Crémant gekommen ist. Die Männer widmen sich lieber dem Bier. Als Marion die Hintergründe der Runde und des Gespräches erfährt, fängt sie an zu lachen und kriegt sich nicht mehr ein.
»Was ist los mit dir?«, frage ich. »Der Schampus wirkt doch sonst nicht so schnell.«
»Das ist ulkig«, antwortet sie. »Es scheint ein neues Phänomen zu geben: Urnenschwund!«
»Wieso das jetzt?«
»Vor ein paar Wochen ist in Sankt Ingbert auch eine Urne verschwunden, sie ist bis heute nicht mehr aufgetaucht.

»Wieso das?«, wiederhole ich.
»Weiß ich nicht. Bin ich auf dem Friedhofsamt? Die Kollegen haben das erzählt. Und dass der Oberbürgermeister das unter der Decke halten wollte, weil der Verblichene ziemlich prominent war.«
»Komische Sache«, meint Bhavin. »Wie kann denn eine Urne verschwinden?«
»Habt ihr kein anderes Thema?«, mosert Marion.
Damit ist das Thema durch. Nun ist Probeliegen auf der neuen Schaukel angesagt.

5

Eigentlich hatte Willi Reinheimer überhaupt keine Lust, seinen alten Kumpel Helmut zum Sportplatz zu begleiten, aber es blieb ihm nichts anderes übrig.
Seit ewigen Zeiten ging es samstags zum Sportplatz, es war undenkbar, ein Heimspiel von Borussia Spiesen zu verpassen! Früher waren sie auch zu dem Auswärtsspiel gefahren, aber seit zwei Jahren war das nicht mehr drin. Die Fan-Bus-Aktionen waren eingestellt worden und selbst zu fahren, barg zu viele Risiken, nicht nur des Alters wegen, sondern auch, weil man dann auf die Biere vor und während und nach den Spielen hätte verzichten müssen, und ein Spiel ohne Gerstenkaltschale, da konnte man auch gleich zuhause bleiben.
Bei den Heimspielen war das etwas anderes; der Sportplatz war fußläufig erreichbar, und falls die dritte Halbzeit zu heftig ausfiel, fand sich immer eine Mitfahrgelegenheit. Weil auf die beiden alten Sportfreunde zuhause ohnehin niemand wartete, dauerte die Nachspielzeit für Willy und Helmut immer ziemlich lange, aber das war egal und nicht das Problem.
Willys Bedenken hatten etwas mit seinem alten Kumpel Helmut Kohler zu tun; der wurde nämlich immer knurriger, vertrug nur noch die Hälfte von früher, wurde im Alter jedoch zunehmend vergesslicher. Falls das so weitergehen sollte, würde Helmut vielleicht nicht mal mehr seinen 75. Geburtstag im nächsten Jahr mitbekommen. Vor allem aber wurde der Helmut immer streitsüchtiger und legte sich mit jedem an. Helmuts Körper war weitaus fitter als sein Geist, das hing wohl damit zusammen, dass er zwar noch nie ein Buch gelesen, aber zeitlebens Sport getrieben hatte und auch heute

noch regelmäßig seine Übungen machte, sofern er es nicht vergaß.

Helmut war alt geworden und das machte Willy nachdenklich. Er selbst war nur ein Jahr jünger als sein Kumpel und er fragte sich, ob der geistige Verfall auch bei ihm bereits eingesetzt hatte; angeblich bemerkten es die Betroffenen selbst als letzte, wenn überhaupt.

Willi klingelte an Helmuts Haustür, aber die Türe wurde bereits aufgerissen, bevor er den Knopf drücken konnte.

»Da bist du ja endlich!«, schnauzte Helmut seinen Kumpel an. »Ich wollte gerade alleine los! Du kommst jedes Mal später. Beim nächsten Mal warte ich nicht so lange.«

»Hör auf zu meckern, du alter Knurrhahn! Ich komme, wie immer! Zieh deine Schuhe an und dann los. Den Schirm kannst du hierlassen, es wird heute nicht regnen.«

Zwanzig Minuten später standen die alten Fußballkameraden am Rande des Sportplatzes und schauten den Spielern beim Aufwärmen zu. Im Kreis der eingefleischten Fans wurde diskutiert, welcher Spieler auf welcher Position zum Einsatz kommen sollte. Wie üblich gab es unterschiedliche Meinungen und da jeder in seiner Phantasie über mindestens zehn Jahren Trainererfahrung in der Champions League verfügte, entwickelte sich ein heftiger Disput, der traditionell bei den Alten immer in der gleichen Litanei endete.

»Wir haben früher mit Schweinsblasen gespielt, es gab ja sonst nix.«

»Die Schuhe haben wir früher selber geputzt …«

»Tagsüber geschafft und abends gespielt …«

»Wir hatten ja gar nix, außer Lust zu spielen.«

Nachdem die allgemeinen Argumente ausgetauscht waren, kam Helmut Kohlers Viertelstunde, während der er die Verdienste seiner Jugendidole pries. Es war immer das gleiche, seit Jahren schon, weswegen ihm niemand mehr zuhörte. Schließlich beendete Willy Reinheimer den Monolog seines Kumpels.

»Lass gut sein, Helmut! Mal sehen, was die Jungs abliefern.«
»Heiligenwald! Die hauen wir weg. Zwei zu null, mindestens.«
Helmut sollte zwar in der Anzahl der Tore Recht behalten, allerdings nicht in der Verteilung. Nach einem grottenschlechten Spiel trennten sich die Mannschaften mit einem Unentschieden.
»Die haben alle keinen Biss mehr«, urteilte Helmut. »Das hätte es bei uns früher nicht gegeben. Die sind nur bedacht, dass ihre Frisuren nicht durcheinanderkommen. Und schau dir mal an, wie die überall tätowiert sind. Mein Trainer hätte …«
»Ist ja gut, Helmut«, beschwichtigte Willy. »Es ist vorbei. Lass uns im Clubheim ein Bier trinken.«
Am Stammtisch wurde weiter diskutiert und aus einem Bier wurden viele. Helmut wurde immer lauter und schwärmte von alten Zeiten.
»Der Ludwig hätte die früher in einer Telefonzelle schwindlig gespielt und das Schäumchen hätte keinen an sich vorbeigelassen. Rudi Dörrenbecher, Elmar May, Wolfgang Alt oder Norbert Heß, ha das waren noch Spieler. Der Ertz Willy hatte sogar den Bundesligarekord als Torwart; 950 Minuten ohne Gegentor. Martin, Schley, Zewe und wie sie alle hießen … da war ich immer im Stadion und …«
»Das war aber Borussia Neunkirchen und nicht Spiesen«, intervenierte ein Stammtischbruder.
»Außerdem haben die nie alle in einer Mannschaft zusammengespielt«, bemerkte ein anderer. »Du wirfst zwanzig Jahre durcheinander, Helmut. Der Wolle Alt könnte dem Rudi Dörrenbächer sein Sohn sein. Du erzählst einen Scheißdreck.«
»Ihr habt ja alle überhaupt keine Ahnung«, wehrte sich Helmut Kohler. »Auf dem Sportplatz habe ich damals von euch keinen gesehen.«
»Da war ich ja auch noch im Kindergarten, du Witzbold!«
»Der Ludwig und das Schäumchen sind jedenfalls aus Spiesen«, beharrte Helmut.
»Ist ja gut«, meinte Willy Reinheimer. »Ein Bier noch und

dann ist Feierabend für heute.«
Willy war eigentlich kein Kind von Traurigkeit, aber er machte sich Sorgen um seinen Kumpel. Helmut vertrug von Woche zu Woche weniger und wurde neuerdings mit jedem Bier aggressiver. Irgendwann, und zwar bald, würde er die Beherrschung über sich verlieren und dann hätte Willy das Problem, ihn nach Hause zu schaffen.
»Was macht eigentlich deine Andenkensammlung?«, fragte Stephen Ringling, der unvermittelt an den Tisch trat, und das eskalierende Streitgespräch anscheinend von der Theke aus mitbekommen hatte. Möglicherweise wollte er mit dieser Frage etwas Dampf aus dem Kessel nehmen, oder er wollte genau das Gegenteil erreichen.
»Mensch, jetzt fängst du mit diesem Thema an«, moserte Willy. »Du weißt genau, dass er nun nicht mehr aufhört. Wie soll ich den heute Abend nach Hause schaffen? Der hat jetzt schon genug.«
Willy wusste ganz genau, was nun folgen würde. Fußball war das zentrale Thema, wofür Helmut sich interessierte, und das nicht erst, seit seine Frau Helga vor fünfzehn Jahren gestorben war. Helga hatte ihren Mann noch einigermaßen im Griff gehabt, aber danach war bei Helmut alles exzessiver geworden, vor allem der Fußball und je älter Helmut wurde, umso schlimmer wurde es.
Kaum war die Frage gestellt, schon legte Helmut los. Und da er sich zweifelsfrei auskannte, nahm sein Monolog kein Ende. Das Problem war nur, dass alle seine Vorträge schon Dutzende Male gehört hatten und die Zuhörer nach und nach das Gasthaus verließen. Helmut bekam das nicht mit, er war in seiner eigenen Welt und redete immer weiter. Um acht Uhr abends hatte Willy genug.
»Helmut komm endlich, wir gehen jetzt! Es wird Zeit.«
»Quatschkopf! Von Fußball hast du sowieso keine Ahnung.«
»Ist gut jetzt, die Wirtin will auch nach Hause, komm jetzt!«

Es bedurfte einiger Überredungskünste und der Mithilfe der Wirtin, um Helmut Kohler aus dem Klubheim zu bugsieren. An der frischen Luft hatte er Mühe, sich auf den Beinen zu halten und auf dem Weg nach Hause wurde sein Zustand keineswegs besser. Willi wollte ihn stützen, aber sein kräftiger Kumpel zog ihn jedes Mal mit, wenn er schwankte; dennoch erreichten die beiden unfallfrei Helmuts kleines Haus.

Da Helmut den Schlüssel nicht ins Türschloss bekam, musste Willy aufsperren. Ihm war auch klar, dass Helmut es alleine nicht schaffen würde, die Treppe zum Schlafzimmer hoch zu steigen.

»Am besten schläfst du im Wohnzimmer auf der Couch«, schlug Willy daher vor.

»Bist du blöd?«, lallte Helmut. »Ich gehe in mein Bett!«

Helmut stapfte die ersten Stufen hoch und zog sich am Geländer weiter, während Willy ihn von unten stützte. Es dauerte zwar eine ganze Weile, aber irgendwie schafften es die beiden.

Willy war in all den Jahren ihrer Freundschaft noch nie in Helmuts Schlafzimmer gewesen; bisher hatte es dazu auch keinen Anlass gegeben. Er schob seinen Kumpel Helmut vor sich her durch die Schlafzimmertür, knipste das Licht an und leitete ihn in Richtung Bett. Dort ließ Helmut sich einfach fallen. Willy zog ihm die Schuhe aus und wollte gerade gehen, als sein Blick auf ein Regal an der gegenüberliegenden Wandseite fiel.

»Das glaube ich jetzt nicht!«, stammelte Willy, schüttelte den Kopf und schaute genauer hin. Danach verließ er schließlich das Haus und grübelte den ganzen Weg über.

Trotz der vielen Biere dauerte es lange, bis Willy Reinheimer einschlafen konnte.

6

»Hat sich in der Sache mit der verschwundenen Urne etwas Neues ergeben?«, fragt Bürgermeister Huf. »Das ist eine Angelegenheit, die ich nur mit Ihnen bespreche, Frau Gräber. Sie wissen um die Brisanz!«
»Klar, aber der Friedhofswärter und der halbe Bauhof wissen auch davon. Wenn da etwas durchsickert …«
»Lassen Sie das mal meine Sorge sein. Ich tue das offiziell als Irrtum oder Falschmeldung ab. Ihre Version lautet, dass es sich um dummes Geschwätz handelt, falls sie darauf angesprochen werden.«
»Alles klar! Aber eines scheint mir doch merkwürdig zu sein.«
»Was denn?«
»Die Kollegin aus Sankt Ingbert … also, ich habe die zufällig beim Einkauf getroffen … wir kennen uns seit …«
»Bringen Sie's auf den Punkt, Frau Gräber!«
»Also, bei denen ist auch eine Urne verschwunden. Aber nicht aus einer Urnenwand, sondern aus einem Erdgrab.«
»Ausgebuddelt?«, fragt der Bürgermeister verwundert.
»Genau! Die haben es aber auch nicht an die ganz große Glocke gehängt, den Angehörigen konnten sie es allerdings nicht verheimlichen. Besser gesagt: Denen ist es irgendwie aufgefallen.«
»Also Diebstahl! In unserem Fall handelt es sich um einen Sturmschaden.«
Der Bürgermeister erhebt sich von seinem Schreibtischstuhl und schaut nachdenklich aus dem Fenster.
»Hm!«, murmelt er nach einer Weile und schaut seine Mitarbeiterin an. »Sie glauben anscheinend nicht an einen Zufall?«
»Ich weiß nicht, was ich davon halten soll«, antwortet Julia

Gräber. »Es ist halt ziemlich merkwürdig.«

»Es ist, wie es ist. Ich habe privat über das Internet eine neue Urne bestellt, das ist unauffälliger, als zum Bestatter zu gehen. Morgen oder übermorgen wird sie geliefert. Ich sage Ihnen Bescheid und dann gehen wir beide zur Friedhofskapelle und stellen die Urne unbemerkt zu den anderen. Sie haben einen Schlüssel?«

»Ja, aber woher wollen Sie wissen, wie die ursprüngliche Urne ausgesehen hat?«

»Erstens glaube ich nicht, dass sich jemand an das Original erinnern wird, in der Trauerzeit interessiert sich in der Regel niemand sonderlich für eine Urne; zumindest bleibt sie nicht nachhaltig in Erinnerung. Zweitens wird die Neue außer dem Friedhofswärter niemand zu Gesicht bekommen, wenn alles nach Plan verläuft.«

»Wie soll ich Henry erklären, dass die Urne wieder da ist?«

»Sagen Sie ihm, ich hätte sie gefunden und fertig! Haben sich bereits Angehörige gemeldet?«

»Nur die, die ich telefonisch an Sie weitergeleitet habe, Herr Bürgermeister.«

»Gut, denen habe ich erklärt, dass sie sich um nichts Gedanken machen müssen und die Gemeinde alles kostenfrei so wiederherstellt, wie es war.«

»Zahlt das die Versicherung?«

»Das soll das Rechtsamt prüfen.«

»Gut, Herr Bürgermeister. Sonst noch was?«

»Ich baue auf ihre Loyalität, Frau Gräber. Kein Wort nach draußen! Und den Fall in Sankt Ingbert vergessen Sie am besten gleich wieder. Nicht unser Problem!«

7

»Guten Morgen, Helmut. Geht's wieder?«, fragt Willy, als ihm sein Kumpel die Tür öffnet.
»Moin«, grunzt Helmut, ohne sein mürrisches Gesicht zu verziehen.
»Was treibst du gerade?«
»Nix; Zeitung lesen.«
»Außer dem Sportteil interessiert dich doch gar nichts.«
»Na und!«
»Hast du einen Moment? Ich muss mit dir reden. Braucht aber nicht jeder zu hören.«
»Um was geht's?«
»Sag ich dir drinnen.«
»Meinetwegen. Der Kaffee ist aber schon kalt und frischen koche ich nicht.«
Willy ist Helmuts schroffe und schrullige Art gewohnt, aber heute scheint er besonders bockig zu sein. Er setzt sich an den Küchentisch und versucht, Helmut in die Augen zu schauen, aber der weicht seinem Blick aus.
»Hör mal, Helmut, neulich als ich dich nach dem Spiel nach Hause …«
»Ja, schon gut! Da hatte ich wohl ein oder zwei Bierchen zu viel, na und?«, mault Helmut Kohler störrisch.
»Und vier oder fünf Schnaps auch!«
»Blödsinn! Danke für die Hilfe. Warst doch du, oder?«
»Klar, aber darum geht es nicht. Ich weiß nicht, wie ich es sagen soll … also ich weiß nicht, wie ich anfangen soll. Du weißt, dass ich nicht der Typ bin, der … und wir kennen uns ja auch schon seit ewigen Zeiten. Ich war noch nie in deinem Schlaf-

zimmer und eigentlich geht es mich ja auch nichts an …«
»Ja und?«
»Also, wenn es das ist, wonach es aussieht, dann ist das auf deiner Regalwand einfach nicht in Ordnung, weil …«
»Blödsinn! Du spinnst! Was soll da nicht in Ordnung sein? Außerdem geht dich mein Schlafzimmer einen Scheißdreck an!«
»Ich meine ja nur, dass …«
»Es ist mir scheißegal, was du meinst. Kümmere dich um deinen eigenen Mist!«
»Mensch, Helmut, ich meine es doch nur gut! Wenn das jemand sieht …«
»Halt bloß dein Maul! Wehe, wenn du dummes Zeug erzählst!«
»Was ist dann?«
»Ich warne dich!«
»Du hast nicht mehr alle Tassen im Schrank! Hast du völlig den Verstand verloren? Anscheinend weißt du nicht mehr, was du sagst.«
»Ich weiß sehr wohl, was ich sage. Hau bloß ab, mach, dass du rauskommst. Und lass dich hier nicht mehr blicken!«
»Helmut, du brauchst Hilfe. So geht das mit dir nicht weiter. Wir sind Freunde, da muss man …«
»Nix muss man! Geh, zieh Leine!«
Helmut Kohler springt auf und zeigt auf die Tür. So hat Willy seinen Kumpel noch nie gesehen. Was um Himmels Willen ist in seinen alten Freund gefahren?
Um die Sache nicht weiter eskalieren zu lassen, entscheidet sich Willy Reinheimer für einen konfliktfreien Rückzug. Helmut wird sich bestimmt bald wieder beruhigen, aber im Augenblick bringt es nichts, Helmut unter Druck zu setzen oder zu provozieren. Anscheinend befindet er sich in einem Ausnahmezustand. Das wird sich legen und dann wird er einen neuen Versuch starten, ihn zur Vernunft zu bringen.
Als Willy Reinheimer das Haus verlässt, kracht die Tür hinter ihm ins Schloss.

8

In letzter Zeit gehe ich mittags hin und wieder hinunter in den Ort, um in einem kleinen Café am neuen Marktplatz einen Kaffee zu trinken. Wenn ich ehrlich bin, ist es nicht der Kaffee, der mich dorthin treibt, den könnte ich auch zu Hause haben; nein, es ist der leckere Bienenstich, der mich antreibt, aus Haus und Garten zu flüchten. Außerdem muss ich mir dann auch nicht ständig den mich umgebenden Berg von unerledigten Aufgaben anschauen.

Marion war erst misstrauisch, als sie erfuhr, dass ich bei meinem Spaziergang die vielen Höhenmeter zu Fuß bewältige, aber ich konnte plausibel darlegen, dass mir das guttut; dass ich auf dem Rückweg ein Taxi nehme, habe ich vorläufig noch nicht erzählt, das wird sie früh genug erfahren, denn in Spiesen, erst recht in unserer Siedlung bleibt nichts dauerhaft verborgen.

Kürzlich habe ich im Café zufälligerweise Bekanntschaft mit einem Herrn geschlossen, der sich als Toni Lukas vorstellte, nach eigener Aussage Privatier in den Mittfünfzigern. Manchmal führt uns der Zufall zur gleichen Zeit ins Café und dann plaudern wir über Gott und die Welt, vor allem die Welt und ihre bescheuerte Politik. Toni Lukas scheint mir ein eigenwilliger Zeitgenosse zu sein, aber irgendwie stimmt die Chemie zwischen uns. Vielleicht, weil er es war, der mir den Bienenstich empfohlen hatte; seitdem komme ich von dieser Köstlichkeit nicht mehr los.

Auch heute sitzt er wieder an einem der Tische, dieses Mal allerdings nicht alleine. Der Unbekannte neben Toni ist ein gutes Stück älter als ich, und ich will schon an einem anderen Tisch Platz nehmen, als Toni mich zu sich winkt.

»Ich will nicht stören«, erkläre ich.
»Ach was, setz dich! Das ist Willy, ein Großonkel von mir. Wir sind uns zufällig über den Weg gelaufen.«
»Schaum«, stelle ich mich vor und reiche Willy die Hand zum Gruß.
»Angenehm! Reinheimer!«, entgegnet Willy, sein Händedruck ist fest, aber nicht unangenehm.
Anick, die Inhaberin, kommt und fragt der Form halber nach meinem Wunsch, obwohl sie sich denken kann, was ich will.
»Wie immer«, bestelle ich. »Und sag nicht, es ist kein Bienenstich mehr da!«
»Alles klar, Herr Kommissar«, antwortet die junge Frau, die von meiner beruflichen Vergangenheit zu wissen scheint.
»Kommissar?«, fragt Willy erstaunt. »Echt?«
»Ja, früher mal. Sozusagen in einem anderen Leben«, erkläre ich. »Hauptkommissar im Ruhestand.«
»Ach, das ist ja interessant«, meint Willy. »So jemand sieht man normalerweise nur im Fernseh-Tatort.«
»Darüber sollten die meisten froh sein«, lache ich. »Ich war bei der Mordkommission, wenn ich auftauchte, war es selten lustig.«
Wir plaudern zu dritt ein wenig übers Wetter, die Fehltritte der Kommunalpolitik und den regionalen Sport. Der Bienenstich ist wie gewohnt vorzüglich.
»Ich liebe Bienenstich«, schwärme ich.
»Kommt drauf an«, meint Willy und schmunzelt.
»Auf was?«, hinterfrage ich.
»Ich habe eine Bienenstichallergie.«
»Was es alles gibt?«, wundere ich mich.
»Nee, nicht der Kuchen! Das Insekt!«
»Ach Gott! Makaber! Aber schon eher plausibel. Und wie äußert sich das?«
»Naja, wenn mich so ein Vieh sticht, schwellen mir die Augen, die Drüsen und die Atemwege. Das geht bis zum Ersticken.«

»Hoppla! Das ist demnach also lebensgefährlich?«
»Ja, das ist es in der Tat!«
»Und wie geht man damit um?«
»Erstens muss ich eben vorsichtig sein und aufpassen, dass ich den Viechern nicht in die Quere komme und zweitens habe ich entsprechende Medikamente für den Fall, dass ich einen Stich abbekomme.«
»Immer dabei?«
»Wenn die Bienen fliegen, ja. Ein Spray für die Ersthilfe und ein Mittel zum Spritzen.«
»Und was passiert, wenn Sie den Stich gar nicht mitbekommen haben?«
»Glauben Sie mir, ich merke das ziemlich schnell. Mit Sicherheit!«
»Da bin ich froh, dass mir ein Bienenstich nichts anhaben kann; vor allem der hier nicht, außer dass sich die Kalorien bei mir niederschlagen werden.«
»Das kann auf die Dauer auch fatale Folgen haben«, lacht Willy Reinheimer.
Damit ist das Thema beendet und wir plaudern über das Unwetter und seine Folgen.
»Toni hat mir gerade eine merkwürdige Geschichte erzählt. Angeblich ist auf dem Friedhof von Spiesen nach dem Sturm eine Urne verschwunden«, bemerkt Willy.
»Davon habe ich auch gehört«, gebe ich zu.
»Sachen gibt's«, lacht Toni.
»Meine Frau behauptet, dass in St. Ingbert vor kurzem was ähnliches passiert ist«, erzähle ich.
»Merkwürdig, oder?«, wundert sich Willy.
»Die ganze Welt ist merkwürdig«, entgegne ich.
»Muss man da eigentlich ins Gefängnis?«, fragt Willy plötzlich.
»Gefängnis? Wofür?«, fragt Toni.
»Wenn einer eine Urne klaut.«
»Kein Mensch klaut eine Urne!«, behaupte ich. »Was soll er

mit dem Ding? Weiterverkaufen?«
»Ich meine ja nur«, entgegnet Willy kleinlaut. »Heutzutage klauen die doch alles, gerade auf dem Friedhof; Kränze, Grablichter, Kreuze und jetzt anscheinend sogar Urnen.«
»Das stimmt schon, Willy«, entgegnet Toni. »Aber Urnen? Ich weiß nicht; viel zu aufwendig und bringt doch nix. Der ganze Aufwand für eine Urne, die vielleicht hundert Euro wert ist? Nee, das glaube ich nicht. Aber mal ehrlich, wie würde so etwas eigentlich bestraft? Du als alter Kripo-Hase weißt das doch, oder?«
»Ich habe mich mit Leichen immer beschäftigt, bevor sie eingeäschert wurden. Das ist nicht mein Ressort. Keine Ahnung, was das Strafrecht für so etwas vorsieht. Störung der Totenruhe, Diebstahl ... Geldstrafe oder Haftstrafe, möglicherweise auf Bewährung, das kommt auf die Tatumstände und den Täter an; und natürlich auf die Tagesform des Richters.«
»In Amerika kannst du dir die Urne deines Verwandten in den Wohnzimmerschrank stellen«, erklärt Toni.
»Ich kann mir vorstellen, dass manch einer auf diesen Anblick gerne freiwillig verzichtet«, antworte ich.
»Hähä! Stell dir mal vor, du warst mit einem Drachen verheiratet und kriegst den selbst nach seinem Ableben nicht mehr los.«
»Wenn uns jemand zuhören würde, müsste er glauben, wir haben nicht mehr alle Tassen im Schrank«, lache ich und verlange nach der Rechnung. »Ich muss los! Meine Herzallerliebste kommt gleich von der Arbeit. Anick, rufst du mir bitte ein Taxi?«
Kurze Zeit später kommt die Inhaberin mit der Rechnung und erklärt, dass das mit dem Taxi eine halbe Stunde dauern wird, weil das Unternehmen gerade überlastet ist. Das ist blöd, weil das dazu führen könnte, dass Marion meine Ankunft mitbekommt. Daher beschließe ich spontan, mich zu Fuß auf den Heimweg zu machen.

9

Der Weg ist unmenschlich steil. Wer hier wohnt, hat nur eine Chance, wenn er am Mount Everest geboren ist oder in seinem vorangegangenen Leben eine Bergziege war. An diesen Steilhang eine Wohnsiedlung zu bauen, zeugt von geringem Respekt gegenüber älteren Fußgängern.

Jesus, Maria, Josef, hört diese Steigung denn nie auf? Wie auf einer Passstraße in den Alpen schleiche ich die Windungen der Erschließungsstraße entlang. Diesen Aufwand lohnt selbst der leckerste Bienenstich nicht, außerdem verbrenne ich mit Sicherheit mehr Kalorien, als der Kuchen mir geliefert hat.

Wenn ich es bis zu den Treppen schaffe, ist das Schlimmste überstanden. Als ich am Haus des Bürgermeisters vorbeikomme, sehe ich, dass der auf der Veranda sitzt.

»Was ist denn das für eine Amtsführung?«, frotzele ich über den Zaun. »Zur besten Arbeitszeit im Garten sitzen und faulenzen.«

Der Bürgermeister schaut auf und sucht den vermeintlichen Störenfried. Als er mich entdeckt, winkt er mich zu sich.

»Ah, du bist es, Josch. Ich bereite mich auf die Gemeinderatssitzung heute Abend vor. Im Amt finde ich dafür keine Ruhe.«

Er betrachtet mich und macht plötzlich ein sorgenvolles Gesicht.

»Mein Gott, du hast einen knallroten Kopf; wie ein Hydrant. Geh mit deinem Blutdruck vielleicht mal zum Arzt!«

»Komm mir nicht damit! Dieser Berg ist nichts für alte Männer.«

»Komm rein und schnauf durch! Ich besorg dir mal ein Wasser.«

»Nee, ich will nicht stören. Am Ende bin ich dran schuld, wenn

du deine Tagesordnung durcheinander bringst.«
»Erzähl keinen Stuss! Eine halbe Stunde habe ich noch.«
Das kühle Mineralwasser tut mir gut und ich erhole mich schnell.
»Jetzt gefällst du mir schon besser«, urteilt Bürgermeister Huf. »Ich hatte Sorge, dass du mir aus den Latschen kippst.«
»Quatsch, aber der Berg hat es wirklich in sich. Was steht denn im Gemeinderat heute auf dem Zettel?«
»Steht im Amtsblatt.«
»Danke für die Info. Habt ihr eine Krisensitzung wegen einer verschwundenen Urne?«, kichere ich.
»Äh, woher weißt du davon? Hat Frau Gräber ...«
»Mann, Bernd. Der halbe Ort redet darüber. Spiesen ist ein Dorf, glaubst du wirklich, dass so etwas unter der Decke bleibt? Frau Gräber hat damit nix zu tun; mir gegenüber jedenfalls nicht.«
»So ein Mist. Ich wollte das unbedingt ... Peinlicher Vorfall.«
»Mein Gott, was ist daran peinlich? Der Verblichene hat eben mal Ausgang, davon geht die Welt nicht unter.«
Bernd Huf macht ein zerknirschtes Gesicht und druckst rum.
»Ich will da nicht groß drüber reden.«
»Hallo! Wie lange kennen wir uns? Was soll der Geiz?«
»Wir haben sie ja wiedergefunden.«
»Die Urne? Wann, wo?«
»Ist doch egal, Hauptsache, sie ist wieder da.«
»Aha, muss ja eine wichtige Persönlichkeit gewesen sein.«
»Könnte so sein, ist aber Betriebsgeheimnis.«
»Als ehemaliger Ermittler mit langjähriger Berufserfahrung in Hunderten von Verhören sag ich dir Folgendes: Du lügst mir gerade das Blaue vom Himmel herunter. Aber okay, du wirst hoffentlich deine Gründe haben. Glück gehabt, die in St. Ingbert ist nicht wiederaufgetaucht.«
»Davon weißt du also auch.«
»Die Politik meint immer, sie sei alleinwissend. Die Welt ist

heutzutage transparent, wann kapiert ihr das endlich?«
»Ich weiß nicht, was in St. Ingbert war und ich will es auch gar nicht wissen. Bei uns war die Urne nach dem Unwetter verschollen und jetzt ist sie wieder da. Letzteres hat sich wahrscheinlich noch nicht rumgesprochen.«
»Schreib es ins Amtsblatt!«
»Wieso kommst du eigentlich ausgerechnet auf dieses Thema?«
»In der Siedlung wurde davon gesprochen, von St. Ingbert hat mir Marion erzählt. Die halten das übrigens ebenfalls unter der Decke. Wieso weißt du davon?«
»Inoffizielle Information.«
»Demnach war es dort auch eine wichtige Person. Die ist allerdings nicht nach dem Unwetter und sogar aus einem Erdgrab verschwunden.«
»Habe es gehört. Komisch, oder? Im Vertrauen: Die Leiterin meines Friedhofamtes glaubt auch nicht an Zufälle.«
»Merkwürdig, wo doch eure Urne wieder aufgetaucht ist.«
»Äh, das war, bevor ich die Urne gefunden habe.«
»Du? Der Bürgermeister auf Urnensuche! Geh damit besser nicht an die Presse, die nimmt dich auseinander. Okay, ich will dich nicht länger in die Bredouille bringen, sonst bekommst du deine Sitzung nicht auf die Reihe. Danke für das Wasser, man sieht sich!«
»Ich erzähle dir die Story vielleicht ein anderes Mal, Josch. Sag Marion einen schönen Gruß!«
Der Bürgermeister ist sichtlich erleichtert, dass ich ihn aus meinen Fängen entlasse und winkt mir zum Abschied freundlich zu.
Der weitere Aufstieg bis zur Siedlung ist nicht mehr ganz so schlimm wie der erste Teil, aber immer noch anstrengend genug für einen untrainierten Rentner.
Es ist wahrscheinlich kein Zufall, dass Marion vor dem Haus auf der Bank sitzt und mich erwartet.

»Hallo, Schatz«, grüßt sie und gibt mir einen dicken Kuss. »Ich wollte nur mal beobachten, wo du herkommst. Insgeheim hatte ich die Vermutung, dass du mit dem Taxi unterwegs bist, aber du bist tatsächlich zu Fuß gegangen. Kompliment!«

»Frechheit, mir so etwas zu unterstellen«, mime ich den Beleidigten. »Im Übrigen, einen schönen Gruß von Bernd. Du könntest uns einen Gefallen tun.«

10

Hier ruht Erwin Leiser
Geburts- und Sterbedatum.

Das Grabkissen sah noch recht anständig aus, aber der Rest des Grabes war in einem verlotterten Zustand.
»Wir hätten uns früher drum kümmern müssen«, seufzte Holger Leiser, worauf sein Bruder Oliver nickte.
»Ja, du hast Recht. Wann warst du zum letzten Mal hier?«
»Vor einem dreiviertel Jahr oder so.«
»Bei mir ist es noch länger her.«
»Vor zwölf Jahren hatten wir uns etwas anderes vorgenommen.«
»Stimmt zwar, aber da hat Tante Irene noch gelebt und sich um alles gekümmert.«
»Trauriger Anblick, wir müssen das ändern. Einmal im Jahr zu Opas Geburtstag ist nicht genug. Außer uns beiden ist keiner mehr da, wir müssen uns abwechseln. Oma schafft das schon lange nicht mehr.«
»Stimmt.«
»Das hat Opa nicht verdient; schließlich haben wir ihm einiges zu verdanken.«
»Das kannst du laut sagen. Aber wir haben nicht mal Werkzeug dabei.«
Die beiden Enkel versuchten, das gröbste Unkraut von dem kleinen Urnengrab ihres Großvaters zu entfernen und zupften mit bloßen Händen.
»Schau mal«, bemerkte Oliver. »Hier ist die Erde eingebrochen.«
»Uih, das ist aber ein ganz schön tiefes Loch.«

»Merkwürdig! Da irgendwo müsste die Urne sein und die liegt meines Wissens nach nicht sonderlich tief.«

»Du meinst …?«

»Ich weiß nicht, aber irgendwie ist das komisch.«

»Stimmt. Für Wildschweine oder sonstige Viecher ist das zu tief.«

»Schau dir das an! Ich glaube, da hat jemand die Urne ausgegraben.«

»Weshalb sollte jemand eine Urne klauen? Das ist krank! Was machen wir jetzt?«

»Anzeige erstatten, was sonst? Ich rufe die Polizei.«

»Okay, ich geh nach vorne zum Tor und zeige ihnen den Weg. Vielleicht finde ich einen Friedhofsangestellten, dann mache ich Meldung. Warte hier.«

»Mach das! Ich hoffe, die Polizei hält mich nicht für einen Spinner.«

»Über so etwas macht man keine Scherze.«

»Man klaut auch keine Urnen!«

11

Die Polizeiinspektion Neunkirchen meldet einen besonderen Einsatz.

Demzufolge wurde vom Zentralfriedhof in Neunkirchen-Furpach eine Urne entwendet. Das Besondere daran ist die Tatsache, dass die Urne offenbar zielgerichtet aus einem Erdgrab gestohlen wurde.

Angehörige hatten den Diebstahl bei einem Friedhofsbesuch vor zwei Tagen entdeckt und die Polizei informiert.

Das Friedhofsamt zeigt sich entrüstet.

»Das ist ein massiver Eingriff in die Totenruhe und somit eine Straftat«, erklärt der Pressesprecher der Stadt. »So etwas hatten wir noch nie!«

Wie die Polizei mitteilt, ist die Urne mit persönlichen Daten gekennzeichnet und lässt sich zerstörungsfrei nicht öffnen. Somit ist sie für Dritte völlig wertlos.

Die Polizei bittet die Bevölkerung um Mithilfe, sollte eine verschlossene Urne mit Kennzeichnung irgendwo auftauchen oder sich jemand mit einer solchen Tat brüsten. Hinweise an die Polizeidienststelle Neunkirchen oder jede anderen Polizeidienststelle.

12

»Frau Frenzel«, ruft Bürgermeister Huf ins Vorzimmer, »rufen Sie bitte die Frau Gräber an. Sie soll mal kurz bei mir vorbeikommen; wenn's geht, sofort. Ich muss dringend mit ihr sprechen. Sie soll sich aber nicht in die Hosen machen.«
»Aber Sie haben gleich einen Termin mit dem Landrat, Herr Bürgermeister.«
»Ich weiß! Der kann von mir aus dabei sein. Kein Problem.«
»Sofort.«
»Danke.«
Bernd Huf liest die Meldung noch einmal und schüttelt den Kopf.
»So ein Schwachsinn!«, entfährt es ihm. »Als ob ich sonst keine Probleme hätte. Mann!«
Er geht die Vorlagemappen durch, zeichnet Pressemitteilungen ab und ist gerade dabei, ein Schreiben des saarländischen Städte- und Gemeindetages durchzulesen, als es an der Bürotür klopft.
»Ja, bitte!«
»Der Herr Landrat ist da«, informiert die Vorzimmerdame.
»Rein mit ihm! Grüß dich, Sören, nimm bitte Platz, der Kaffee ist im Anmarsch.«
Landrat Meng geht zum Besuchertisch und setzt sich. Der Kaffee wird gebracht und Bürgermeister Huf setzt sich zu ihm.
»Sören, bevor wir über die Kreisumlage reden, …«
»Reden?«, lacht der Landrat. »Kein Mensch redet über die Kreisumlage, darüber wird gezankt und gestritten!«
»So ist es! Aber davor muss ich eben noch mit der Leiterin meines Friedhofsamtes sprechen. Das Thema dürfte dich eben-

falls interessieren; wir haben nämlich … ach da ist Frau Gräber ja schon.«
Die Angestellte wirkt verunsichert, als sie den Landrat entdeckt und schaut fragend zu ihrem Chef.
»Landrat Meng ist nur Zaungast, der beißt nicht! Nehmen Sie Platz Frau Gräber. Kaffee oder Wasser, ganz wie Sie wollen. Bedienen Sie sich! Ich will gleich zur Sache kommen: Haben Sie den aktuellen Nachrichtenticker im Internet verfolgt?«
»Nein, dafür habe ich während der Dienstzeit keine Zeit. Außerdem gibt es eine Dienstanweisung vom Personalamt, dass wir …«
»Ja, schon gut, ich weiß«, unterbricht der Bürgermeister. »Das ist auch so etwas, wo wir drüber nachdenken müssen. Egal! In Neunkirchen wurde vom Friedhof eine Urne entwendet. Die Polizei ermittelt.«
»Ach, das ist ja ein Ding!«, entfährt es Julia Gräber. »Nee, das wusste ich nicht.«
»Davon habe ich gehört«, meldet sich der Landrat. »Mein Kollege vom Saar-Pfalz-Kreis hat mir das erzählt, aber nur andeutungsweise. Wieso beschäftigt ihr euch in Spiesen mit diesem Thema?«
»Sören, bitte, das bleibt unter uns! Wir vermissen ebenfalls eine Urne.«
»Seit wann?«
»Seit dem Unwetter.«
»Verstehe ich nicht.«
»Im Sturm ist ein Baum umgefallen und hat eine Urnenwand beschädigt«, berichtete Frau Gräber. »Bis auf eine haben wir alle Urnen bergen können, nur diese eine eben nicht.«
»Allerdings haben wir das nicht propagiert; offiziell fehlt keine.«, ergänzt Bürgermeister Huf.
»Bernd, das kannst du nicht machen«, empört sich der Landrat. »Wenn das rauskommt, zieht die Presse dir das Fell über die Ohren.«

»Die St. Ingberter haben es auch unter die Decke gekehrt«, versucht Frau Gräber, ihren Chef in Schutz zu nehmen.
»Die haben bislang Glück gehabt. Mach nicht den gleichen Fehler, Bernd! Mach's offiziell und informier die Polizei, wenn du sicher bist, dass die Urne geklaut wurde«, rät der Landrat.
»Zu spät. Ich habe bereits für Ersatz gesorgt. Heimlich; das geht natürlich auf meine Kappe.«
»Ich will gar nicht wissen, wie du das angestellt hast, aber wenn das rauskommt, geht es dir an den Kragen. Oh, Mann, du hast Nerven!«
»Andernfalls wäre es ein Spießrutenlaufen; die Details spielen jetzt keine Rolle, Sören. Im Nachhinein war es vielleicht ein Fehler, aber ich konnte ja nicht ahnen, dass es kein Einzelfall ist.«
»Bei drei verschwundenen Urnen im Umkreis kann man wohl nicht mehr von Zufällen sprechen«, seufzt der Landrat.
»Frau Gräber war gleich misstrauisch. Ich habe es falsch eingeschätzt«, gibt der Bürgermeister zu.
»Und was soll ich nun machen?«, fragt Julia Gräber, die mit einem Mal nahe am Wasser gebaut hat. »Das bleibt nachher alles an mir hängen.«
»Beruhigen Sie sich, Frau Gräber. Das ist doch Unsinn«, empfiehlt der Bürgermeister. »Es wird nichts so heiß gekocht, wie es gegessen wird.«
»Umgekehrt!«, interveniert der Landrat.
»Wie? Ach so, ja. Wichtig ist, dass nichts nach außen dringt. Ich verlasse mich zu hundert Prozent auf Sie, Frau Gräber. Es wäre allerdings gut, wenn Sie bei den Kolleginnen und Kollegen der anderen Gemeinden unauffällig nachhören könnten, ob es dort ähnliche Vorfälle gibt. Der Landrat und ich können das schlecht machen, dass wäre zu auffällig.«
»Hallo? Wie willst du das denn im Saarland anstellen?«, fragt der Landrat. »Wie soll Frau Gräber unauffällig Fragen stellen? Das spricht sich rum, so schnell kann sie gar nicht auflegen.«

»Ich könnte anhand der Pressemitteilung aus Neunkirchen vielleicht unverbindlich nachfragen, ob andere eine Strategie haben, wie man sich dagegen schützt«, schlägt Frau Gräber vor. »Unter dem Deckmantel der Prophylaxe.«
»Gute Idee«, meint ihr Chef.
»Ich halte zwar nichts davon«, meint der Landrat. »Aber bitte schön, wenn ihr meint.«
»Hast du eine bessere Idee?«, mosert der Bürgermeister verärgert.
»Was willst du damit bezwecken«, mault nun auch der Landrat.
»Ich will wissen, ob da einer sein Unwesen treibt. Wenn das nochmal bei uns vorkommt, haben wir ein echtes Problem. Die Frage lautet: warum bei uns, in Neunkirchen, in St. Ingbert? Zufälle oder Zusammenhang? Gibt es weitere Fälle? Das sind Fragen, auf die ich eine Antwort haben will.«
»Okay, lass uns in Ruhe drüber reden.«
»Von mir aus! Danke, Frau Gräber. Ich melde mich später bei Ihnen. Aber bitte … ich verlasse mich auf Sie?«
»Soll ich mich nun umhören oder nicht?«
»Warten Sie noch, ich ruf Sie an.«
»Alles klar, Chef. Ich warte dann auf weitere Anweisungen.«
Sichtlich erleichtert macht sich Julia Gräber so schnell wie möglich auf den Weg in ihr Büro.
»Was schlägst du vor?«, fragt Bürgermeister Huf den Landrat. »Du weißt, dass ich nach all den gemeinsamen Jahren deinen Rat zu schätzen weiß, aber komm mir bitte nicht mit der Polizei. Ich habe den Zeitpunkt vermasselt; außerdem habe ich mittlerweile in meinem Haus die Information rundgehen lassen, dass ich selbst die Urne wiedergefunden habe.«
»Mein lieber Bernd, du lieferst eine Schmierenkomödie ab, die sucht ihresgleichen. Aber gut, es ist, wie es ist, also keine Polizei.«
»Gut, dass du es einsiehst!«
»Tue ich gar nicht! Aber du solltest deine Mitarbeiterin auf

jeden Fall aus der Sache raushalten. Der geht jetzt schon die Klammer ohne Ende. Wenn du ihr noch mehr Druck machst …«

»Ja, du hast Recht, Sören. Aber ich kann doch unmöglich selbst …«

»Nee, das sicherlich nicht, aber vielleicht gibt es eine andere Lösung.«

»Ich höre!«

»Was hältst du von folgender Idee?«, antwortet der Landrat und erläutert seinen Plan.

13

Ich bin auf dem Weg in den Garten, um die Rosenstöcke zu schneiden und die Weinranken zu binden, als aus meinem Handy der Steiger-Marsch ertönt und anzeigt, dass eine Nachricht eingegangen ist.
Heute blaue Bank? Wieviel Uhr?
Was soll die Frage? Freitag! Wetter gut! Da trifft sich die Siedlung immer bei uns vor der Tür zum Einläuten des Wochenendes. Na logisch ist heute blaue Bank! Welcher Trottel fragt denn …
Bernd Huf
Wieso fragt der Bürgermeister bei mir nach? Seine Eltern sind sowieso immer dabei und er selbst meistens auch, wenngleich er wegen seiner Dienstverpflichtungen immer zu spät kommt, aber das ist sein Problem; er wollte den Job ja unbedingt haben.
Klar! Schreibe ich zurück. Wieso nicht? Ab 17 Uhr 30.
Ich habe die Rosensträucher noch nicht erreicht, als sich mein Handy erneut meldet.
Okay! Ich komme, wir müssen reden.
Was ist los mit dem Kerl? Beim Nachbarschaftstreffen geht es immer ums Reden! Glaubt der, wir drehen einen Stummfilm, oder was?
Wir hatten nicht vor, einen Schweigeabend einzulegen.
Die Antwort kommt sofort.
Unter vier Augen.
Was soll die Geheimnistuerei?
Um was geht es denn?
Interne Angelegenheiten.
Aha! Plant er einen Staatsstreich oder sucht er ein Geburtstags-

geschenk für seine Frau Silke. Komm um fünf und hilf mir beim Aufbau, da sind wir ungestört.

Mein Handy schweigt. Typisch Politiker. Kommt er nun um fünf oder nicht? Egal, ich muss mich um die Rosen kümmern.

Wie war das nochmal? Muss ich unter dem Trieb mit den drei oder den fünf Blättern schneiden? Mist, ich hab's schon wieder vergessen! Rosen können nicht zählen, was soll der Quatsch! Ich nehme die fünf. Drunter oder drüber? Was ist logischer? Drüber! Ansonsten blieb ja nur der Stängel stehen. Ich hoffe, dass die Rosen meiner Logik folgen; no risk, no fun.

Mein Gott, das ist eine Heiden-Arbeit! Ich dachte, ich würde in zehn Minuten fertig sein. Denkste! Naja, ich muss mir die Zeit eben nehmen.

Das Schneiden der Rosen dauert mehr als eine Stunde, danach mache ich mich an den Weinstock. Der gedeiht prächtig und trägt eine Fülle an Trauben, das Problem ist nur, dass es mir nicht gelingen will, die Ranken dazu zu überreden, sich von der Hauswand fernzuhalten. Das störrische Gewächs ignoriert die Rankhilfen und den mühevoll aufgebauten Bogen über den Gartenweg, womöglich ist es eine Rebsorte aus der Pfalz, die sich dem saarländischen Diktat einfach nicht unterwerfen will.

Ich stehe auf der Leiter und versuche, die Triebe in die mir passende Richtung zu binden, als unverhofft unter mir eine Stimme ertönt.

»Hey, bist du jetzt unter die Winzer gegangen?«

Die plötzliche Ansprache erschreckt mich derart, dass ich fast von der Leiter falle. Ich kann mich gerade noch festhalten und stelle fest, dass sich der Bürgermeister hinters Haus geschlichen hat.

»Mann! Wieso kommst du wie ein Tagedieb um die Ecke? Ich hätte mir beinahe den Hals gebrochen.«

»Entschuldige bitte, aber ich konnte nicht ahnen, dass du derart schreckhaft bist. Du als Hauptkommissar müsstest eigentlich ein dickeres Fell haben.«

»Scherzkeks! Ist es etwa schon fünf Uhr?«
»Nee, erst vier, aber wenn die anderen erstmal da sind, komme ich eh nicht mehr zu Wort.«
»Stimmt, aber du bringst meinen ganzen Tagesplan durcheinander. Na gut, aber hilf mir wenigstens, die Stühle und den Tisch vor die Tür zu schleppen.«
»Später, lass uns erst reden.«
»Komm in den Garten, um die Uhrzeit gibt's aber nur Alkoholfreies.«
»Gerne!«
Wenig später sitzen wir auf der Hollywood-Schaukel.
»Was ist denn so wichtig, dass du mich von der Leiter runterholst?«
»Wir hatten neulich über diese verschwundenen Urnen gesprochen. Laut Polizeibericht wurde in Neunkirchen auch eine geklaut. Aus einem Erdgrab.«
»Nummer drei, langsam wird es skurril. Was habe ich mit der Sache zu tun? Deine Urne ist offiziell wieder da und in St. Ingbert ist inzwischen Gras über die Angelegenheit gewachsen.«
»Mir geht der Arsch auf Grundeis, erst recht, seitdem ich mit dem Landrat drüber gesprochen habe. Er meint, dass ich meinen Hut nehmen kann, wenn das rauskommt.«
»Warum hast du Sören eingeweiht?«, wundere ich mich.
»Hat sich so ergeben. Er ist jedenfalls der Meinung, dass du uns weiterhelfen kannst.«
»Uns?«
»Mir!«
»Wie, weiterhelfen? Die Polizei ermittelt in Neunkirchen und vom Rest weiß ich nichts.«
»Eben, darum geht's doch, Josch! Angenommen, die Polizei schnappt die Halunken oder den Täter, was weiß ich. Wenn der gesteht, fliegt alles auf.«
»Sofern erstens die Polizei Erfolg hat, was ich bezweifele, und zweitens der oder die Täter tatsächlich für alle Diebstähle ver-

antwortlich sind, was nicht unbedingt der Fall sein muss.«

»Die Zusammenhänge sind meiner Meinung nach offensichtlich.«

»Spekulation. Wer klaut Urnen, und vor allem: warum?«

»Genau! Das ist die Frage. Warum? Ich kann mir nicht vorstellen, dass Geld das Motiv ist.«

»Ich kann mir auch kein anderes Motiv vorstellen, weshalb jemand Urnen klaut«, entgegne ich. »Lass die Toten ruhen, das gilt auch für dich. Rede nicht drüber und vergiss es einfach.«

»Das geht nicht. Ich kann vor Sorge, dass es rauskommt nachts nicht mehr schlafen. Stell dir vor, es verschwindet noch eine Urne.«

»Bernd, ich kann nichts für dich tun. Lass die Polizei ermitteln und behalt die Nerven. Nix wird so heiß gekocht, wie, nee umgekehrt… du weißt schon!«

»Den gleichen Spruch habe ich mir von Sören auch schon anhören müssen. Man könnte fast meinen, ihr habt euch abgesprochen. Wenn die Mehrheitsfraktion davon erfährt, gehen die mir an den Kragen. Du würdest es verstehen, wenn du wüsstest, zu wem die verschwundene Urne gehört.«

»Nun sag schon!«

»Freddy Holzer.«

»Jetzt verstehe ich gar nichts mehr! Der war doch gestern noch in der Zeitung, da kann er nicht in einer Urne stecken. Ich weiß, dass er Fraktionsvorsitzender und nicht unbedingt ein Freund von dir ist, aber was soll das Theater?«

»Nee, es ist die Urne seines Vaters Arthur.«

»Sag das doch gleich! Schöne Scheiße, ausgerechnet von dem.«

»Genau, ausgerechnet der! Arthur Holzer, Fußballidol vergangener Jahre, der Vater eines einflussreichen Unternehmers, der unsere Vereine sponsert, vor allem den Fußball. Wenn der rausbekommt, dass die Urne seines Vaters verschwunden ist, läuft er Amok!«

»Selbst Schuld; hättest du gleich die Karten auf den Tisch gelegt, wäre nichts passiert. Das Unwetter kann dir niemand zum Vorwurf machen, aber ...«

»Ja, es war ein Fehler! Ich war in Panik.«

»Vielleicht kannst du es im Nachhinein noch geradebiegen, eine Verwechslung oder so.«

»Unmöglich, die Sache ist durch. Zu spät.«

»Verstehe. Trotzdem; wie soll ich mich da einbringen? Den Urnendieb ermitteln? Und dann? Schweigegeld anbieten oder wie?«

»Quatsch! Wir versuchen dezent über die Buschtrommel rauszufinden, wer da ... also wem die ... wem die anderen verschwundenen Urnen zuzuordnen sind. Mich interessiert, ob die etwas mit Arthur Holzer zu tun hatten, wie auch immer. Ich selbst kann da nicht tätig werden, und ob Frau Gräber das hinbekommt, da haben Sören und ich unsere Bedenken. Eher wohl nicht und deshalb könntest du vielleicht ...«

»Dir muss der Arsch ja wirklich auf Grundeis gehen. Was soll das bringen? Ich halte das für eine fixe Idee, du verrennst dich in etwas. Sei mal entspannt und lass alles so, wie es ist. Unter uns: Die Polizei in Neunkirchen wird nicht viel Leidenschaft in diesen Fall investieren, die haben anderes zu tun. Das klingt vielleicht pietätlos, aber die haben mit den Lebenden genug Probleme, deshalb werden sie wegen der Urne nur oberflächlich ermitteln; irgendwann verläuft das im Sand, die Ermittlungen werden eingestellt und das war's dann.«

»Das sehe ich ein, aber trotzdem!«

»Ich kann nichts für dich tun, warte einfach ab.«

»Schade, ich hatte gehofft, dass du ... Okay, dann eben nicht, ich verstehe dich.«

»Meldet euch, falls ihr was rausfinden solltet, umgekehrt gilt das auch für mich, falls mir zufälligerweise etwas zu Ohren kommen sollte. Und jetzt hilf mir, das Zeug vor die Tür zu schleppen. Die Getränke müssen auch noch hoch und das Geschirr. Heute Abend gibt's Pizza.«

»Wie Pizza? Für all die Leute von der Siedlung? Wer macht die denn?«
»Keine Ahnung; ich weiß nur, dass deine Mutter die spendiert.«
»Annemarie? Wie kommt sie dazu?«
»Eine alte Wette; einzulösen, falls ihr Sohn Bürgermeister wird.«
»Davon hat sie nie etwas erzählt.«
»Warum sollte sie? Mütter denken weiter – nach der Wahl ist vor der Wahl.«
»Ich bin nicht einmal eingeladen«, entrüstet sich der Bürgermeister.
»Einladungen gibt es nicht. Wer da ist, ist da. Und jetzt schnapp dir fünf Stühle, den Tisch und vergiss die Sitzkissen und die Kühltasche nicht!«

✤

Eineinhalb Stunden später ist die Siedlung fast vollzählig versammelt. Mehr als dreißig Personen sitzen auf den Bänken und Stühlen vor unserem Haus oder lümmeln an den eilig herbeigeschafften Stehtischen. Drei Familienpizzen stillen den ersten Hunger, für die vollständige Sättigung sorgen zahlreiche Köstlichkeiten, die von den Anwohnern mitgebracht wurden.
Die Gespräche entwickeln sich schnell, die Themen sind vielfältig, keine der Frauen, die nicht gleichzeitig mit mindestens zwei anderen über drei verschiedene Themen diskutiert. Ich halte mich raus, schweige, höre kaum zu und gehe dabei meinen eigenen Gedanken nach.
So sehr ich mich auch gegen die Spekulation des Bürgermeisters wehre, spüre ich doch, dass er mit seiner Sicht der Dinge nicht völlig daneben liegt. Die Sache mit den Urnen ist kein Zufall! Nicht in solch kurzen Abständen. Vier Jahrzehnte im Kriminaldienst sagen mir, dass es Zusammenhänge geben muss, auch wenn das auf den ersten Blick völlig verrückt erscheint.

Anfangs ist das immer so, aber irgendwann ergeben sich Muster. Sind die erstmal erkennbar, klärt sich alles in der Regel recht schnell auf, nur dahin muss man eben kommen. Am Anfang steht alles auf null, bis ein erster Impuls die Dinge ins Rollen bringt. Meistens, wenn konkrete Spuren fehlen, sind es die Logik oder das Verhalten des Täters, die die Ermittler auf das richtige Gleis setzen.

Allerdings sind Mord oder Totschlag ganz andere Kaliber als verschwundene Urnen. Bei Letzterem scheiden Eifersucht, Habgier oder Rache aus, die Frage ist nur, was den oder die Täter bewegt, so etwas zu tun? Der Materialwert ist gering, die Urnen sind verplombt und beschriftet, ob man die zerstörungsfrei überhaupt öffnen kann, weiß ich nicht. Um was geht es dem Täter?

Immerhin geriet der Bürgermeister von Spiesen-Elversberg in Panik wegen des Namens. Dazu fällt mir das Wort Erpressung ein. Völlig bescheuert, aber denkbar.

Demnach wäre es interessant, die Namen derer zu wissen, die sich hinter den anderen verschwundenen Urnen verbergen, vielleicht ergäbe sich daraus ein Muster. Mit etwas Pfiffigkeit dürfte es nicht allzu kompliziert sein, an diese Namen heranzukommen.

»Edler Gatte«, unterbricht Marion abrupt meine Gedanken, »wenn du so aus der Wäsche schaust, ist was im Busch oder du hast ein schlechtes Gewissen. Was ist los mit dir?«

»Äh, nix. Ich sinniere!«

»Ach Gottchen, hört euch das an: Josch sinniert!«

»Man wird doch noch nachdenken dürfen«, wehre ich mich.

»Männer und denken!«, entgegnet Annemarie. »Wie soll denn das gehen?«

»Die Wahrscheinlichkeit, dass du eines natürlichen Todes stirbst, wird mit jeder deiner Äußerungen geringer«, antworte ich frech.

»Das sagt ausgerechnet ein ehemaliger Kriminalkommissar; das ist ein Skandal.«

»Was ist los?«, fragt Marion. »Gibt's Probleme?«

»Nee, alles okay. Ich war gerade in Gedanken woanders.«
»Wie heißt die Frau?«
Irgendwann wird Marions Eifersucht zum Problem werden.
»Xanthippe.«
»Blödsinn, die ist schon lange tot.«
»Das war die Frau vom Sokrates«, weiß Sonja.
»Quatsch«, behauptet Dagmar. »Der ist mit Leila verheiratet und die lebt noch.«
»Du meinst den Wirt vom Dionysos-Grill«, stellt Markus richtig. »Dessen Frau heißt aber Lydia.«
»Mir egal, wie die heißt«, mosert Dagmar. »Jedenfalls lebt die noch, das weiß ich genau!«
In der Folge entbrennt eine lebhafte Diskussion über das kulinarische Angebot vom Dionysos-Grill, die sich alsbald über die Beurteilung der gesamten Gastronomie in Spiesen und Elversberg erstreckt. Da irgendwann jeder etwas zu meckern hat, wird die Diskussion zu einem abenteuerlichen Sammelsurium von Erlebnissen der dritten Art.
Ich höre mir das Gezeter kommentarlos an, sorge dafür, dass die Gäste nicht verdursten und hoffe darauf, einen geeigneten Zeitpunkt zu erwischen, um unentdeckt ins Bett zu verschwinden. Vorerst habe ich allerdings keine Chance. Als ich beim Auffüllen der Kühltasche im Keller vorm Kühlschrank stehe, kommt Marion unverhofft herein und drückt mir einen Kuss auf die Backe.
»Alles klar, mein Schatz?«, fragt sie und frisst mich fast auf. »Ich finde es mal wieder toll heute. Es ist einfach herrlich, solche Nachbarn zu haben.«
»Ja, ja, das ist super«, stimme ich zu. »Aber manchmal ist es auch anstrengend.«
»Sei kein Brummbär; immerhin besser als in einem Seniorenheim.«
Aha! In dieser Kategorie bewege ich mich also bereits. Tolle Aussichten!

»Sag mal, Marion, du hast neulich erzählt, dass in St. Ingbert eine Urne geklaut wurde. Kannst du rausfinden, zu wem die gehört hat?«
»Warum interessiert dich das plötzlich? Hast du sonst keine Probleme, oder wie?«
»Ich habe im Ticker gelesen, dass in Neunkirchen auch eine verschwunden ist, und hier in Spiesen war es kurz davor.«
»Wie knapp davor?«
»Naja, die ist wieder aufgetaucht, aber die beiden anderen nicht.«
»Das ist zwar merkwürdig, lieber Gatte, aber was geht dich das an?«
»Im Prinzip nix, aber mich würde trotzdem interessieren, zu wem die Urne in St. Ingbert gehört, nur so. Kannst du mal nachhören?«
»Nein! Ich weiß es nämlich schon.«
»Sag!«
»Erst einen Kuss!«
Es wird ein ausgedehnter Kuss. Entweder ist der Name so lang oder die Person eminent wichtig.
»Rohleder. Friedrich, glaube ich. Südfriedhof.«
»Woher weißt du das?«
»Rathausgespräch; ist aber schon wieder Vergangenheit.«
»Wer ist oder war der Mensch?«
»Keine Ahnung. Und jetzt lass die Toten ruhen und komm!«
Friedrich Rohleder sagt mir zwar nichts, aber Hauptsache, ich habe einen Namen. Das ging schneller als gedacht, auf meine Frau ist eben Verlass. Wenn es um Gerüchte geht, steht sie den anderen Frauen vom Köppchen in nichts nach.
Der Abend wird lang, aber ab 23 Uhr findet die Gesellschaft ohne mich statt. Zu gerne würde ich jetzt noch im Internet nach Friedrich Rohleder recherchieren, aber das kann ich nicht bringen; Marion würde mich steinigen.

14

Willy Reinheimer hatte sich nach seinem Rausschmiss bei seinem Kumpel Helmut vorgenommen, nie wieder ein Wort mit ihm zu reden, aber nach zwei Tagen war der Groll bereits verraucht.
Jeder Mensch war mal mies drauf und jeder hatte seine Macken. Außerdem waren sie nach so vielen Jahren jetzt beide in einem Alter, wo man sich gegenseitig nicht mehr dauerhaft böse sein sollte. Jeder Streit, jeder Tag und jede Nacht könnte die letzte sein und dann würde man es hinterher bereuen, dass man im Streit auseinander gegangen war.
Nein, so durfte es nicht enden, außerdem stand heute das Pokalspiel gegen Hüttersdorf auf dem Plan und es war lange beschlossene Sache, dass man dabei sein würde, wenn die Borussia den Kickern aus dem Schmelzer Tal der Liebe das Fell über die Ohren ziehen würde.
Willy klingelt an Helmuts Tür, aber es öffnet niemand. Als er es erneut versucht, ruft der Nachbar vom Vorgarten gegenüber zu ihm herüber.
»Der Helmut ist vor einer halben Stunde mit dem Wagen weg.«
»Ah, Werner, grüß dich! Mit dem Wagen, sagst du? Na hoffentlich geht das gut.«
»Am besten, er würde überhaupt nicht mehr fahren! Bis der aus der Garage ist, hat sein Auto keinen TÜV mehr, so lange dauert das. Eigentlich müsste man ihm den Lappen abnehmen.«
»Stimmt, aber du kennst ja den alten Sturkopp.«
»Körperlich ist er ja super fit, aber im Kopf stimmt es bei ihm irgendwie nicht mehr. Ich glaube, der sieht auch nicht mehr richtig.«

»Hoffentlich fährt er niemanden über den Haufen. Hoffen wir das Beste, tschüss Werner.«
Willy Reinheimer ist frustriert. Dass Helmut ein Spiel sausen lässt, ist ein Novum, und dass er nicht einmal Bescheid sagt, schlichtweg eine Sauerei. Anscheinend ist er nun total von der Rolle.
Dann eben nicht! Gehe ich eben alleine zum Pokalspiel, denkt Willy und macht sich auf den Weg.
Wie üblich bezieht er seinen Stammplatz im Fanblock am Spielfeldrand und fachsimpelt mit den anderen Zuschauern um die Wette. Willy ist der Überzeugung, dass bei dem schwülen Wetter die Kondition der Spieler eine entscheidende Rolle spielen wird, findet aber keine Zustimmung für seine Einschätzung. Die Mehrheit ist der Meinung, dass der Ausgang eine klare Sache sei, es gehe nur um die Höhe der Packung, mit der man die Hüttersdorfer Truppe nach Hause schicken werde.
Zehn Minuten vor Spielbeginn traut Willy Reinheimer seinen Augen nicht: Da kommt tatsächlich Helmut Kohler die Bande entlang spaziert und winkt seinen Bekannten und den Spielern zu.
»Jetzt schaut euch den an!«, kommentiert Willy Helmuts Erscheinen. »Wo kommt der denn her?«
»Vielleicht war er im Puff«, lacht einer.
»Dafür ist der Helmut zu geizig«, meint ein anderer.
Als Helmut sich endlich in die Reihen der Fans einsortiert, begrüßt er jeden ganz freundlich, auch Willy, als sei nie etwas geschehen. Für ein Gespräch bleibt allerdings nicht viel Zeit, denn die Mannschaften stehen bereit und der Schiedsrichter pfeift das Spiel an.
Bis zur Halbzeit sehen die Zuschauer einen grottenschlechten torlosen Kick. Beide Mannschaften scheinen ein Maximum von Unvermögen für sich beanspruchen zu wollen, das Publikum reagiert mit Pfiffen und Schmährufen, selbst die eingefleischtesten Fans der Heimmannschaft sind froh, als der Schiedsrich-

ter endlich zur Halbzeitpause pfeift.
»Mein Gott«, schnaubt Willy. »So schlecht wie heute waren die Jungs die ganze Saison über nicht.«
»Wundert dich das?«, erwidert Helmut. »Da ist überhaupt keine Bewegung im Spiel. Die faulen Säcke haben anscheinend keinen Bock, wie man heutzutage sagt. Das hätte es früher bei uns nicht gegeben; wir sind gerannt, bis wir gekotzt haben. Und warum? Weil wir jedes Spiel unbedingt gewinnen wollten. Aber die hier, denen steht die Lustlosigkeit geradezu ins Gesicht geschrieben. Weicheier!«
Willy ist überrascht, dass sein Kumpel mit ihm spricht und dass Tonfall und Ausdrucksweise für Helmuts Verhältnisse moderat, ja geradezu harmlos ausfallen. Anscheinend hat Helmut das Kriegsbeil begraben, Beruhigungspillen genommen oder er ist heute ausnahmsweise besonders gut drauf.
»Da gebe ich dir Recht, Helmut. Was die hier laufen, da haben wir uns unter der Dusche mehr bewegt; und schneller, weil das Wasser kalt war.«
»Uns hätte der Trainer in der Halbzeit zusammengeschissen, dass wir in keine Hutschachtel gepasst hätten. Aber wir hatten ja auch einen Trainer! Heutzutage gibt's nur noch Wichtigtuer, die haben vom Fußball keine Ahnung. Einen Trost habe ich: Schlimmer kann es nicht mehr werden.«
»Immerhin steht die Abwehr«, meint Wolfgang, der Fußballfachmann, der selbst viele Jahre erfolgreich aktiv war.
»Steht, ist der richtige Ausdruck«, kommentiert sein Nachbar Stephen, der als Jugendtrainer dem Vorstand angehört. »Die Hüttersdorfer bewegen sich allerdings genauso wenig. Da kommt von beiden Seiten nix nach vorne. Keine Laufbereitschaft, kein Einsatz, nix!«
»Sag ich ja! Keine Eier in der Hose, Hauptsache die Frisur stimmt.«
Die Fachsimpelei geht weiter, bis der Schiedsrichter zur zweiten Halbzeit pfeift. Zwischenzeitlich haben sich die Zuschauer

bei den umlaufenden Verkäufern mit Bier versorgen können, das entschädigt wenigstens ein bisschen für das Gegurke auf dem Platz, das auch in der zweiten Spielhälfte nicht besser wird. Zum Glück fabriziert die Gastmannschaft in der vorletzten Spielminute ein Eigentor und Borussia Spiesen geht als glücklicher Sieger vom Platz.

»Gehst du noch auf ein Bier mit ins Clubheim?«, wendet sich Willy an Helmut.

»Bin ich schon mal nicht mitgegangen?«, fragt Helmut zurück.

»Ich meine ja nur«, wundert sich Willy erleichtert.

Im Clubheim wird wie üblich weiter diskutiert, der glückliche Sieg kann allerdings über die blamable Leistung nicht hinwegtäuschen.

»Mal gespannt, welchen Gegner uns das Los als Nächsten im Pokal beschert«, ruft Helmut nach dem dritten Bier in die Runde; dann kündigt er an, nach Hause zu fahren.

»So früh?«, fragt Willy Reinheimer überrascht.

»Ich bin mit dem Wagen da.«

»Lass ihn stehen und hol ihn morgen früh!«

»Geht nicht, ich muss morgen früh raus. Willy, wenn du willst, kannst du mitfahren.«

Willy Reinheimer stutzt und zögert; das war noch nie da. Umgekehrt ist es oft vorgekommen, aber dass Helmut ihn nach Hause chauffiert, wäre ganz was Neues. Einerseits ist es noch früh und angesichts von Helmuts Fahrkünsten wird es ihm doch etwas mulmig, aber andererseits will er Helmut, jetzt wo anscheinend wieder alles in Ordnung zu sein scheint, nicht vor den Kopf stoßen.

»Na gut, ich fahre mit«, gibt sich Willy schließlich einen Ruck und verlässt mit seinem Kumpel das Clubheim.

Die Fahrt dauert zwar nur wenige Minuten, aber Willy kommt es vor wie eine Ewigkeit. Helmut fährt entweder in der Mitte der Straße oder er nimmt in jeder Kurve den rechten Bordstein mit; glücklicherweise gibt es keinen Gegenverkehr.

»Danke«, sagt Willy erleichtert, als sie endlich vor Willys Garage stehen. »Und wegen neulich … ich wollte dich nicht verärgern.«
Helmut grunzte etwas Unverständliches vor sich hin.
»Ich bin allerdings der Meinung, dass du das nicht so lassen kannst, sonst …«
»Sonst was?«, bellt Helmut nun in gewohnt aggressivem Tonfall.
»Ach nix! Übrigens: Ich bekomme nächste Woche Wurstsuppe! Frisch aus einer Hausschlachtung. Isst du doch so gerne. Hast du Lust?«
Helmut überlegte kurz.
»Meinetwegen.«
»Okay, ich rufe dich an, wenn es soweit ist. Gute Nacht!«
»Nacht!«, blafft Helmut zurück, ohne sich für die Einladung zu bedanken.

15

Der Imker liebt seine Bienen, vielleicht sogar mehr als manche seiner Mitmenschen.

Von den achtzehn Bienenstöcken, die er einst hielt, ist nur die Hälfte übriggeblieben, nachdem vor drei Jahren auch bei ihm das große Bienensterben gewütet hat. Der Verlust ist schmerzlich gewesen, aber vielleicht ist es sogar besser so, denn er musste einsehen, dass es ihm immer schwerer fällt, die Bienenvölker zu hegen und zu pflegen.

Kaum einer weiß, wieviel Arbeit in der Imkerei steckt, sofern man das mit Hingabe und Liebe zu den Bienen betreibt, aber der Imker hat es längst aufgegeben, diese Unwissenden zu belehren, wenn sie ihn mit seinem Hobby aufziehen. Wenn sie ihm ganz blöd kommen, verkauft er ihnen keinen Honig, sein Absatz floriert auch ohne diese Blödmänner.

Er selbst hat viel Erfahrung im Umgang und der Pflege der nützlichen Insekten, ohne die, ganze Nahrungsketten zusammenbrechen würden; er weiß genau, wann er was zu tun hat, kennt die Zeiten, in denen die Stöcke besonders viel Pflege benötigten und auch, wann es besser ist, die Bienen in Ruhe zu lassen.

Dass er heute vor Ort ist, hat mit der routinemäßigen Arbeit nichts zu tun. Auf dem Plan steht dieses Mal die Teilung eines Bienenvolkes, eine nicht alltägliche Arbeit, aber eine andere Möglichkeit gibt es nicht. So eine Teilung ist kein Prozess, der an einem Tag erledigt werden kann. Mehrere Arbeitsschritte sind notwendig, und der richtige Zeitpunkt ist eminent wichtig.

Der Imker hat den ganzen Morgen zu tun, arbeitet konzentriert und empfindet ein tiefes Glücksgefühl inmitten seiner Bienen.

Als er schließlich fertig ist, setzt er sich an den Rand des Kofferraums seiner zerbeulten Karre und trinkt genüsslich einen Kaffee aus der Thermoskanne, den er mit einem ordentlichen Schuss Kirschwasser aus dem Flachmann angereichert hat. Zufrieden beobachtet er die Bienen, wie sie sich vor dem Flugloch sammeln.

16

Arthur Holzer und Friedrich Rohleder!
Der eine war früher ein überaus bekannter Fußballspieler bei Borussia Spiesen, der andere wohnte wahrscheinlich zuletzt in St. Ingbert, mehr weiß ich nicht über ihn und Marion hat sich geweigert, mehr für mich in Erfahrung zu bringen.
»Meinst du vielleicht, dass ich da meine Nase hineinstecke, damit deine bescheuert nachwirkende berufliche Neugier befriedigt wird? Du bist im Ruhestand und ich mache mich nicht lächerlich! Ruf meinetwegen den Oberbürgermeister an, vielleicht gibt er dir Auskunft, was ich allerdings bezweifle.«
»Wenn ich dort anrufe, weiß er sofort, woher der Wind weht. Ich gehe davon aus, dass er weiß, wo ich hingehöre.«
»Ich hoffe, das weißt du auch. Lass es sein und such dir eine andere Quelle. Außerdem: Du gehörst zu mir und nicht umgekehrt.«
»Könnten wir uns darauf einigen, dass wir zusammengehören?«
»Von mir aus, aber du zu mir.«
Das war am Vorabend das Ende unserer Diskussion gewesen und damit war die Sache geklärt. Fast! Wer Friedrich Rohleder zu Lebzeiten gewesen ist, würde ich selbst rausfinden müssen.
Im Internet habe ich bisher nicht recherchieren können, weil am Wochenende in der Siedlung das Netz nicht funktioniert hat; den Grund dafür hat mir weder die Nachbarschaft noch die Hotline erklären können. Ich hätte es auch über mein Handy versuchen können, aber wie das mit diesem Gerät funktioniert habe ich nur in Ansätzen verstanden, außerdem komme ich ständig auf die falschen Tasten.
Auch an diesem Montagmorgen ist das Netzproblem noch

nicht gelöst, ich werde mich später mit Friedrich Rohleder beschäftigen müssen.
Der Name des Urnenbewohners aus Neunkirchen fehlt mir ebenfalls noch, daher beschließe ich, dem als erstes auf die Spur zu gehen.
Der Polizeibericht! Demnach muss die Dienststelle in Neunkirchen wissen, um welches Grab es sich handelt und wessen Urne verschwunden ist.
Telefonisch dort nachzufragen ist wenig erfolgversprechend; wenn ich Mitarbeiter/in dieser Dienststelle wäre, würde ich einem Anrufer auch keine Auskunft erteilen. Aus früheren Jahren kenne ich einen Mann namens Adam Kowalski, der war dort vor einiger Zeit stellvertretender Dienststellenleiter. Vielleicht ist er noch aktiv und erinnert er sich an mich, jedenfalls ist es einen Versuch wert.
Kurz vor 10 Uhr parke ich in Neunkirchen vor der Polizeiinspektion in der Falkenstraße. Am Eingang erkläre ich, dass ich einen ehemaligen Kollegen besuchen möchte und nenne den Namen.
»Warten Sie bitte, ich höre nach, ob er da ist«, erklärt der Wachhabende. »Wie ist nochmal Ihr Name?«
»Schaum. Joachim Schaum, früher LKA, Dezernat 3.«
»Uih, hoher Besuch. Augenblick bitte.«
Der Kollege schließt den Schalter und telefoniert. Wenig später summt der Türöffner und der Mann teilt mir mit, dass der Kollege in Zimmer 1.4 auf mich wartet. Dort werde ich von Adam Kowalski zwar herzlich empfangen, aber ich merke sofort, dass er nicht weiß, wie er meinen Besuch einordnen soll.
»Klar, erinnere ich mich, aber ich frage mich auch, was dich hierher treibt«, lacht er. »Falls du eine Nebentätigkeit suchst, muss ich dich enttäuschen.«
»Nee, lass mal gut sein. Du bist jetzt Dienststellenleiter? Kompliment!«
»Ja, schon seit einiger Zeit; war ja logisch. Und du? Wie be-

kommt dir der Ruhestand? Hat sich rumgesprochen, dass du weg bist, kein Wunder, du warst eine Institution.«
»Die einen sagen so, die anderen so. Ja, ich will nicht klagen, aber manchmal juckt es noch.«
»Das überrascht mich nicht wirklich. Wir hatten zwar nicht oft miteinander zu tun, aber du warst ein Beißer und das legt man so schnell nicht ab. Kann ich mir gut vorstellen, so von heute auf morgen ist das bestimmt nicht einfach.«
Wir tauschen Erinnerungen aus, Adam spendiert einen Kaffee, telefoniert zwischendurch und stellt dann die entscheidende Frage.
»Okay, Josch, was hast du für ein Anliegen? Wie kann ich helfen?«
»Es geht um die verschwundene Urne vom Furpacher Friedhof.«
»Aha! Ja, das ist eine seltsame Geschichte, aber wieso interessiert dich das?«
»Wie du richtig bemerkt hast, ist das eine seltsame Geschichte, umso mehr, weil das gleiche anderswo ebenfalls passiert sein soll, und das macht mich neugierig.«
»Du kannst es also tatsächlich nicht lassen. Uns ist allerdings kein ähnlicher Fall bekannt. Wenn du mich fragst: Da hat sich jemand einen üblen Scherz erlaubt oder es geht um eine bescheuerte Wette.«
»Wenn es keine ähnlichen Fälle gäbe, hätte ich das auch angenommen; das bleibt aber vorerst unter uns.«
»Ähnliche Fälle? Bei uns?«
»Nein, das nicht, aber im Saarland. Ich kann dir aber nicht mehr sagen, weil ich es selbst nur gerüchteweise gehört habe, allerdings aus unterschiedlichen, aber verlässlichen Quellen.«
»Und jetzt willst du auf eigene Faust ermitteln?«
»Nein, ich bin nur neugierig.«
»Mensch, Josch, hast du sonst nix zu tun?«
»Doch, aber immer nur Garten geht mir auf den Geist.«

»Mir kämen zwar andere Aktivitäten in den Sinn, aber gut, das ist deine Sache. Ich verstehe nur nicht, was du von mir erwartest; wir ermitteln nicht!«

»Das ist mir klar, aber …«

»Wir haben weder das Personal noch die Zeit, um uns mit so einem Mist zu beschäftigen.«

»Das verstehe ich wahrscheinlich besser als mancher Andere. Ich will nur einen Namen.«

»Welchen Namen?«

»Von dem in der Urne.«

»Geht nicht, Datenschutz.«

»Für einen Toten?«

»Das gilt meines Wissens auf ewig.«

»Alles ist irgendwann endlich. Ich könnte auch den Friedhofswärter anzapfen. Ein Fuffi und ich erfahre es! Wetten? Aber das will ich nicht.«

»Josch, du bist ein Quälgeist.«

»Deine Qual könnte sofort ein Ende haben, Adam.«

Kowalski verdreht die Augen und schnaubt.

»Moment«, seufzt er schließlich.

Adam setzt sich an seinen Schreibtisch und malträtiert die Tastatur seines Computers.

»Erwin Leiser«, sagt er nach einer Weile.

»Hast du noch was? Alter, letzter Wohnort oder so?«

»Letzter Wohnort: Zentralfriedhof Furpach; seit 2008. Mehr kann ich dir nicht sagen.«

»Wer hat den Diebstahl eigentlich gemeldet?«

»Seine beiden Enkelsöhne. Wann der Diebstahl stattgefunden hat, wissen wir allerdings nicht. Mit Sicherheit vor Monaten, wenn nicht Jahren.«

»Hast du deren Adressen?«

»Der eine wohnt in Hessen, der andere in NRW. Die Kontaktdaten gebe ich dir besser nicht, nachher rufst du an und die Hinterbliebenen schließen daraus, dass wir ermitteln. Sorry, da

hört der Spaß auf.«
»Akzeptiert! Alles gut, danke. Wie waren die Vornamen nochmal?«
»Holger und Oliver«, seufzt Adam. »Du kannst einem tatsächlich die Würmer aus der Nase ziehen.«
Adam Kowalski klopft mir lachend auf die Schulter.
»Noch was? Ich habe zu tun, Josch. Wir können uns gerne mal im Polizeiheim treffen und ein Bier trinken. Du weißt, wo das ist?«
»Klar! Hinter der Lakai am alten Sportgelände.«
»Okay, ruf mich an, wenn du Lust und Zeit hast.«
»Mach ich, danke und tschüss!«
Mit dem Ergebnis meiner Nachforschungen kann ich zufrieden sein, mehr war nicht drin. Ich habe einen Namen: Erwin Leiser! Und die Erkenntnis, dass der Mann bereits vor mehr als zehn Jahren verstorben ist. Nun muss ich rausfinden, wer Erwin Leiser war und wann die anderen Vermissten verstorben sind, vielleicht lässt sich daraus ein roter Faden erkennen.
Die Frage ist nur, wie ich das bewerkstelligen soll, wenn mein Internet nicht funktioniert? Ein Internet-Café! Aber wo finde ich so einen Laden? In meinem ganzen Leben habe ich so einen Schuppen noch nie betreten. Eine Alternative wäre der Internet-Zugang über mein Smartphone, aber bei meinen feinmotorischen Fähigkeiten wird mich das an den Rand des Wahnsinns treiben. Über diesen Weg ein Internet-Café aufzuspüren, sollte mir allerdings gelingen. Ich werde fündig: Wellesweilerstraße!
Zehn Minuten später bin ich vor Ort. Ich kenne die Ecke, nicht weit vom Finanzamt entfernt. Früher war hier eine Kneipe neben der anderen und mancher Hüttenarbeiter hat hier zum Leidwesen seiner Familie seinen Lohn versoffen. Jetzt kommt mir auf den Straßen kaum ein Einheimischer entgegen und statt Kneipen gibt's Geschäfte mit türkischen, syrischen und indischen Waren. Und das Internet-Café.

Kurz vor Mittag trete ich ein und mache damit den Altersdurchschnitt aller Gäste kaputt. Außer mir sind vier männliche Kunden da, die allesamt meine Enkel sein könnten. Schule ist heute wohl nicht; naja. Ich tippe auf Wurzeln im Vorderen Orient, äußere meinen Wunsch und erhalte einen Zugang für zunächst eine halbe Stunde. Die Jungs machen einen Platz frei, jetzt kann es losgehen.

So einfach, wie ich mir das vorgestellt habe, ist es nicht. Leisers gibt es wie Sand am Meer, Erwin Leiser ist dreimal aufgeführt, im Telefonbuch, ohne Adresse. Das nutzt mir wenig, denn der, den ich suche, wird nicht mehr telefonieren können.

Ich suche weiter, in anderen Kategorien und werde fündig. Aha, da ist einer! Der war mal in der Bundesliga-Mannschaft von Borussia Neunkirchen. Mein Gott, das ist über 50 Jahre her, aber ich erinnere mich dunkel an diesen Spieler. Als Knirps war ich manchmal mit meinem Vater im Ellenfeld- Stadion dabei, wenn die Borussia aus Neunkirchen spielte, aber alle Spieler sind mir nicht mehr präsent; nur diejenigen, die in den Sammelalben aufgeführt waren und deren Bildchen wir tauschten. Willy Ertz gegen zwei Sepp Maier oder Elmar May gegen Franz Beckenbauer. Paul Pidancet gegen Uwe Seeler oder so. An Erwin Leisers Bild kann ich mich nicht erinnern, aber oh je, das ist so lange her. Jedenfalls muss er ein guter Spieler gewesen sein, sonst hätte er nicht in dieser Mannschaft gespielt.

Hm! Arthur Holzer war auch ein guter Fußballspieler. Zufall? Wie hieß der Typ nochmal, dessen Urne in St. Ingbert verschwunden ist? Verdammt nochmal, mein löchriges Namensgedächtnis! Was heißt löchrig? Es ist so gut wie nicht vorhanden. Der Name liegt mir auf der Zunge, schafft es aber nicht bis ins Zentrum des Nervensystems. Mist! Ich könnte Marion anrufen, aber dann müsste ich mir die Frage gefallen lassen, warum … Es muss einen anderen Weg geben.

Es sei Gesprächsstoff im Rathaus gewesen, hatte Marion gesagt; demnach gibt es einige Mitwisser. Wen könnte ich anrufen? Hm? Bingo! Marions Kollegin Andrea! Wir kennen uns von zahlreichen Geburtstagsfeiern, die Nummer erhalte ich aus dem Internet.

»Hallo Andrea, hier ist Josch«, taste ich mich behutsam vor. »Ich habe ein akutes Problem und kann Marion gerade nicht erreichen.«

»Die ist in einer Besprechung. Was gibt´s denn so Wichtiges? Wie kann ich dir helfen?«

So kenne ich Andrea: immer hilfsbereit.

»Komische Situation, aber nichts Schlimmes. Ihr hattet doch vor kurzem eine Urne, die vom Friedhof verschwunden ist. Ich weiß: alles inoffiziell! Ich sitze gerade mit einem Bekannten zusammen, der auch von der Sache weiß, aber uns fällt der Name nicht mehr ein. Also von dem, der in der Urne steckt. Ich sage Igor Welter, mein Kumpel sagt Egon Walter. Wer falsch liegt, muss ein opulentes Mittagessen bezahlen. Wer hat Recht? Hilf uns auf die Sprünge!«

»Das hast du aber nicht von mir, Josch! Obwohl, mittlerweile weiß es eh die halbe Stadt.«

»Klar! Und? Der Name?«

»Da werdet ihr wohl Kohldampf schieben müssen. Ihr liegt beide völlig daneben. Friedrich Rohleder.«

»Mist! Ich war mir so sicher!«

»Tja, Satz mit x, war wohl nix!«

»Friedrich Rohleder! Aha! Weißt du, wer das war?«

»Nee, keine Ahnung.«

»Naja, ist ja auch egal. Danke, Andrea ...«

Wir plaudern noch ein bisschen über dies und das, dann beende ich das Gespräch.

Ich füttere die Suchmaschine mit dem Namen; irgendwas wird dabei schon rauskommen, hoffe ich jedenfalls. Falls der Mann etwas anderes war, als ein braver, durchschnittlicher St. Ingberter Bürger, wird sich etwas finden lassen.

Allzu viele Rohleders gibt es nicht, jedenfalls nicht in St. Ingbert. Ingo, Claudia, Ernstfried … Ernstfried? Toller Name. Nee, das Telefonbuch nutzt mir eh nix, also weiter. Aha, ein Artikel, in dem ein Friedrich Rohleder erwähnt wird. Und da noch eine Todesanzeige!

Ein Nachruf! Demzufolge war der Mann ein beliebter Fußballspieler, Trainer und Sportfunktionär; beim SC Friedrichsthal und bei Borussia Spiesen. Schon wieder eine Borussia! Zwischenstationen bei Wormatia Worms, SV Alsenborn und als Trainer bei der DJK St. Ingbert im Jugendbereich. Bingo, das muss mein Mann sein!

Als aktiver Spieler war Rohleder Mitglied einer saarländischen Auswahlmannschaft und kickte in der Regionalliga, er muss also auch ein guter Fußballer gewesen sein.

Langsam dämmert es mir!

Holzer, Leiser, Rohleder – allesamt zu ihrer Zeit bekannte Ausnahmespieler. Die Erkenntnis haut mich fast vom Hocker: Anscheinend klaut da jemand die Urnen verblichener Kicker. Was für ein Irrsinn!

Die Erleuchtung verwirrt mich mehr, als dass sie mir hilft. Kann das wirklich sein oder verrenne ich mich? Einerseits klingt es wie Schwachsinn, andererseits kann das kein Zufall sein.

Das glaubt mir kein Mensch. Wenn ich das der Polizei erzähle, halten die mich für verrückt; oder senil. Marion wird mich entmündigen lassen und mir einen Betreuer an die Seite stellen.

Was mache ich jetzt mit den Erkenntnissen meiner Recherchen? Am besten behalte ich alles für mich und lasse die Sache auf sich beruhen, aber dann hätte ich mir die Mühe gar nicht erst machen müssen. Außerdem bin ich immer noch Kriminalist, wenn auch im Ruhestand.

Die Sache schreit nach Aufklärung!

17

»Chef, dieser Herr Schaum ist in der Leitung und fragt nach einem Termin«, ruft die Sekretärin ins Büro des Bürgermeisters. »Er sagt mal wieder, es sei dringend. Ich kann den allerdings heute und morgen nicht mehr reinschieben, alles dicht! Der Mensch lässt sich aber nicht abwimmeln.«
»Stellen Sie ihn zu mir durch!«
»Der Staatssekretär kann jeden Augenblick mit dem Zuschussbescheid auftauchen. Die Presse ist bereits da und wartet im Foyer.«
»Egal, soll warten! Stellen Sie durch!«
»Okay«, murmelt die Chefsekretärin. »Muss ja enorm wichtig sein.«

✤

»Was gibt's?«, fragt Bürgermeister Huf. »Mach´s kurz, ich bin in Zeitnot.«
»Geht nicht! Wann hast du Zeit; unter vier Augen.«
»Komm um 19 Uhr ins CfK. In der Tapas-Bar sind wir wahrscheinlich unter uns. Ruf an und frag, ob dort heute eine Gesellschaft ist, andernfalls …«
»Mach's nicht so kompliziert«, unterbreche ich. »Ich bin zwar kein Bürgermeister, aber das kriege ich gerade noch hin. Bis heute Abend.«

✤

Als der Bürgermeister eintrifft, sitze ich bereits an einem Tisch im Außenbereich und genehmige mir einen wunderbar kühlen Grauburgunder.

»Nicht viel los heute Abend, trotz des schönen Wetters«, begrüße ich den Ankömmling. »Hier draußen ist es angenehmer als in der Tapas-Bar.«

»Hast du schon was zum Essen bestellt?«

»Nein, ich habe auf dich gewartet.«

Wir bestellen Flammkuchen und ein Bier für den Bürgermeister. Als der Kellner verschwunden ist, fragt der Bürgermeister ungeduldig:

»Und, was hast du mir zu erzählen?«

»Das klingt so bescheuert, dass du es nicht glauben wirst.«

Ich berichte von meinen Nachforschungen und dem, was ich mir daraus zusammengereimt habe. Bernd Huf hört schweigend zu und schüttelt schließlich den Kopf.

»Das klingt tatsächlich ziemlich verrückt«, meint er. »Aber das hat auch etwas Gutes.«

»Wie bitte schön soll ich denn das verstehen?«

»Damit ist mein Problem entpersonalisiert. Der junge Holzer kann mir nicht mehr ans Zeug flicken, weil es kein Einzelfall ist und wir es mit einem Serientäter zu tun haben.«

»So kann nur ein Politiker argumentieren.«

»Quatsch, das ist einfach nur Logik.«

»Die wiederum passt überhaupt nicht zur Politik.«

»Hör auf mit diesen Sticheleien! Was willst du jetzt unternehmen?«

»Ich? Erstmal nix! Du musst aktiv werden!«

»Wieso ich? Ich habe mit den anderen Urnen nichts zu tun.«

»Witzbold! Ich habe mit keiner einzigen dieser Urnen was am Hut.«

»Aber du bist Polizist!«

»War!«

»Einmal Polizist, immer Polizist.«

»Das unterscheidet mich von deinem Job!«

»Du kannst doch diese Gottlosigkeit nicht auf sich beruhen lassen, Josch. Stell dir vor, du wärst ein Angehöriger, da würdest du auch wollen, dass alles aufgeklärt wird.«

»Das sagst ausgerechnet du! Dem Holzer hast du eine falsche Urne untergejubelt. Soviel zum Thema Gottlosigkeit.«

»Ja, das war ein Fehler. Ich werde das klarstellen müssen, sobald die Ermittlungen das zulassen.«

»Dazu müsste man die Ermittlungen erstmal ins Rollen bringen.«

»Du bist der Fachmann, ich halte mich da raus.«

»Ach nee? Auf dein Drängen hin habe ich überhaupt erst mit den Recherchen angefangen.«

»Dafür bin ich dir auch sehr dankbar, aber was könnte ich jetzt noch beisteuern?«

»Ruf deine Bürgermeisterkollegen an und frag vertraulich nach, ob es weitere Fälle gibt.«

»Du meinst, es gibt noch mehr …«

»Ich würde es nicht ausschließen. Warum ausgerechnet die drei? Wer so was macht, hat zweifelsfrei nicht alle Tassen im Schrank, weiß der Teufel, nach welchen Kriterien er seine Beute aussucht. Die Wahrscheinlichkeit, dass es weitere Diebstähle gibt, ist hoch; unentdeckt oder vertuscht, keine Ahnung.«

»Ich kann doch meine Kollegen nicht einfach fragen: Hey, Armin, fehlt dir 'ne Urne?«

»So plump natürlich nicht, du Superdiplomat!«

»Die würden glauben, ich hätte nicht alle Tassen im Schrank.«

»Oder Urnen in der Wand!«

»Toller Witz! Ich habe aber schon mit dem Landrat drüber gesprochen.«

»Mit Sören? Und was meint der?«

»Der ist, wie ich, der Meinung, dass du dich drum kümmern sollst.«

»Damit hat der jetzt auch einen Freund weniger. Politiker-

Pack, ihr seid alle gleich.«
»Du machst das schon. Wenn du Auslagen hast, übernehmen wir die selbstverständlich.«
»Wer, wir?«
»Sören und ich.«
»Damit kannst du heute Abend bezüglich des Essens schon mal anfangen. Und noch was!«
»Ja?«
»Kein Wort zu Marion!«
»Ich schweige wie ein Grab.«
»Der Vergleich war jetzt gerade Scheiße.«
Den Rest des Abends verbringen wir mit harmloseren Plaudereien und ich bemühe mich redlich, Bernds Auslagenerstattung kräftig in die Höhe zu treiben.

18

Als die Türglocke den erwarteten Gast ankündigt, streift sich Eva Höhn schnell die Schürze vom Leib, schaut im Vorbeigehen kurz in den Spiegel im Flur, streicht eine Haarsträhne aus der Stirn und öffnet schließlich die Haustür.
»Hallo Anita, schön dass du gekommen bist. Komm rein, der Kaffee läuft schon durch.«
»Grüß dich, Schwesterherz«, antwortet Anita. »Hier, ich habe dir etwas mitgebracht; eine Kleinigkeit aus Havanna.«
»Komm erstmal rein! Meine Güte, Havanna. Liegt das nicht in Afrika?«
»Nein«, korrigiert Anita und drückt sich an ihrer Schwester vorbei. »Das ist die Hauptstadt von Kuba, eine Insel in der Karibik.«
»Ach, Karibik! Wo du überall rumkommst! Ich kenne mich da ja nicht so aus.«
»Kein Wunder«, seufzt Anita. »Du bewegst deinen Hintern ja nicht über die Grenzen von Spiesen hinaus.«
»Stimmt gar nicht! Ich bin oft in Elversberg oder Neunkirchen. Und bei dir in Bildstock war ich auch schon mal.«
»Das war's aber auch schon an Fernreisen, meine Liebe«, lacht Anita und geht durch bis ins Wohnzimmer. »Wo setzen wir uns hin?«
»Raus auf die Veranda, das Wetter ist so schön. Ich habe den Tisch bereits gedeckt. Setz dich, ich hole den Kuchen und den Kaffee.«
Anita nimmt Platz, sieht sich um und schnauft. Das wird wahrscheinlich wieder ein langweiliger Nachmittag werden, aber einmal im Jahr muss es sein und es wird vorbeigehen. Eva

wird wie immer von ihren neuesten Koch- und Backrezepten schwärmen, alte Familiengeschichten aufwärmen und die letzten Neuigkeiten aus den zahlreichen Fernsehserien kommentieren, die sie ständig konsumierte. Anita interessiert das nicht die Bohne, weil sie diese Sendungen gar nicht kennt. Wie verschieden sie doch sind, sie und ihre Schwester Eva.

Naja, Eva konnte nichts dafür, ihr Lebensweg war eben ein anderer gewesen als der von Anita. Eva hatte aus Liebe geheiratet; zum Dank war sie nie auf einen grünen Zweig gekommen, früh Witwe geworden und nun führt sie ein bescheidenes Dasein, in dem sie von einer schmalen Witwerente mehr schlecht als recht leben und das in die Jahre gekommene Häuschen unterhalten muss.

Dass Eva nie versucht hatte, nach alternativen Wegen zu suchen, hat Anita nie verstanden, aber so ist ihre Schwester eben. Vor zehn Jahren hätte sie vielleicht noch einen neuen Partner finden können, aber nein, statt sich ein bisschen herauszuputzen und unter die Leute zu gehen, hatte sich Eva in ihr Schneckenhaus zurückgezogen und auf trauernde Witwe gemacht. Jetzt mit Mitte sechzig ist der Zug abgefahren; aus diesem Loch wird sie nicht mehr rausfinden …

Eva bringt den Kaffee, verschwindet aber sofort wieder.

»Schenk schon mal ein«, sagt sie. »Ich hol schnell den Kuchen. Ein neues Rezept, du wirst staunen.«

Es geht schon los, denkt Anita, und gießt den Kaffee in die Tassen.

Sie selbst käme nie im Leben auf die Idee, einen Kuchen zu backen. Erstens können andere das wesentlich besser und zweitens ist das rausgeschmissene Zeit. In den Cafés wird man bedient, braucht nicht zu spülen und bekommt in der Regel eine gute Qualität.

Gut, Eva kann sich das nicht leisten, und darin besteht der größte Unterschied zwischen den beiden Schwestern, was nicht von ungefähr kommt.

Anita hatte sich schon früh einen Immobilienmakler geangelt, und zwar nicht irgendeinen. Franz-Josef war erfolgreich gewesen, sehr erfolgreich! Im Laufe der Zeit hatte er eine Baubetreuungsgesellschaft zusammengestellt, die zusätzliches Geld in die Kasse spülte; richtig viel Geld!

Franz-Josefs Problem war zugleich Anitas Glück: sein krankes Herz! Anita wusste von Anfang an, dass das die Schwachstelle ihres um zehn Jahre älteren Gatten war, aber es beunruhigte sie nicht. Die Dinge würden ihren Lauf nehmen und sie nahmen ihren Lauf. Franz-Josef starb mit 58. Das war vor gut zehn Jahren und es war ein merkwürdiger Zufall gewesen, dass ihre Schwester fast gleichzeitig ebenfalls Witwe geworden war.

Das war aber auch schon alles, was die beiden gemeinsam hatten. Während Eva sich in Trauer ergossen hatte, verkaufte Anita das Firmenimperium. Ihr blieb noch genug Zeit, um sich mit dem vielen Geld ein schönes Leben zu machen. Kinder, die ihren Frieden stören würden, gab es Gott sei Dank nicht, weil Franz-Josef … naja, er hatte eben nicht gekonnt.

Einmal im Jahr gibt Anita ihrer Schwester etwas Geld, damit sie sich neu einkleiden kann, aber eine dauerhafte Unterstützung kommt nicht in Frage. Eva würde klammern und sich in Anitas Leben einmischen wollen und das will Anita auf keinen Fall. Wenn es bei Eva mal eng werden würde, könnte man drüber reden, aber auch erst dann, wenn es wirklich soweit wäre.

Eva kommt mit dem Kuchen.

»Pfirsich-Ananas-Sahne mit einem Schuss Amaretto im Biskuit«, verkündet sie.

»Wie? Kein Obst aus deinem Garten?«, wundert sich Anita. »Das war noch nie da.«

»Dieses Jahr ist es eine einzige Katastrophe! Es gibt nur ganz wenig und das ist voller Würmer. Das Rezept habe ich aus der …«

Anita hat es kommen sehen: Während der nächsten halben Stunde schwafelt ihre Schwester über das Rezept, zählt alle Zutaten auf, berichtet, welcher Promi in welcher der zahlreichen Sendungen aufgetreten ist und was er oder sie dort gekocht haben. Eva hätte auch das Telefonbuch vorlesen können, Anita hätte das genauso wenig interessiert.

Eines muss Anita allerdings unumwunden zugeben: Der Kuchen ist lecker. Nach geraumer Zeit macht Eva eine Pause.

»Und, wie geht es dir so? Gibt es was Neues?«

»Willst du nicht mal dein Geschenk auspacken?«

»Ach, das habe ich vor lauter Erzählen völlig vergessen.«

Eva rennt ins Haus und kommt kurze Zeit später mit einem kleinen Schmuckkästchen aus Holz zurück.

»Oh, wie schön! Danke!«

»Schau rein, da ist noch was drin!«

Eva öffnet den Deckel und zieht zwei gefaltete Geldscheine aus dem Kästchen; zwei Mal 500 Euro.

»Reicht das fürs Erste?«, fragt Anita. »Oder bist du irgendwo in der Klemme?«

»Ja, danke; ich meine nein, aber ich weiß nicht, was ich machen soll, wenn am Haus was kaputt geht. Neulich bei dem Sturm sind ein paar Ziegel vom Dach geflogen. Der Willy konnte das Gott sei Dank reparieren, aber er meint, da ist einiges überfällig. Und vorigen Winter hat die Heizung zwei Mal gemuckt.«

»Ich habe dir vor zehn Jahren schon geraten, dass du das Haus verkaufen sollst. Was willst du alleine in der Hütte, die ist viel zu groß für dich.«

»Du hast gut reden! Ich gehe hier nicht weg! Womöglich noch ins Altenheim! Lieber bringe ich mich um!«

»Red nicht so einen Blödsinn! Was ist mit deinem Nachbarn? Der ist doch auch alleine. Du schwärmst mir immer von ihm vor, warum tut ihr euch nicht zusammen?«

»Ja, der Willy ist schon ein toller Kerl und ich mag den auch sehr. Wir verstehen uns gut, aber der will keine Frau mehr.«

»Woher willst du das denn wissen, oder hast du ihn gefragt?«

»Nein, aber …«

»Na also! Ihr müsst ja nicht gleich zusammen in die Kiste steigen.«
»Anita! Also ehrlich!«
»Ist doch wahr! Zwischen mir und Franz-Josef, Gott hab ihn selig, ist zeitlebens auch nicht viel gelaufen. Na und?«
»Du hattest ja nebenher auch genug andere.«
»Ab und zu etwas fürs Gemüt, aber der Brüller war da auch nicht dabei.«
»Wenn Mutter das hören könnte, würde sie sich im Grab rumdrehen.«
»Jetzt mal ehrlich, Eva! Der Willy und du, ihr könntet doch zusammen einen Haushalt führen. Du machst den Haushalt und er sorgt für alles andere. Dann wärst du endlich auf deine alten Tage deine ewigen Geldsorgen los.«
»Soweit habe ich noch gar nicht gedacht«, meint Eva. »Aber der Willy hat schon gesagt, dass er sich kümmert, wenn was kaputt geht.«
»Lass mich die Männer kennen! Die versprechen viel und halten wenig.«
»Der Willy ist anders.«
»Der Willy, der Willy«, äfft Anita ihre Schwester nach. »Dann frag ihn endlich, wenn du so auf ihn stehst. Himmelherrgott bist du kompliziert!«
»Ich bin überhaupt nicht kompliziert, aber …«
»Wenn ihn dir eine andere wegschnappt, schaust du doof in die Röhre.«
»Darüber habe ich mir auch schon Gedanken gemacht.«
»Wie jetzt? Eben nein, jetzt doch? Ich sag ja, dass du kompliziert bist.«
»Ach du! Da fällt mir ein, dass ich für den Willy noch ein Päckchen habe.«
»Wie? Machst du dem etwa Geschenke? Umgekehrt müsste es sein. Oder hat er Geburtstag?«
»Nein, das hat der Paketdienst heute früh geliefert. Ich habe es

angenommen, weil er nicht da war. Hast du gesehen, ob sein Auto in der Einfahrt steht?«
»Ja, da steht eins.«
»Dann wird er jetzt wohl da sein. Ich nehme das Päckchen, dann können wir es ihm über den Gartenzaun geben. So lernst du ihn auch mal kennen.«
»Ich kenne den; als ich das letzte Mal hier war, haben wir doch mit ihm gesprochen, erinnerst du dich nicht? Aber von mir aus, dann kannst du ihm nebenbei seine zukünftige Schwägerin vorstellen. Zu dem Anlass musst du aber mit einer Flasche Schampus rausrücken.«
»Ich habe nur eine Flasche Sekt im Kühlschrank; extra, weil du gekommen bist.«
»Tut es in der Not auch. Und drei Gläser!«
Eva eilt davon und kommt kurz darauf mit einer Flasche im Sektkühler und drei Kelchen mit Goldrand zurück.«
»Ich rufe über den Zaun«, meint sie und eilt in den Garten.
»Willy!«, tönt es bald. »Bist du da?«
Sie wiederholt ihre Versuche drei Mal, aber auf der anderen Seite tut sich nichts.
»Ich rufe an und klingele an der Haustür«, erklärt Eva und stürmt an ihrer Schwester vorbei, die inzwischen die Sektflasche entkorkt hat.
»Wenn er nicht da ist, ist er eben nicht da«, meint Anita und zuckt mit den Schultern. »Den Sekt kriegen wir auch ohne ihn getrunken.«
Eva lässt sich jedoch nicht beirren und verschwindet in der Wohnung.
»Auf Willy«, prostet Anita sich selbst zu und nimmt einen großen Schluck aus der Flasche, bevor sie zwei Gläser füllt.
Ihr erstes Glas hat Anita bereits getrunken, als ihre Schwester wieder auf der Veranda erscheint.
»Ans Telefon geht er nicht und die Tür macht er auch nicht auf«, japst sie.

»Mach keine Hektik und trink«, entgegnet Anita. »Er ist nicht da, wann kapierst du das endlich?«
»Aber sein Auto steht doch vor der Tür!«
»Vielleicht wurde er abgeholt oder er ist zu Fuß unterwegs.«
»Ich rufe nochmal über den Zaun.«
»Dein Sekt wird warm!«, mahnt Anita.
»Mir ist sowieso nicht nach Sekt.«
»Sag mal! Warum habe ich jetzt die Flasche aufgemacht? Egal, Prost!«
Anita widmet sich nun dem Glas ihrer Schwester, während die erneut in den Garten eilt und über den Zaun brüllt. Nach einer Weile kommt sie zurück zur Veranda und schaut ihre Schwester mit sorgenvoller Miene an.
»Irgendetwas stimmt da nicht«, ereifert sie sich.
»Was soll denn da nicht stimmen?«, brummt Anita.
»Ich glaube, beim Willy steht die Verandatür offen.«
»Er wird vergessen haben, sie zuzumachen«, antwortet Anita lapidar und nimmt einen weiteren Schluck.
»Das sieht dem Willy gar nicht ähnlich.«
»Hast du noch nie vergessen, die Tür zu schließen?«
Eva sagt zunächst nichts, bleibt aber stehen und schaut immer wieder zum Nachbargrundstück.
»Komm bitte mit und schau; du hast bessere Augen als ich«, fordert sie schließlich.
»Warum?«
»Vielleicht siehst du, ob die Tür offensteht.«
»Selbst wenn, was ändert das?«
»Tu mir den Gefallen«, fleht Eva. »Bitte!«
»Okay, du hörst ja doch nicht auf zu nerven!«
Die beiden Frauen gehen in den Garten und postieren sich am Zaun.
»Da!«, zeigt Eva in Richtung des Nachbargebäudes. »Kannst du was erkennen?«
Anita nimmt die Hand schützend vor die Stirn und kneift die

Augen zusammen.

»Du hast Recht, die Tür scheint tatsächlich ein Stück weit offen zu stehen.«

»Mir ist das alles nicht geheuer«, jammert Eva. »Was ist, wenn da eingebrochen wurde?«

»Das hättest du doch gehört!«

»Wie denn? Ich war den ganzen Morgen über in der Küche.«

»Warum soll ausgerechnet hier einer einbrechen?«

»Im Dorf wurde in letzter Zeit öfter eingebrochen.«

»Irgendwo wird immer eingebrochen, Eva!«

»Wir müssen was machen.«

»Was sollen wir denn machen? Die Polizei rufen? Nachher liegt dein Willy auf der Couch und macht ein Schläfchen; schöne Blamage.«

»Wir müssen nachschauen!«

»Das ist Hausfriedensbruch!«

»Und wenn wir nur in die Wohnung rufen?«

»Oh, mach was du willst, wenn es dir danach besser geht!«

»Ich traue mich nicht. Schon gar nicht alleine!«

»Eva, du machst mich wahnsinnig. Erst nervst du ohne Ende und jetzt willst du plötzlich nicht.«

»Anita, du warst immer schon die Mutigere von uns beiden. Tu mir den Gefallen, dann lass ich dich in Ruhe. Versprochen!«

Anita seufzt, leert ihr Glas und steht auf.

»Meinetwegen, aber du gehst mit!«

»Ich warte am Zaun oder kneifst du jetzt auch?«

»Ich habe noch nie gekniffen, im Gegensatz zu dir! Wie komme ich da rüber?«

»Hinten ist eine Gartentür, die ist nicht abgesperrt.«

»Gib mir eins von deinen Küchenmessern, aber ein großes; falls da wirklich einer eingestiegen ist.«

»Nicht, dass du aus Versehen den Willy erstichst.«

»Ich werde ja wohl noch den Willy von einem Einbrecher unterscheiden können.«

Während Eva ins Haus eilt, um ein Messer zu holen, trinkt sich Anita mit einem weiteren Glas Sekt Mut an. Ihre Schwester muss nicht unbedingt mitbekommen, dass ihr nun auch selbst etwas mulmig ist.

Wenige Minuten später schleicht Anita über das Nachbargrundstück, während Eva am Zaun wartet und den Hals reckt.

Anita hält das Messer fest umschlossen und geht über den Gartenweg in Richtung Veranda. Sie steigt die kleine Stufe hinauf und bleibt stehen.

»Herr Reinheimer!«

Pause. Nichts.

»Willy Reinheimer!«

Nach einer Pause dann lauter.

»Herr Reinheimer, ein Paket für Sie!«

Als keine Reaktion kommt, geht Anita einige Schritte weiter, bis sie an der Verandatür ankommt. Die Tür steht halb offen, aber die Lichtverhältnisse lassen es nicht zu, dass Anita etwas im Inneren der Wohnung entdecken könnte.

»Willy?«, ruft sie durch den Türspalt. »Willy, ein Paket für dich.«

Wieder keine Reaktion.

»Ich komme jetzt rein. Ist bei dir alles in Ordnung?«

Anita schiebt die Verandatür vollends auf und betritt die Wohnung. Erneut ruft sie Reinheimers Namen und verscheucht eine Biene, die um ihren Kopf schwirrt. Das Summen des Insektes ist das einzige Geräusch, das die Stille durchbricht. Anita verharrt regungslos und schaut sich um. Auf der einen Seite steht ein massiver dunkler Wohnzimmerschrank, auf der anderen Seite ein Sideboard mit einem Fernsehgerät. Geradeaus an der Wand eine Couch aus dunkel grünem Cord, davor ein niedriger Tisch; schwer, gediegen, dunkel, so wie alles in diesem Raum. Eine Kuckucksuhr, deren Pendel sich nicht bewegt, die Antriebsgewichte liegen auf dem Boden auf.

Anita ist überrascht über die Größe des Raumes und die in jeder Hinsicht geschmacklose Einrichtung. Wieder muss sie eine lästige Biene verscheuchen, die anscheinend wie ein Wächter den Eindringling vertreiben soll. Wenige Schritte vor Anita steht ein wuchtiger Ohrensessel, dessen Rückseite ihr zugewandt ist. Erst als sie einen weiteren Schritt nach vorne wagt, sieht sie es: In diesem Sessel sitzt ein Mensch, von dem ein kleiner Teil des Hinterkopfes zu erkennen ist. Jetzt bemerkt Anita zudem, dass rechts neben dem Bein des Sessels die Spitze eines Pantoffels hervorlugt, und wie es aussieht, steckt da auch ein Fuß drin.

Anita erschrickt fürchterlich, unterdrückt jedoch einen Schrei. Stattdessen nimmt sie allen Mut zusammen, geht näher ran und umrundet schließlich den Sessel.

Der Mann, der vor ihr im Sessel sitzt, besser gesagt dort zusammengesackt hängt, ist zweifelsfrei Willy Reinheimer! Sein Kopf ist seitlich nach unten auf die Brust gekippt, der Mund steht weit offen, wie zu einem letzten Schrei geformt, die Augen sind leicht geöffnet. Willys Unterarme liegen schlaff auf dem Körper und Anita zweifelt keinen Augenblick, dass der arme Kerl tot ist. Mausetot! So hatte damals Franz-Josef auch ausgesehen, als sie ihn gefunden hatte, jedoch mit dem Unterschied, dass der im Januar gestorben war und sein Kopf nicht von Bienen umschwirrt worden war.

»Schöne Scheiße«, murmelt Anita.

Den Sektempfang in der Galerie am frühen Abend würde sie nun vergessen können. Sie kennt das von Franz-Josef, da war auch der Teufel los gewesen und es gab tausend Fragen, bis sie ihn endlich aus dem Haus geschafft hatten.

Und Eva! Bei allem Unverständnis für deren Lebensweise ist sie doch immerhin ihre Schwester, die sie jetzt nicht alleine lassen kann. Anita geht zurück zur Veranda, schlägt nach den lästigen Bienen und ruft nach Eva, die immer noch am Gartenzaun lauert.

»Eva, ruf den Notarzt; der Willy ist tot. Und die Polizei rufst du am besten auch …«

Weiter kommt Anita nicht mehr. Von einer Sekunde zur nächsten fährt ihr ein stechender Schmerz in die Brust und sie bekommt keine Luft mehr. Mit letzter Kraft schafft sie es auf einen Stuhl, der seitlich unter dem Wetterhäuschen steht. Kalter Schweiß tritt ihr auf die Stirn, dann verschwimmt alles um sie herum hinter einem nebligen Schleier.

19

Wie an jedem Freitagabend, vorausgesetzt das Wetter lässt es zu, sitzen wir vor Marions Haus mit den Nachbarn zusammen und läuten das Wochenende ein.
Die Stimmung ist bestens, das Essen gut und reichlich, die Siedlungsfahne ist gehisst und die Getränke sind gut temperiert. Was will man mehr? Daher lautet das Motto auf unserer sogenannten Blauen Bank auch: Mensch, geht's uns so gudd.
Seitdem es nach Beschluss der teilnehmenden Anwohner tabu ist, mehr als drei Sätze über Krankheiten, Arztbesuche und Erkenntnisse aus der Apothekerzeitung zu fabulieren, hat sich dauerhaft gute Laune bei unseren Treffen durchgesetzt. Jetzt geht es meistens ums Essen, den Garten, gemeinsame Ausflüge und bevorstehende Festlichkeiten.
Heute ist die Nachlese des Dorffestes ein Thema, an allererster Stelle die Qualität der Musiker und des restlichen Programms. Wie nicht anders zu erwarten, haben zwanzig Versammelte mindestens fünfzehn verschiedene Meinungen.
»Das Programm war voriges Jahr besser«, behauptet Trudi.
»Da waren wir gar nicht da, sondern am Gardasee«, wirft ihr Mann Wolfgang ein.
»Trotzdem«, grollt Trudi.
»Das Brötchen von meiner Rostwurst war uralt«, urteilt Armin.
»Stimmt«, bestätigt Daniela. »Aber die Wurst war lecker.«
Der Erfahrungsaustausch ist auch nach einer Stunde noch in vollem Gange, als Sabine mit ihrem Hund namens Sancho auftaucht. Der Hund freut sich auf das Leckerli, Sabine eher auf ein Gläschen Crémant.
»Leute«, berichtet Sabine, »war das heute Mittag eine Aufre-

gung. Ich war mit dem Hund unterwegs, aber da drüben am Gänsberg gab es überhaupt kein Durchkommen! Da war alles gesperrt.«

»Da hat Borussia Spiesen wohl wieder ein Sportfest«, vermute ich.

»Nee, alles voll Polizei und Rettungswagen; die halbe Siedlung war abgesperrt.«

»Hä«, entrüstet sich Dagmar. »Warum weiß ich davon nichts? Was ist passiert?«

»Die haben den Willy aus seiner Wohnung geholt; der ist tot.«

Sofort bricht ein Stakkato an Stimmen los. Welcher Willy? Wieso das? Wann, wieso, weshalb …

»Der Willy eben! Der neben der Frau Höhn wohnt. Ich weiß nicht, wie der mit Familiennamen heißt.«

»Welche Frau Höhn? Agnes? Vom Obst- und Gartenbauverein? Die wohnt aber in Elversberg.«

»Vielleicht hat sie eine Zweitwohnung in Spiesen«, trägt Wolfgang zur Problemlösung bei.

»Warum sollte Agnes eine Zweitwohnung haben, die wohnt doch alleine in dem großen Haus?«, maßregelt Trudi ihren Mann.

»Vergiss es, war ein Witz.«

»Das ist doch die, der es ihr Mann so dreckig gemacht hat«, frotzelt Markus, worauf Dagmar ihm einen Klaps verpasst.

»Doofer!«

»Ich mein ja nur!«

Jetzt werden zunächst alle Frauen mit Namen Höhn oder Agnes aus Spiesen durchgeackert, das dauert.

»Anscheinend gibt es hier eine Menge Höhner«, mische ich mich ein. »Aber interessanter ist doch, wer dieser Willy ist oder vielmehr war.«

»Der neben der Frau Höhn«, bemerkt Markus treffsicher und fängt sich den nächsten Klaps ein.

»Unsere Männer sind alle bekloppt«, behauptet seine Frau.

»Kein Wunder, du kloppst ja auch immer auf mir rum«, wehrt sich Markus.
»Wie heißt denn die Straße, wo der wohnt?«, versucht Marion, Klarheit zu schaffen.
»Direkt oberhalb vom Sportplatz«, antwortet Sabine.
»Ein ziemlich langer Straßenname«, werfe ich ein.
»Doofer!«
»Das ist die, wo der Jens wohnt«, weiß Stephen.
»Welcher Jens?«
»Der vom Sportverein.«
»Nee, der wohnt weiter unten.«
Die Lokalisierungsversuche gehen weiter, führen jedoch zunächst zu keinem Ergebnis.
»Ah, jetzt weiß ich, wer das ist«, ruft Trudi plötzlich. »Höhne Eva, die wohnt am Gänsberg. Die war bei mir in der Grundschule.«
»Soweit waren wir schon«, murmelt Marion.
»Und die wohnt neben dem Willy, von dem wir immer noch nicht wissen, wer das ist«, ergänze ich.
»Moment, ich schaue im Internet mal nach dem Straßennamen«, schlägt Bhavin vor und traktiert sein Handy.
Wenig später verkündet er, dass Eva Höhn in der Richard-Wagner-Straße wohnt.
»Jetzt wissen wir aber immer noch nicht, wer ihr Nachbar ist«, mault Dagmar.
»Wir könnten die Eva anrufen und fragen«, schlägt Trudi vor.
»Mein Gott, jetzt gebt endlich Ruhe mit diesem Thema«, ereifere ich mich. »Demnächst steht alles in der Zeitung und dann hat sich das. Anscheinend kennt ihr diesen Willy sowieso nicht. Themenwechsel bitte.«
Wie üblich interessiert sich niemand für meine Meinung. Die Diskussion geht munter weiter, ohne dass sich die Identität des Mannes klären lässt. Trudis Anruf bei Frau Höhn fruchtet nicht, weil niemand ans Telefon geht.

Eine halbe Stunde später biegt ein schwarzer Audi um die Ecke und parkt vor meinem Auto. Die Siedler spekulieren sofort, wer der Eindringling mit Saarbrücker Kennzeichen sein könnte. Die Einschätzungen schwanken zwischen Versicherungsvertreter und Immobilienmakler, man ist sich jedoch einig, dass weder der eine noch der andere Berufszweig in der Siedlung wohl gelitten ist.
Als die Person aus dem Wagen steigt, erkenne ich sofort, wer uns da einen Besuch abstattet: Meine ehemalige Kollegin, Hauptkommissarin Katja Reinert gibt sich die Ehre und schlendert lächelnd auf uns zu.
»Ist das eine Fata Morgana, oder bist du es wirklich?«, frage ich, als ich sie begrüße.
»Dachte ich mir, dass ihr mal wieder zusammensitzt und feiert.«
»Das ist keine Feier, das ist eine Bürgerversammlung. Schön, dich zu sehen, komm, setz dich.«
»Gerne. Ich habe ein bisschen Zeit mitgebracht, wenn ich schon mal hier bin.«
»Für die, die sie noch nicht kennen: Das ist Hauptkommissarin Katja Reinert vom LKA Saarbrücken; aber die meisten von euch werden sich bestimmt an meine ehemalige Kollegin erinnern.«
Die Truppe rutscht zusammen und schnell ist zwischen mir und Marion ein Platz für Katja freigemacht. Ihr Widerstand gegen ein Glas Crémant zur Begrüßung ist dank Marions Überzeugungskraft schnell gebrochen und wir stoßen mit unserem neuen Gast an.
»Was treibt dich in unsere Gegend?«, frage ich. »Oder bist du extra meinetwegen hergekommen?«
»Nun lass Katja in Ruhe ankommen«, maßregelt mich Marion und stellt Katja ihrerseits einige Fragen; nach der Herkunft ihrer Bluse, dem Wohlergehen der Mutter, Neuigkeiten zu ihrem Freund und wie sie mit Staatsanwältin Sommer klarkomme.
»So viel zum Thema in Ruhe lassen«, raune ich Markus zu.

»Tja, so sind sie halt«, stellt der lapidar fest.
»Wie sind wir?«, brüllt Dagmar von der anderen Tischseite. »Ich höre alles!«
»Hellhörig!«, antworte ich ebenso laut und schon entbrennt ein Streitgespräch über die Vorteile des weiblichen Hörvermögens im Unterschied zu dem der Männer, das nach Einschätzung von Sonja nur bei Reizwörtern wie Fußball, Titten und Bier aktiviert wird. Dagmar ergänzt den Begriff Möpse und behauptet, dass Begriffe wie Mülleimer, Spülmaschine und Staubsauger vom männlichen Gehör gar nicht erst erkannt werden und als Bio-Müll im maskulinen Fettgewebe eingelagert werden.
»Schau dir den Bauch von Meinem an«, fordert sie Barbara auf. »Da kannst du dir vorstellen, was der alles nicht hört.«
Wie die Hyänen fallen die Frauen nun verbal über uns her, aber das sind wir mittlerweile gewohnt, denn es ist fast jeden Freitag das gleiche Phänomen: femininer Gruppenzwang, von mir des Öfteren gleichgesetzt mit dem kollektiven Toilettenbesuch, den auch keiner erklären kann. Wie üblich ist das Thema nach einer Weile durch und die Wogen glätten sich wieder. Marion ist zwischenzeitlich im Haus verschwunden, keine Ahnung, was sie dort treibt.
»So, Katja, hast du alle Fragen beantwortet?«, melde ich eine Unterhaltung an.
»Alles klar! Euch scheint es ja bestens zu gehen.«
»Wir können nicht klagen. Was gibt's im Präsidium Neues?«
»Nichts Besonderes außer dem täglichen Wahnsinn. Ach ja, Inge Manderscheid ist anscheinend liiert. Und Daniela Sommer ist auf Schlankheitstrip.«
»Nee, oder? Für Inge freut mich das, aber bei der Staatsanwältin kann ich mir diesen Wandel überhaupt nicht vorstellen!«
»Bisher redet sie auch mehr davon, als dass sie ihren Plan umsetzt.«
»Dachte ich mir. Du hast meine Frage von vorhin noch nicht beantwortet. Was treibt dich nach Spiesen?«

»Ich war dienstlich unterwegs und dachte mir, ich sollte mal vorbeischauen. Ich hoffe, das war eine richtige Entscheidung.«
»Warst du in der Nähe? Ein neuer Fall?«
»Eher nicht. Leichenfund mit unbekannter Todesursache. Der Arzt hat keine Diagnose und da ich gerade in Homburg war, baten mich die Kollegen vorbeizuschauen.«
»Und?«
»Ich sehe keinen Hinweis für Fremdeinwirkung und Suizid schließe ich ebenfalls aus. Soll Daniela entscheiden, ob sie eine Obduktion haben will.«
»In Spiesen? Wer?«
Katja druckst herum und will nicht mit Einzelheiten rausrücken.
»Nur den Namen, mein Gott!«
»Ja in Spiesen. Der Mann heißt Willy Reinheimer.«
»Richard-Wagner-Straße?«
»Aha, die Buschtrommel hat also bereits funktioniert.«
»Dort drüben das ist Sabine, sie wohnt in der Nähe. Sie hat davon erzählt, allerdings wussten wir bisher nur, dass der Tote Willy heißt. Willy Reinheimer also! Der war noch gar nicht so alt.«
»Du kennst den?«
»Kennen wäre zu viel gesagt. Ich habe ihn vor kurzem zufälligerweise in einem Café getroffen. Eine flüchtige Bekanntschaft.«
»Zufälle gibt's! Und, was hattest du für einen Eindruck von dem Mann?«
»Boah, was hatte ich für einen Eindruck? Netter Geselle, etwas schüchtern, gepflegtes Äußeres, ein ziemlich ruhiger und ausgeglichener Mensch. Ach ja, er hatte eine Allergie gegen Bienenstiche.«
»Hä? Wieso ist dir das nachhaltig in Erinnerung geblieben?«
»Ja, das war ziemlich lustig. Ich hatte gerade ein Stück Bienenstich auf dem Teller, da hat er mir erzählt … also er hatte eine Allergie gegen Bienenstiche, nicht gegen den Kuchen, sondern

… verstehst du? Urkomisch, oder?«
Anstatt auf mein Gespräch einzugehen, steht die Hauptkommissarin abrupt auf und verlässt die Gesellschaft. In einiger Entfernung bleibt sie stehen und telefoniert. Das Gespräch dauert eine Weile, dann kommt Katja an den Tisch zurück.
»Was war das denn?«, frage ich sofort.
»Ich habe die Information von Reinheimers Allergie weitergegeben. Das ist immerhin eine Möglichkeit, die wir nicht außer acht lassen sollten.«
»Hat der Hausarzt nichts davon erzählt?«
»Der war nicht vor Ort; er ist zurzeit in Urlaub und kommt wohl erst am Montag wieder, dann werde ich ihn befragen, ob das stimmt.«
»Warum sollte Willy Reinheimer mich belogen haben?«
»Sag ich ja gar nicht. Ich will nur wissen, ob so etwas todesursächlich sein kann und wie sich diese Allergie äußert.«
»Das würde mich auch interessieren. Ruf mich bitte an, wenn du Näheres weißt.«
»Das werde ich nicht tun, Josch. Du bist im Ruhestand, schon vergessen?«
»Wie sollte ich«, seufze ich. »Ich kann ja nächste Woche mal bei euch vorbeischauen und unverbindlich guten Tag sagen.«
»Gerne! Die Kolleginnen und Kollegen werden sich freuen. So, nun muss ich los, bis Saarlouis ist es noch ein Stück zu fahren.«
»Okay, sag den anderen einen schönen Gruß.«
Katja Reinert verabschiedet sich von den Siedlern und haucht mir einen Kuss auf die Wange.
»Mach's gut und genieß die Zeit«, wünscht sie und braust kurz darauf davon.
Ich geselle mich wieder zum Rest der Truppe, die mittlerweile die Terminierung des nächsten Grillfestes zum Thema hat.
Dass es sich bei dem Toten um Willy Reinheimer handelt, behalte ich vorerst für mich; das werden die anderen noch früh genug erfahren.

20

Am Samstagmorgen beim Frühstück eröffnet mir Marion, dass sie am Nachmittag Dienst auf dem St. Ingberter Stadtfest schieben muss.

»Haben die keine jüngeren Leute, die sie einsetzen können?«, frage ich.

»Doch, aber ich habe eine Mail bekommen, dass jemand ausgefallen ist. Glaubst du etwa, ich bin zu alt für den Job?«

»Nein, auf keinen Fall«, gebe ich klein bei. »Wann hast du Dienst?«

»Von 13 Uhr 30 bis 20 Uhr; in der Koordinierungsstelle.«

Ich nehme es zur Kenntnis, habe allerdings den Verdacht, dass Marion sich um diesen Job geradezu reißt, weil sie unbedingt das Stadtfest besuchen will und genau weiß, dass sie mich unter keinen Umständen dazu überreden könnte, mich mit ihr in dieses Gewimmel zu stürzen. Solche Musikgewitter sind mir ein Gräuel, außerdem hasse ich es, ständig angerempelt oder mit Softeis oder Senf vom Würstchen bekleckert zu werden.

Gut, dann werde ich mir für den Nachmittag eine alternative Beschäftigung einfallen lassen, denn ich sehe nicht ein, dass ich alleine im Garten rumwusele, während gnädige Frau sich auf dem Fest amüsiert.

Die Woche über habe ich mich mit ehemaligen Größen des Fußballsports beschäftigt, da wäre heute die Gelegenheit nach langer Abstinenz mal wieder ein aktuelles Spiel anzuschauen. Aus der Zeitung erfahre ich, dass die SV Elversberg auswärts spielt, darauf habe ich keine Lust. Borussia Neunkirchen spielt erst Sonntag, aber Spiesen spielt zu Hause und zwar heute. 13 Uhr 30 gegen Lappentascherhof; das passt! Au ja, in der Halb-

zeit eine Rostwurst und ein gezapftes Bier, da freue ich mich drauf. Und nach dem Spiel einen Bienenstich bei Anick. Perfekt!
»Schatz, bist du zum Abendessen da?«, frage ich.
»Ich bringe auf dem Rückweg etwas vom Vietnamesen mit; zum Kochen habe ich keine Lust.«
Damit wäre das geklärt! Kurz vor 13 Uhr verlässt Marion das Haus, eine Minute später mache auch ich mich auf den Weg. Einem inneren Zwang folgend parke ich meinen Wagen zwar am Sportplatz, gehe aber zunächst zur Richard-Wagner-Straße und schaue mir die Häuser an. Hier hat Willy Reinheimer also irgendwo gewohnt. Hätte ich im Telefonbuch nachgeschaut, wäre ich vielleicht schlauer, aber ich habe es versäumt, mich nach der Hausnummer zu erkundigen. Ein Mann mittleren Alters steht im Vorgarten und schneidet die Hecke.
»Entschuldigen Sie bitte, wissen Sie, wo Willy Reinheimer wohnt?«, frage ich höflich.
»Ha? Ich nix; nur Garten machen gut.«
»Aha, danke.«
In einer Garageneinfahrt putzt ein junger Bursche einen Wagen. Ich stelle die Frage nochmals, bekomme aber wieder nicht die erwünschte Auskunft.
»Tut mir leid, ich kenne hier niemanden.«
Okay, dann eben nicht!
Ein Greis, geschätzte zehn Jahre älter als ich, lehnt im zweiten Stock am Fenster und beobachtet, was in der Straße vor sich geht. Auch ihn frage ich nach Willy Reinheimer.
»Der wohnt zwei Häuser weiter, aber den brauchen Sie nicht mehr zu besuchen, der ist nämlich umgezogen«, dabei zeigt er mit einer Hand gen Himmel.
»Wie, umgezogen?«, stelle ich mich ahnungslos.
»Na endgültig! Dahin, wo wir alle mal landen.«
»Sie meinen, er ist gestorben?«
»Genau! Gestern erst.«

»Ach du Schreck! Was ist passiert?«
»Keine Ahnung, er ist halt gestorben, der Willy.«
»Danke für die Auskunft, ich gehe aber trotzdem mal hin.«
Das genannte Haus lässt von außen nicht vermuten, was da gestern geschehen ist. Ein gepflegtes Anwesen, klein aber fein, wenngleich in die Jahre gekommen. Der Name auf dem Briefkasten zeigt mir, dass ich richtig bin.
Was will ich hier eigentlich? Für mich gibt es nichts zu sehen und nichts zu tun, aber wenigstens ist meine Neugierde jetzt befriedigt. Ich habe mir ein Bild gemacht und fertig. Auf zum Sportplatz, das Spiel beginnt gleich. Der Kiebitz von vorhin liegt immer noch am Fenster und schaut mir wortlos nach.
Das Zuschauerinteresse am Spiel ist äußerst gering. Ich schätze, dass nicht mehr als 100 Zuschauer den Weg hierher gefunden haben. Nach einer halben Stunde weiß ich warum.
Gegen den Vorwurf des Dopings wird sich keiner der Akteure wehren müssen, es sei denn, dass auch Schlaftabletten auf der Verbotsliste stehen. Wenn ich den Anpfiff nicht mit eigenen Ohren gehört hätte, würde ich glauben, die machen sich noch warm. Ich bin zwar alles andere als ein Fußballprofessor, aber bei dieser Spieltaktik heißt die Strategie wohl abwarten, was der Zufall mit sich bringt.
Pässe über mehr als zwei Meter kommen generell nicht an den eigenen Mann und allgemein besteht das Problem anscheinend darin, dass der Ball rund ist und dummerweise hüpft. Das Beste am Spiel ist das satte Grün des Kunstrasens. Der Halbzeitpfiff ist eine Erlösung, vor allem für die Zuschauer. Zur Belohnung für diesen Krampf winken endlich das ersehnte Bier und die Rostwurst.
»Eigentlich müsste wenigstens die Wurst als Widergutmachung umsonst sein«, erklärt einer den Kunden am Stand.
»Stimmt!«, bestätige ich. »Das Bier im Prinzip auch.«
»Hoffentlich weckt der Trainer die Jungs auf; bin gespannt, wie das weitergeht.«

»Not gegen Elend, hoffen wir auf eine bessere zweite Hälfte.«
»Dein Wort in Gottes Ohr, Sportsfreund, aber ich fürchte, die können nicht mehr. Vielleicht sind sie geschockt, weil der Willy gestorben ist. Es würde mich jedenfalls nicht wundern, wenn der arme Willy als Ausrede herhalten müsste.«
»Welcher Willy?«, spiele ich den Ahnungslosen.
»Willy Reinheimer, der hat denen in der Jugend das Fußballspielen beigebracht.«
»Was ich sehe, ist nicht gerade eine Referenz für ihn als Trainer«, seufze ich.
»Ja, aber das ist immer dasselbe: In der Jugend sind sie gut und dann verlieren sie die Lust. Fußballspielen können die alle, aber meistens haben sie keinen Bock oder sie haben einen Kater von gestern. Früher war das anders, da haben …«
»Ja, ich weiß«, unterbreche ich, weil ich keine Lust habe, mir das ewige Gedudel über die alten Zeiten anzuhören. »Früher war eher, das ist nun mal so. Haben unsere Vorfahren auch immer gesagt. Und dieser Willy ist jetzt tot? War der schon so alt, oder was ist passiert?«
»Nee, so alt war der Willy noch nicht; Anfang 70 glaube ich. Gestern haben sie ihn gefunden, daheim in der Wohnung. Der Notarzt war zwar noch da, aber es war bereits zu spät. Habe das aber auch nur vom Erzählen gehört.«
»Knall auf Fall oder war der krank?«
»Nicht, dass ich wüsste. Der Willy war immer gut drauf und hat kein Spiel versäumt; er und sein Kumpel, der Kohler Helmut. Zwei Fußballverrückte, ein unzertrennliches Paar. Der Helmut ist der da vorne in der Cordhose. Für den ist das bestimmt ein schwerer Schlag.«
»Wenn man seinen besten Freund verliert, ist das eine schlimme Sache«, bestätige ich.
»So, es geht weiter. Am besten nehmen wir uns gegen die Langeweile noch ein Bier mit.«
»Nee, lieber nicht, eins reicht mir; vielleicht nach dem Spiel.«

Der Trainer scheint in der Halbzeitpause tatsächlich das passende Gegengift zu den Schlaftabletten verabreicht zu haben. Zumindest die Spieler von Borussia Spiesen scheinen wie ausgewechselt zu sein. Mit erhöhter Laufbereitschaft kommt ein anderer Fluss ins Spiel, sogar weite Pässe kommen plötzlich an und die Dribblings werden gewonnen. Nach zehn Minuten steht es 1:0, am Ende gewinnt Borussia mit 4:0, die Zuschauer sind begeistert und die erste Halbzeit ist vergessen.

»Naja«, meint mein Nachbar. »Das war ja ganz passabel. Ich nehme noch ein Bier im Sportheim und dann geht's nach Hause zur Sportschau.«

»Auf ein Bier komme ich noch mit«, antworte ich und schließe mich dem Strom der Kneipenbesucher an.

Im Kampf um ein Getränk drängelt sich die Masse an der Theke, hinten am Stammtisch wird bereits heftig diskutiert. Die Lautstärke nimmt zu, als es zu einem Wortgefecht kommt, in dessen Mitte der alte Herr steht, der mir als Helmut Kohler, Willy Reinheimers Kumpel, beschrieben worden ist. Der Kerl ist in Fahrt und haut mit der flachen Hand auf den Tisch. Trotz seines Alters, das ich auf Mitte 70 schätze, ist dieser Helmut ein Bär von einem Mann, der selbst im Sitzen alle anderen am Tisch überragt.

»Was geht mich der Willy an?«, brüllt er. »Lasst mich endlich damit in Ruhe, Ihr Idioten!«

»Was ist denn mit dem los?«, frage ich meinen Nachbarn an der Theke.

»Der Helmut ist zwar immer streitlustig, aber heute scheint er besonders mies drauf zu sein. Ich habe ihn bereits in der Halbzeit hier sitzen sehen. Keine Ahnung, was er gerade hat; vielleicht ist es wegen Willy.«

Der Wirt hinter dem Tresen deutet an, dass er das Bierfass wechseln muss. Auf Flaschenbier habe ich keine Lust, das kann ich auch zu Hause haben. Dann lieber zum Bienenstich ins Café, das schließt um halb sechs, da habe ich noch genug Zeit

für einen göttlichen Genuss!
Zu meiner Überraschung ist im Café nicht viel Betrieb, aber Toni Lukas sitzt mal wieder an seinem gewohnten Tisch und winkt mir zu, als ich eintrete.
»Hallo Josch, schön, dass du mir Gesellschaft leisten willst.«
Ich bestelle den ersehnten Bienenstich, sowie einen Kaffee und weiß nicht recht, wie ich es anpacken soll.
»Ja … ähm … mein Beileid zum Tod deines Cousins«, versuche ich der Situation gerecht zu werden.
»Welcher Cousin?«, fragt Toni überrascht.
»Willy! Wusstest du das nicht? Oh, das tut mir aufrichtig leid.«
»Willy? Willy Reinheimer?«
»Ja, der!«
»Der ist gestorben?«
»Ja, gestern.«
»Ach du meine Güte, nein das wusste ich nicht. Woher auch. Er ist allerdings nicht mein Cousin, sondern mein Großonkel.«
»Ehrlich? Das hatte ich dann irgendwie falsch in Erinnerung.«
»Kein Problem. Der Willy! Was ist passiert?«
»Er wurde tot in seiner Wohnung gefunden.«
»Mein Gott! Weißt du Einzelheiten?«
»Nein, tut mir leid. Ich dachte, du hättest das mitbekommen.«
»So eng waren wir auch wieder nicht. Außerdem wohne ich am anderen Ende des Ortes, da dauert es eine Zeit, bis sich das zu mir rumgesprochen hat.«
»Hatte der Willy sonst noch Verwandte?«
»Nicht, dass ich wüsste. Seine Frau ist schon vor vielen Jahren gestorben, die Ehe war kinderlos. Andere Verwandte gibt es laut Willy auch nicht mehr; ich habe mich da nie drum gekümmert, aber anscheinend bin ich nun sozusagen der letzte Mohikaner meines Stammes.«
»Schade.«
»Im Nachhinein betrachtet hätte ich mich vielleicht mehr um ihn kümmern müssen, andererseits bin ich kein Familien-

mensch und der Willy ist ja wohl auch alleine ganz gut klargekommen. Ich werde mich natürlich um die Beerdigung kümmern. Wo haben sie ihn denn hingebracht?«

»Weiß ich nicht, aber ich nehme an, dass die Staatsanwaltschaft die Leiche erst freigeben muss.«

»Wieso das denn?«, fragt Toni entrüstet.

Ich erkläre ihm, wie so etwas in der Regel abläuft, dass die Todesursache wohl nicht abschließend festgestellt ist, und dass er sich am besten mit Hauptkommissarin Reinert in Verbindung setzen soll, um den neuesten Stand der Dinge zu erfahren.

»Liebe Güte, welch ein Aufwand«, stöhnt er. »Aber gut, ich rufe sie am Montag an.«

»Mach das! Übrigens: Hast du einen Wohnungsschlüssel?«

»Nein. Wie bereits gesagt: Wir haben uns nur sporadisch getroffen, meist zufällig.«

»Kennst du eigentlich seinen besten Kumpel?«

»Ich weiß nicht, wen du meinst.«

»Den Nachnamen habe ich vergessen. Helmut soundso. Ein komischer alter Kauz.«

»Helmut Kohler? Den kenne ich nur dem Namen nach. Manchmal fährt er an meinem Haus vorbei, weil er weiter hinten ein Grundstück mit Bienenstöcken hat. Da halten alle die Luft an, dass er nirgendwo gegen fährt. Eigentlich müsste man dem den Führerschein abnehmen.«

»Aha, der hat Bienen? Und sein bester Kumpel Willy hat die passende Allergie dazu.«

»Ja, das ist kurios, aber den Willy habe ich bei uns in der Gegend nie gesehen.«

»Das kann man ihm nicht verdenken. Ah, da kommt mein Bienenstich.«

Toni Lukas verabschiedet sich bereits nach kurzer Zeit.

»Der Tod vom Willy geht mir doch recht nahe. Ich fahre mal zu seiner Wohnung und rede mit den Nachbarn, vielleicht weiß jemand mehr über die Todesumstände. Danke für die Info,

Josch. Mach's gut, bis dann.«

Schon ist er weg und lässt mich mit meinem Bienenstich alleine. Erst jetzt fällt mir auf, dass ich am Nachmittag am Sportplatz das Wichtigste vergessen habe. Ich hatte mich bei der Gelegenheit eigentlich über Arthur Holzer erkundigen wollen, denn die älteren Fans hätten mir mit Sicherheit etwas über den einstigen Fußballstar sagen können. Blöd von mir, dass ich das verschwitzt habe. Das Spiel, die Wurst, der Stress im Vereinsheim … dabei habe ich mein Ziel völlig aus den Augen verloren. Echt blöd! Wie komme ich an diese Informationen ran, ohne gleich wieder beim Bürgermeister vorsprechen zu müssen?

Ha! Ich habe eine Idee. Warum bin ich nicht schon früher draufgekommen? Ludwig Lang, genannt de Lui und das Schäumche, wie Günter Schröder genannt wird, sind zwei ehemalige Fußballspieler aus den Bundesligazeiten von Borussia Neunkirchen, und die beiden kenne ich gut. Wenn jemand etwas über Fußball erzählen kann, dann die! Höchste Zeit, dass ich ihnen einen Besuch abstatte.

21

Staatsanwältin Daniela Sommer ist an diesem Montag kurz vor der Mittagspause alles andere als guter Laune.
Daran ist nicht nur die Besprechung mit dem Oberstaatsanwalt Schuld, der mal wieder in ellenlangen Ausführungen daran erinnert hatte, dass man der unvermeidlichen Personalnot nur mit effizient gestalteten Prozessabläufen entgegenwirken könne. Zudem sei es unabdingbar, die Prozessdauern zu verkürzen, auch wenn darunter die Qualität der letztendlichen Rechtssicherheit leide; es sei nun mal nicht zu ändern.
»Ein schlechter Kompromiss mit einem für uns problematisch anmutenden Vergleich ist allemal besser, als ein sich dahinziehendes Verfahren mit zweifelhaftem Ausgang«, hatte der Oberstaatsanwalt abschließend postuliert, und das war nun wirklich das letzte Argument, dem sich Daniela Sommer unterwerfen wollte.
»Der Rechtsstaat beugt sich demnach seinem organisatorischen Defizit und wundert sich gleichzeitig, dass die Menschen in diesem Lande das Vertrauen in die Rechtsstaatlichkeit verlieren«, hatte sie dagegengehalten. »Das ist abstrus. Ich will mir gar nicht vorstellen, welchen zweifelhaften Kräften, die diesen Rechtsstaat negieren, wir damit in die Karten spielen.«
»So ist das nun mal«, hatte ihr Chef brüsk und pikiert geantwortet. »Der Wandel der Zeit macht auch vor der Justiz nicht halt.«
Staatsanwältin Sommer hatte sich zudem anhören müssen, dass nicht jede ungeklärte Todesursache zwangsläufig eine Obduktion nach sich ziehen müsse, sondern nur dann, wenn die äußeren Umstände das für zwingend notwendig erscheinen lassen.

»Konzentrieren Sie sich auf das Wesentliche, für alles andere haben wir weder die finanziellen Mittel noch die personellen Kapazitäten!«
Oberstaatsanwalt Dr. Fuchs hatte bei der Montagsbesprechung moniert, dass Daniela am vorausgegangenen Freitag die Obduktion an der Leiche von Wilhelm Reinheimer ohne vorherige Rücksprache angeordnet hatte.
»Ich weiß, auf was sie anspielen, Herr Dr. Fuchs, aber wir hatten neue Erkenntnisse und da Sie nicht erreichbar waren, lag es in meiner Entscheidungskompetenz«, hatte sie mit aggressivem Unterton geantwortet. »Die habe ich wahrgenommen, oder hätte ich Sie in Ihrer Freizeit stören sollen?«
Jeder wusste, dass sich der Oberstaatsanwalt in jeder freien Minute gerne auf dem Golfplatz rumtrieb, aber im Gegensatz zu ihren Kolleginnen und Kollegen war Daniela nicht bereit, dies auf sich beruhen und unerwähnt zu lassen, nur um es sich mit dem Chef nicht zu verscherzen. Auf seinen Posten als dessen Nachfolgerin machte sie sich ohnehin keine falschen Hoffnungen, denn sie war weder parteipolitisch organisiert, noch talentiert, sich mit Schleimereien die Karriereleiter empor zu hangeln, weshalb also sollte sie mit ihrer Meinung hinter dem Berg halten?
»Das waren unglückliche Umstände, aber beim nächsten Mal bitte ich um vorhergehende Information«, hatte Dr. Fuchs eingelenkt und die Besprechung umgehend beendet.
Dieser Vorfall ist nicht der einzige Grund, weshalb es der Staatsanwältin den Wochenbeginn kräftig verhagelt hatte. Das Desaster hatte begonnen, als sie sich gleich nach dem Aufwachen auf die Waage gestellt hatte.
Das Ergebnis war ernüchternd, mehr noch: Es war eine Katastrophe! Statt der erhofften 110 Kilo kam die digitale Anzeige erst bei 113 Kilogramm zum Stillstand! Und das nach einer entbehrungsreichen Woche, in der Daniela Sommer auf alles verzichtet hatte, was ihr lieb und wichtig war. Alles? Naja fast!

Schokolade ist Nervennahrung, ohne die der stressige Job nicht auszuhalten ist und gegen den Frust hilft auch mal ein Stück Torte, aber nur ein kleines und das auch nur einmal am Tag.
»Herein!«, brüllt die Staatsanwältin unwirsch, als es an der Bürotür klopft. Sie hofft inständig, dass es nicht der Oberstaatsanwalt ist, denn sie ist nicht sicher, ob sie unter vier Augen mit diesem Mann die Contenance bewahren könnte.
»Guten Morgen, Daniela. Stör ich?«, fragt Hauptkommissarin Katja Reinert und steckt den Kopf durch die Türöffnung.
»Im Augenblick stört mich jede und jeder«, knurrt die Staatsanwältin. »Komm rein, was gibt's?«
»Miese Laune? Was ist los?«
»Was los ist? Die Welt hat sich gegen mich verschworen, vor allem der Oberstaatsanwalt und meine Waage.«
In knappen Worten schildert sie die Themen der Morgenbesprechung und kommentiert, was sie von den Ausführungen des Oberstaatsanwaltes hält.
»Okay, verstehe«, seufzt die Hauptkommissarin. »Aber was hat das mit deiner Waage zu tun?«
»Nichts! Aber das Scheiß-Ding würdigt meine Anstrengungen mit keinem Gramm, im Gegenteil! Ich bin bald nur noch Haut und Knochen und diese blöde Waage ignoriert das einfach.«
»Vielleicht ist sie kaputt«, meint Katja treuherzig.
»Hör auf mit dem Unsinn! Im Ernst, hast du nicht den Eindruck, dass ich wesentlich abgenommen habe?«
»Nein, tut mir Leid, habe ich nicht!«
»Ehrlich? Scheibenkleister. Wenigstens eine klare Aussage. Ich weiß nicht, was ich noch tun soll. Hast du vielleicht einen Tipp?«
»Daniela, dir fehlt Bewegung. So lange du weniger Kalorien verbrennst, als du zu dir nimmst, wird das nix mit dem Abnehmen.«
»Soll ich mit der Figur etwa joggen oder durch die Gegend radeln? Da mache ich mich ja zum Gespött!«

»Das wäre eine Lösung, und was die Leute denken, ist dir doch sonst auch egal. Aber gut, dann geh eben ins Fitness-Studio und …«

»Im Leben nicht! Vergiss es! Ich mische mich doch nicht unter eine Meute schwitzender, übelriechender Menschen; womöglich noch in einem Ganzkörperkondom, in dem ich aussehe wie eine Presswurst.«

»Dann geh schwimmen!«

»Kannst du dir vorstellen, wie ich in einem Badeanzug aussehe?«

»Irgendetwas musst du aber machen! Zwei Pralinen statt drei ist keine Lösung. Was ist mit einer Fastenkur unter medizinischer Aufsicht?«

»Tolle Idee! Und wann bitte schön soll ich das machen?«

»Auf jeden Fall bevor deine Gelenke, dein Kreuz und der Rest deines Körpers unter seinem Gewicht zusammenbrechen.«

»Hallo! Forsche Worte aus dem Mund einer Frau, die fast meine Tochter sein könnte.«

»Nur fast. Ich habe dir eine ehrliche Antwort auf deine Frage gegeben; drumrum reden nützt nämlich nichts. Ich meine es ernst: Du musst unbedingt etwas tun!«

Daniela Sommer seufzt tief.

»Hast ja Recht, alleine schaffe ich es einfach nicht, aber ich komme von hier nicht weg.«

»Wenn du umfällst, stellt sich zumindest dir das Problem nicht mehr. Willst du das? Verdammt, deinem verehrten Oberstaatsanwalt ist das völlig egal, der sucht sich dann das nächste Opfer.«

»Der Idiot! Den Gefallen tu ich ihm nicht. Ich muss dringend mit meinem Arzt einen Termin vereinbaren, der soll mir einen Plan machen.«

»Der hilft allerdings nur, wenn du dich auch daran hältst.«

»Ja, ich weiß. Danke für das Gespräch. Weshalb bist du gekommen?«

»Wilhelm Reinheimer! Ich habe per Mail vorab das vorläufige Obduktionsergebnis.«
»Aha, das ging aber schnell. Und?«
»Wie gesagt ein Vorabergebnis, weil ich gedrängt habe.«
»Das habe ich trotz Übergewicht verstanden.«
»Reinheimer ist offensichtlich durch einen anaphylaktischen Schock ums Leben gekommen, wahrscheinlich ausgelöst durch zahlreiche Insektenstiche.«
»Demnach wurde er Opfer seiner Allergie, von dem uns der Kollege … ehemalige Kollege unterrichtet hat.«
»Sieht ganz so aus, als ob Josch den richtigen Tipp gegeben hat. Aber es gibt einige Auffälligkeiten!«
»Ich höre!«
»In Reinheimers Blut wurde Spuren eines Benzodiazepins gefunden.«
»Ein Suizid wäre demnach nicht auszuschließen.«
»Möglich. Oder K.O.-Tropfen!«
»Wie kommst du darauf?«
»Ich habe mit seinem Hausarzt telefoniert; ein derartiges Mittel hat er ihm nie verschrieben.«
»Das hat nichts zu sagen.«
»Stimmt, aber er beschreibt Reinheimer als einen lebensbejahenden ausgeglichenen Mann. Keine ernsthaften Erkrankungen, psychisch nicht auffällig, keine Diagnose, die auf eine Verzweiflungstat hindeuten würde.«
»Die Meinung eines Arztes, mehr nicht.«
»Auch das ist richtig, aber: Reinheimer hatte ein Notfallset für den Fall der Fälle; ein solches Set wurde im Bericht des Notarztes nicht erwähnt.«
»Der wusste nichts von der Allergie und hat logischerweise nicht nach einem Set Ausschau gehalten.«
»Trotzdem sagt mir mein Bauchgefühl, dass da etwas nicht stimmig ist. Ein unbelasteter Mensch will sich umbringen und stirbt dabei an einer Allergie; merkwürdig, oder?«

»Bauchgefühl reicht nicht. Für eine Ermittlung brauche ich mehr.«

»Die Ansprache deines Oberstaatsanwaltes scheint bereits Wirkung zu zeigen.«

»Waas? Bist du denn von allen guten Geistern verlassen? Als ob ich mich nach diesem Fatzke richten würde. Nimm das sofort zurück!«

»Okay, ich nehme es zurück, Daniela. Sorry! Aber gib mir zwei Tage Zeit, bevor du die Leiche freigibst. Ich will nochmal in Reinheimers Wohnung und den abschließenden Obduktionsbericht abwarten. Gib mir die Zeit!«

Staatsanwältin Sommer überlegt kurz.

»Okay, zwei Tage. Nur du, ansonsten kein Personaleinsatz und du kommunizierst nur mit mir. Und: Wir machen einen Deal!«

»Oh Gott! Was für einen Deal?«

»Du besorgst mir einen Heimtrainer. Den bezahl ich natürlich, aber du schaffst ihn mir ran.«

»Äh, einen aus Fleisch und Blut oder so ein Ding für die Wohnung?«

»Du bringst mich auf eine Idee! Einen in echt, daran habe ich überhaupt noch nicht gedacht.«

»Kommt drauf an, was du suchst. Beim Sex verbraucht man Unmengen an Kalorien und …«

»Ich brauche keinen Liebhaber, ich will abnehmen, zum Donnerwetter.«

»Vielleicht solltest du das eine mit dem anderen verbinden.«

»Vergiss es, das kommt vielleicht in Phase zwei. Such was raus, das zu mir passt. Ich meine Ruderbank oder Ergo-Fahrrad oder eine Kombination von allem. Egal was es kostet und Platz habe ich genug. Wenn du fündig geworden bist, rufst du mich an, aber auf meiner Privatnummer; muss ja nicht jeder mitbekommen.«

»Mal sehen, was sich machen lässt. Hast du eigentlich einen passenden Sportdress?«

»Gibt es für meine Größe wahrscheinlich nicht; notfalls tut es die Unterwäsche, es schaut mir ja keiner zu.«
»Das ist nicht dein Ernst.«
»Mein voller Ernst! Und jetzt raus, ich habe zu tun!«
Hochzufrieden verlässt Hauptkommissarin Reinert das Büro der Staatsanwältin. Die Untersuchung der Todesumstände von Wilhelm Reinheimer ist eine lösbare Aufgabe und Katja Reinert ist froh, dass Daniela ihr eine Galgenfrist eingeräumt hat. Für die Staatsanwältin ein passendes Sportgerät zu finden, dürfte eine Herausforderung werden, aber das kann warten.

22

Den gestrigen Sonntag haben Marion und ich von früh bis spät im Garten verbracht. Die gewittrige Schwüle der letzten Tage ist einer sommerlichen Gluthitze gewichen, die uns auf die Hollywood-Schaukel getrieben hat. Dort haben wir lesend, dösend und schlafend den ganzen Tag über rumgeflegelt und uns nur bewegt, um erfrischenden Eistee und kleine Imbisse aus der Küche zu holen. Am Abend haben wir gegrillt und während des Essens erzählte ich Marion von meinem Vorhaben, Ludwig und Günter einen Besuch abzustatten.

»Finde ich gut«, urteilt sie. »Der Gyros-Spieß ist lecker.«

»Was findest du gut? Dass ich die Spieße ausgewählt habe oder der Besuch bei den beiden?«

»Wie alt ist der eigentlich?«

»Der Spieß? Gestern gekauft.«

»Nein, Günter.«

»Weiß ich nicht genau. Mitte siebzig, schätze ich.«

»Den anderen mag ich nicht so, der ist mir zu scharf.«

»Woher willst du wissen, dass Ludwig schärfer ist als Günter?«

»Nee, der Cevapcici ist schärfer als der Gyros. Sag Gitti einen schönen Gruß und vielleicht ist Boris ja auch zu Hause.«

»Könntest du bitte mal direkt auf eine Frage antworten, statt auf die vor fünf Minuten?«

»Tue ich doch, Schatz. Du hörst nur zu spät zu.«

Wie üblich hat Marion das letzte Wort, und sie wird sich in Kürze nicht mehr daran erinnern, was ich ihr erzählt habe.

✤

Am Morgen danach rufe ich nacheinander bei Ludwig und Günter an. Ludwig hat keine Zeit, weil er zum Arzt muss, Günter schlägt vor, dass wir uns zum Frühschoppen treffen.
»Du musst ja nix trinken, das übernehme ich; Hauptsache du bezahlst.«
»Okay, ich übernehme deinen Deckel. Wo treffen wir uns?«
»Ach was, das war ein Witz. Ich geh doch so früh nicht in eine Kneipe. Komm zu mir, unsere Veranda liegt morgens in der Sonne und meine Frau muss sich keine Sorgen machen, wo ich stecke. Wann kommst du?«
»Wenn du willst sofort.«
»Dann bis gleich.«
Fünfzehn Minuten später fahre ich in der Georg-Bauer-Straße vor und parke vor Günters Anwesen.
»Schäumchen trifft Schaum«, begrüßt er mich lachend, auf seinen Spitznamen anspielend.
»Genau!«, antworte ich und überreiche eine Flasche Cognac und eine Packung Kaffee, die ich aus Marions Vorratskeller stibitzt habe. »Grüß dich. Wo ist deine Frau?«
»Beim Frisör.«
»Oje, das dauert und ist teuer.«
»Na und? Komm rein! Wenn du den Cognac verdünnen willst, koche ich Kaffee.«
»Was ist mir dir?«
»Kaffee hatte ich schon.«
»Bisschen früh, oder?«
»Um zwölf gibt's Mittagessen, jetzt ist es zehn.«
»Den Zusammenhang versteh ich nicht.«
»Mach keinen Aufstand und setz dich!«, fordert Günter und zaubert zwei Cognac-Schwenker herbei. »Wir gehen auf die Veranda.«
Während ich den Garten bewundere, füllt Günter die Gläser.
»Mein Gott«, stöhne ich. »Das ist mindestens ein Vierfacher.«
»Weichei!«

»Du hast mir übrigens nie erzählt, woher du den Spitznamen Schäumchen hast.«
»Das weiß ich selbst nicht; irgendwann hatte ich ihn, vielleicht wegen der blonden Haare.«
»Du bist über 70 und immer noch blond. Respekt!«
»80, mein Lieber. Grau steht mir nicht. Weißt du übrigens, warum Elefanten grau sind?«
»Nein«, lüge ich, weil ich den Witz schon dutzendfach gehört habe.
»Grau macht schlank. Zum Wohl.«
Günter ist eine Frohnatur. Ich kenne ihn seit mehr als zwanzig Jahren persönlich und vor fünfzig Jahren habe ich ihn als kleiner Junge bei Borussia Neunkirchen spielen sehen, wenn ich meinen Vater ins Ellenfeld-Stadion begleiten durfte. Günter hat sich in den letzten Jahrzehnten kaum verändert, auch seine Witze sind immer noch die gleichen.
Wir plaudern ein bisschen über unsere Frauen, gemeinsame Bekannte und die Ortspolitik; schließlich stellt mir Günter die erwartete Frage.
»Sag mal, Josch, weshalb bist du eigentlich gekommen, du abgehalfterter Hauptkommissar? Erzähl mir nix! Irgendwas hast du auf dem Zettel!«
»An dir kam man schon als Fußballer nicht vorbei«, lache ich. »Ich bin auf Recherche und brauche ein paar Informationen aus erster Hand. Es geht um Spieler aus früheren Zeiten, wen außer dich könnte ich zu diesem Thema sonst befragen?«
»Den Ludwig!«
»Ja, zu dem gehe ich später. Pass auf: Ich nenne dir ein paar Namen und du sagst mir, was dir dazu einfällt.«
»Was soll 'n das werden? Ist das ein Quiz oder schreibst du ein Buch?«
»Weder noch. Schriftsteller haben wir genug im Ort und gewinnen kannst du auch nichts. Rein privates Interesse.«
»Wer's glaubt, wird selig, aber meinetwegen. Stell deine Fra-

gen, aber denk dran: Ich habe schon mehr vergessen, als andere je gewusst haben.«

»Was du nicht weißt, erfahre ich vom Lui.«

»Auf den Ludwig! Prost und jetzt schieß los!«

In den nächsten zwei Stunden erfahre ich unglaublich viel über den saarländischen Fußball der 50er, 60er und 70er Jahre. Was Günter Schröder während seiner aktiven Zeit nicht selbst erlebt hat, wurde ihm von älteren Mitspielern übermittelt. Günter ist ein wandelndes Fußball-Lexikon, das Problem ist, dass er zu allem eine Geschichte zu erzählen weiß, wobei ich nicht einordnen kann, was davon wahr ist, und was Günter dazu erfunden hat. Sein Fundus ist schier unerschöpflich, erstaunlich was Günter noch alles gespeichert hat.

Seine Geschichten vervollständigt er durch Fotos aus zahlreichen Alben, die er nach und nach aus dem Wohnzimmerschrank anschleppt.

Die Blätter meines Notizblocks füllen sich, ich erhalte wertvolle Informationen und ich habe den Eindruck, dass sich ein Mosaik zusammensetzt, aber in dem Tempo, wie Günter seine Geschichten über mich ergießt, komme ich nicht dazu, alles gleich zu einem Bild zusammenzusetzen. Ich werde das zu Hause in aller Ruhe analysieren.

Kurz vor Mittag erscheint Günters Frau Gisela.

»Huch, seltener Besuch«, stellt sie fest.

»Die neue Frisur steht dir gut«, schmeichele ich.

»Wieso neue Frisur?«

»Warst du nicht beim Frisör?«, fragt Günter.

»Nein, ich war beim Zahnarzt! So hörst du mir zu!«

»Ich wusste doch, dass es was mit dem Kopf war«, antwortet Günter, ohne eine Miene zu verziehen.

»Egal«, versuche ich zu retten, was zu retten ist. »Siehst jedenfalls gut aus.«

»Danke, Josch, das sagt mir mein Mann nie.«

»Stimmt gar nicht«, beschwert sich Günter. »Aber du bist ja

ständig auf der Flucht.«
»Isst du mit uns? Das Gulasch muss nur in die Mikrowelle.«
»Um zwölf gebbd gess, ob gekocht ist oder nicht!«, kommentiert Günter.
»Marion hat mir was in den Kühlschrank gestellt«, lüge ich. »Wenn ich das nicht esse, bekomme ich heute Abend ein Problem.«
»Das ist die einzige Entschuldigung, die ich gelten lasse. Günter deck den Tisch!«
»Hast du nach dem Zahnarzt keine Probleme mit dem Essen?«, fragt Günter besorgt.
»Weniger als du, nach dem Cognac«, kontert Gisela.
Zack, das sitzt. Zeit für mich zu verschwinden, bevor ich in einem Ehestreit zwischen die Fronten gerate.
»Günter, ich könnte dir noch ewig zuhören, aber ich muss jetzt los. Würdest du mir einige Fotoalben zur Ansicht ausleihen? Ich möchte sie mir in Ruhe anschauen.«
»Ungern, aber von mir aus, weil du es bist. Aber nur bis Ende der Woche. Ich habe die Erinnerungen gerne griffbereit um mich herum, falls jemand vorbeikommt, um über die alten Zeiten zu quatschen.«
»Versprochen! Ich bringe sie umgehend zurück. Ihr beide solltet mal zum Kaffee zu uns kommen, Marion würde sich auch freuen.«
»Machen wir«, verspricht Günter. »Ich bringe dann den restlichen Cognac mit.«
Wir verabschieden uns herzlich und ich mache mich auf den Heimweg. Den Rest des Tages verbringe ich damit, mich durch die Fotoalben zu wühlen, dabei mache ich einige überraschende Entdeckungen.
Als Marion am Abend nach Hause kommt, ist sie völlig überrascht, mich beim Studium der Fotos und der Notizen vorzufinden und will wissen, was ich da treibe. Ich erzähle ihr von meiner Einladung an die Schröders.

»Gute Idee«, meint sie. »Dann laden wir Gitti und Ludwig gerade mit ein, dann sind wir in einer schönen Runde. Wie wäre es nächsten Sonntag? Vielleicht haben Bossi und Sabine auch Zeit. Hanna, Elke und Reinhold waren auch schon lange nicht mehr bei uns. Wir könnten Andrea fragen, ob sie vielleicht auch Lust hat, zusammen mit Timo und ihrer Schwester …«
Ich hätte es wissen müssen! Marion lässt keine Gelegenheit aus, um aus einer überschaubaren Kaffeerunde eine ausgewachsene Party zu machen.

23

Hauptkommissarin Katja Reinert öffnet die Wohnungstür und betritt den Flur. Sie verharrt einen Augenblick und lässt die Umgebung auf sich einwirken.
Sie atmet tief durch und wird sich auf einmal bewusster denn je, dass Willy Reinheimer dieses Haus nie wieder betreten wird. Stattdessen liegt sein Körper in einem Kühlhaus der Rechtsmedizin und wartet auf die Freigabe zur Beisetzung.
Katja hat den Obduktionsbericht genauestens studiert. Der arme Kerl ist demnach an einem allergischen Schock verstorben oder zumindest hat seine Allergie gegen Bienenstiche wesentlich zu seinem Ableben beigetragen. So weit so gut, ein tragischer Fall, aber die Schlafmittel, die der gute Mann intus hatte, passen nicht ins Bild. Klar, möglich ist alles, aber Katjas langjährige Erfahrung als Ermittlerin und ihr Gespür sagen ihr etwas anderes.
Sie weiß allerdings nicht, was sie zu dieser Ahnung treibt. Es ist vergleichbar mit dem Gefühl, dass man beobachtet wird, man diesen Beobachter jedoch nicht ausmachen kann.
Joschs Mitteilung über die Bienenstichallergie des Verstorbenen hat in Katjas Kopf etwas ins Rollen gebracht. Der Hinweis des Hausarztes auf Reinheimers Notfallset hat die Gedankenlawine weiter verstärkt.
Nun steht Katja Reinert in der Wohnung des Toten und weiß im Grunde genommen nicht, wonach sie wirklich suchen soll. Nach Bienen sicherlich nicht und falls sie das Notfallset finden würde, hätte das auch nichts zu sagen, denn Wilhelm Reinheimer hatte ein Betäubungsmittel eingenommen und deshalb möglicherweise gar nicht mitbekommen, dass er gestochen wurde.

Obwohl! Sechs Einstiche hat die Gerichtsmedizin gezählt – so was merkt man doch, oder?
Katja Reinert beschließt, zunächst das Notfallset zu suchen und sich nach Spuren hinsichtlich der Beruhigungsmittel umzuschauen. Nach einer halben Stunde stellt sie die Suche ein. In Küche, Bad und Schlafzimmer war sie nicht fündig geworden und auch in den Schränken und Schubladen des Wohnzimmers fand sich nichts; außer einer Packung Zahnschmerztabletten und selbst da fehlen nur zwei Tabletten. Außerdem ist das Haltbarkeitsdatum seit mehr als einem Jahr abgelaufen. Eine Salbe gegen Gelenkschmerzen und ein Gel gegen Verbrennungen sind alles, was Wilhelm Reinheimers Sanitätsdepot neben einer Rolle Pflaster und einer Mullbinde hergibt.
Ihre eigene Hausapotheke ist besser bestückt. Reinheimer war offensichtlich Minimalist. Notfallset? Fehlanzeige! Merkwürdig. Der Hausarzt hat die rote Mappe genau beschrieben, sie sei eigentlich nicht zu übersehen, aber sie ist nicht da. Beruhigungsmittel sind auch keine zu finden, nicht mal eine leere Packung im Mülleimer.
Kein Wasserglas auf dem Tisch oder in der Spüle. Kein schmutziges Geschirr, eine Spülmaschine gibt es nicht. Auf der Anrichte eine Packung Nudeln, ein Topf steht auf dem Herd. Wie hat Reinheimer das Mittel eingenommen? Vielleicht aus einer Flasche?
Kein Leergut, nirgendwo, nicht eine Flasche; auch kein Anbruch, selbst im Kühlschrank nicht! Kaum zu glauben! Das schließt zwar keine Möglichkeit aus, aber es ist auffällig. Direkt aus dem Wasserhahn wäre eine Option. Oder war Willy Reinheimer ein Pedant, der alles sofort spülte und wegräumte? Witwer, die lange alleine sind, entwickeln vielleicht merkwürdige Routinen, aber das hier ist doch ziemlich auffällig und passt nicht zusammen.
Was für ein Beruhigungsmittel war es eigentlich? Der Bericht hatte sich dahingehend nicht festgelegt. Anruf bei der Rechts-

medizin. Nein, so tief ist man in die Analyse nicht eingestiegen. Aus Kostengründen! Zum Kotzen!
»Untersucht das im Detail! Ich nehme das auf meine Kappe. Ich muss wissen, was Willy Reinheimer eingenommen hat!«
»Okay, aber das bekomme ich von dir schriftlich«, fordert die Rechtsmedizinerin. »Nachher will's wieder keiner übernehmen.«
»Bekommst du heute Mittag.«
»Okay, aber das dauert.«
»Ich brauche das Ergebnis binnen 24 Stunden.«
»Kann ich dir nicht versprechen.«
»Musst du! Mir läuft die Zeit davon. Wir haben keine Wahl, tschüss.«
Katja Reinert hat die Schnauze gestrichen voll. In diesem Land dreht sich offensichtlich alles um Kosten und Geld, Geiz ist geil, aber an anderen Stellen wird die Kohle ohne Hirn und Verstand aus dem Fenster geworfen; nur nicht dort, wo es notwendig wäre.
Sie mahnt sich zur Ruhe und konzentriert sich. Behutsam setzt sie sich in den Sessel, in dem Wilhelm Reinheimer aufgefunden worden war. Katja Reinert schaut sich um.
Die Wohnungseinrichtung ist für ihren Geschmack eine einzige Katastrophe. Altdeutsche Eiche, stabil, gediegen, dunkel und in der Lage, einen alleinstehenden alten Herrn in tiefste Depressionen zu stürzen. Vielleicht doch ein Suizid? Aber das Beruhigungsmittel war nicht todesursächlich. Eine fatale Panne, ausgemerzt durch Insektenstiche? Quatsch!
Wer profitiert von Willy Reinheimers Tod? Nach derzeitiger Erkenntnis: Niemand! Bisher konnten keine Verwandten ausfindig gemacht werden, aber gut, das kann vielleicht noch kommen.
Katja Reinert durchwühlt die Ordner, Schubladen und Regale auf der Suche nach einer Lebensversicherung. Fehlanzeige! Stattdessen Kontoauszüge.

Auf Reinheimers Girokonto stehen knapp 5.000 Euro; dazu ein Festgeldkonto in etwa gleicher Höhe. Nicht schlecht, aber das wird gerade Mal für die Beerdigung reichen. Anscheinend gibt es hier nicht viel zu holen, aber das muss der Nachlassverwalter klären.

»Wilhelm Reinheimer«, seufzt Katja, »was warst du für ein Mensch und wie waren deine letzten Stunden? Hast du ein Testament gemacht und wo ist es?«

Katja erwartet keine Antwort und sie bekommt auch keine.

Die Nachbarn würden ihr vielleicht etwas mehr Einblick verschaffen können, aber sie muss umsichtig agieren. Dies hier sind noch keine offiziellen Ermittlungen und die Befragungen somit eine heikle Sache. Wenn die Leute misstrauisch werden, könnte sich daraus ein Flächenbrand entwickeln. So etwas geht in kleinen Gemeinden schnell. Was morgens beim Metzger mit »Hast du schon gehört …« beginnt, endet mittags beim Frisör mit »… der Otto hat seinen Onkel umgebracht, weil …«.

Wenn hier etwas Ähnliches passiert, werden die Staatsanwaltschaft und der Polizeipräsident kochen und Katja kann dann froh sein, wenn sie ihren Job behalten darf. Dennoch muss sie versuchen, mehr über Willy Reinheimer zu erfahren. Sie werde scheinbar belanglose Fragen stellen, menschliches Interesse heucheln und Betroffenheit zeigen.

Katja Reinert öffnet die Schiebetür zur Veranda und tritt ins Freie. Auch hier ist alles sauber, hausbacken und unmodern. Die Sitzgarnitur ist uralt, genau wie die Wetterstation mit dem Häuschen, aus dem je nach Prognose ein Bub mit Tiroler Hut und Sepplhose oder ein blondes Mädchen mit Zöpfen und einem roten Rock heraustreten. Katja erinnert sich, dass ihre Großmutter ein ähnliches Teil auf dem Balkon hatte.

Eine Merkwürdigkeit fällt sofort ins Auge: Auf der Veranda gibt es keine einzige Blumenampel oder Blühpflanze; nur zwei Kakteen, die sich bei näherer Betrachtung als Imitationen aus Plastik erweisen. Stattdessen stehen überall Figürchen und

Nippes aus Holz oder Stein herum. Klar: die Bienenallergie! Hierher würden sich die fleißigen Nektarsammler nicht verirren, es gab für sie nichts zu holen und es gab auf den ersten Blick nichts, was sie anlocken könnte. Erst jetzt fällt der Hauptkommissarin auf, dass auch innerhalb der Wohnung keine Blühpflanzen aufgestellt sind.

Wer so akribisch darauf achtet, der hat auch sein Notfall-Set griffbereit, urteilt Katja Reinert im Geiste. Oder ist Willy Reinheimer in letzter Zeit schludrig oder leichtsinnig geworden?

Nein! Nicht wenn von sorgfältiger Vorsicht das eigene Leben abhängt. Logisch, oder? Aber was ist auf dieser Welt schon logisch?

Weiter!

Der Garten ist leicht überschaubar. Nicht breit, aber ellenlang. In der Mitte ein Pfad bis zum Komposthaufen ganz hinten. Rechts und links Gemüsebeete, in denen nach Katjas Einschätzung nichts wächst, was blüht, aber sie hat zu wenig Ahnung vom Gartenbau, um beurteilen zu können, was hier wohl angepflanzt ist. Salat vielleicht, oder Möhren?

Katja Reinert bleibt am Anfang des Gartenwegs stehen und schaut sich um. Im Nachbargarten steht eine Frau mit Schürze und harkt in einem Beet. Sie tut so, als ob sie Katja nicht bemerkt, aber die Hauptkommissarin hat den Eindruck, als ob die Frau ständig zu ihr rüber schielt. Wenn sie die Akte richtig im Kopf hat, dann muss das die Nachbarin sein, die Wilhelm Reinheimers Leiche zwar nicht entdeckt hat, aber unmittelbar nach dem Auffinden in der Wohnung gewesen ist.

»Guten Morgen«, ruft Katja über den Zaun. »Sind Sie Frau Höhn?«

»Ja«, ruft die Frau sofort und blickt auf.

»Haben Sie einen Moment Zeit?«

»Um was geht es denn?«, fragt die Frau überflüssigerweise, denn sie wird sich denken können, dass es um Wilhelm Rein-

heimer geht und nicht um das Ablesen des Stromzählers.
»Kommen Sie bitte mal näher! Mein Name ist Katja Reinert, ich bin von der Polizei.«
Die beiden Frauen treten zum Zaun und begrüßen sich.
»Wir kümmern uns jetzt um den Nachlass Ihres Nachbarn«, erklärt Katja. »Das ist nicht ganz einfach, wenn jemand so plötzlich verstorben ist.«
»Das glaube ich«, antwortet Frau Höhn und sofort werden ihre Augen feucht. »Der Willy war so ein lieber Mensch; mein Gott, wie schrecklich.«
»Sie waren gleich in der Wohnung, nachdem er gefunden worden ist, gell?«
»Ja, ich bin fast in Ohnmacht gefallen.«
»Und jetzt? Geht's wieder?«
»Muss ja, das Leben geht weiter.«
»Wenn ich mich recht erinnere, war es Ihre Schwester, die den Toten aufgefunden hat.«
»Ja, das stimmt. Die hat das arg mitgenommen, oh Gott. Sie musste sogar ins Krankenhaus; der Schock! Liegt immer noch auf Station; das Herz. Gestern haben die Ärzte aber gemeint, dass sie Ende der Woche nach Hause darf.«
»Wohnt Ihre Schwester auch hier?«
»Nein, die wohnt in Bildstock.«
»Und wieso hat ausgerechnet sie Willy Reinheimer gefunden?«
»Sie war zu Besuch, und dann war da das Päckchen für den Willy und ich habe mich nicht getraut …«
Eva Höhn schildert der Hauptkommissarin, was sich an jenem Nachmittag abgespielt hat; dabei muss sie sich zwischendurch immer wieder schnäuzen und die Tränen aus den Augen wischen.
»Weiß man schon, wann die Beerdigung ist?«, endet sie schließlich.
»Wir sind dabei, das zu organisieren, aber erst mal müssen wir uns einen Überblick verschaffen.«
»Sie wollen wissen, wer die Beerdigungskosten übernimmt, ist

doch logisch. Der Staat denkt immer zuerst ans Geld.«
»Nein, das ist es nicht ...«
»Der Willy hat vorgesorgt, das hat er mir selbst erzählt. Eva, hat er mal gesagt, wenn ich mich vom Acker mache, falle ich niemandem zur Last. Ich habe eine Sterbeversicherung und für den Rest habe ich was zurückgelegt. Ja, so war der Willy, der wollte niemandem etwas schuldig bleiben.«
»Anscheinend war Herr Reinheimer überall sehr beliebt«, lügt Katja, denn sie weiß kaum etwas über den Verstorbenen.
»Das kann man wohl sagen! Er hat sich ja früher auch überall engagiert, vor allem beim Fußballverein in der Jugendarbeit.«
»In letzter Zeit nicht mehr so? Warum?«
»Mir hat er gesagt, dass ihm die Arbeit mit den Kindern und Jugendlichen nicht mehr so viel Spaß macht. Eva, hat er geklagt, denen ist heute die Frisur wichtiger als der Fußball und nach dem Training wartet schon die Freundin, da ist von Kameradschaft nicht mehr viel übrig. Jeder fühlt sich wie Ronaldo, aber spielen wollen sie nur bei schönem Wetter und dabei gut aussehen. Die lassen sich nichts mehr sagen und wenn du sie hart anpackst, hast du gleich die Eltern auf der Matte. Nee, dafür ist mir meine Zeit zu schade, außerdem bin dafür zu alt. Das hat der Willy ein paar Mal gesagt.«
»Und was hat er stattdessen in seiner Freizeit gemacht?«
»Naja, am Sportplatz war er trotzdem noch fast jeden Tag und oft mit seinem Freund Helmut unterwegs. Ansonsten hat er es sich hier gemütlich gemacht, hat gerne gekocht und das Leben genossen.«
»Hat er ab und zu Besuch von Verwandten bekommen?«
»Nein, nie! Er hatte ja auch niemanden mehr, seit seine Frau vor Jahren gestorben ist. Kinder hat er keine und auch sonst keine Verwandten mehr.«
»War Herr Reinheimer einsam? Haben sie den Eindruck, dass er verzweifelt war oder krank?«
»Der Willy? Ach was.«

»Er hatte eine Bienenallergie.«
Eva Höhn schluckt und druckst herum.
»Ja, aber das ist doch keine Krankheit.«
»Das sagen Sie! Anscheinend hat er den Garten entsprechend ausgerichtet, wie …«
»Ja, keine Blühpflanzen. Ich habe da bei mir auch drauf geachtet. Der Willy war so ein lieber Mann.«
»Sie haben ihn gemocht?«
»Ja!«, sagt Eva Höhn spontan.
»Schön, wenn man eine gute Nachbarschaft pflegt.«
»Wer erbt das jetzt alles?«
»Das wird sich zeigen. Hat er Ihnen gegenüber mal was von einem Testament erwähnt?«
»Nein!«, die Antwort kommt schnell und energisch. »Vielleicht hat er dem Helmut etwas erzählt.«
»Wo wohnt der? Hat der auch einen Nachnamen?«
»Kohler! Zwei Straßen unterhalb, die Nummer weiß ich nicht. Aber Vorsicht, der ist nicht mehr ganz fix im Kopf.«
»Aha! Und wie äußert sich das?«
»Je älter der wird, umso streitsüchtiger wird er. Der ist zwar fit, aber im Kopf, da passt es nicht mehr. Naja, wer weiß, wie wir mal werden.«
»Eine letzte Frage, Frau Höhn. Als Sie in der Wohnung waren, ist Ihnen da etwas Außergewöhnliches aufgefallen? Sie waren bestimmt schon öfter in der Wohnung, war da etwas anders als sonst. Haben Sie eigentlich einen Schlüssel?«
»Nein, nein, ich habe keinen Schlüssel. Wenn Willy länger weg war, hat er mir einen gegeben, aber den habe ich danach immer zurückgegeben. Ob etwas anders war? Nein, außer dass alles so still war. So eine Totenstille … ach Gott!«
Eva Höhn laufen die Tränen über die Wange und sie muss sich schnäuzen.
»Entschuldigen Sie, jetzt kommt alles wieder hoch.«
»Schon gut, ich kann das verstehen«, antwortet Katja Reinert

und verabschiedet sich.
Als sie durch die Anliegerstraße fährt, entdeckt sie ein paar Häuser weiter einen alten Mann, der im zweiten Stock aus einem Fenster lehnt und beobachtet, was in der Siedlung vor sich geht. Unter den Armen liegt ein dickes Kissen, auf dem Kopf trägt er eine Mütze gegen die Sonne, zwischen den Fingern qualmt eine dicke Zigarre; anscheinend ist der Mann ein ständiger Beobachter des Geschehens.
Katja wird abgelenkt, als ihr in der engen Straße ein Kleinlaster entgegenkommt und sie ausweichen muss. Sie fragt einen Passanten nach dem Anwesen von Helmut Kohler. Sie parkt vor dessen Haus, das erste Anzeichen von Verfall aufweist, aber ansonsten sehr gepflegt wirkt. Katja öffnet die kleine Vorgartentür und geht den schmalen Pfad zur Haustür, aber bevor sie dort ankommt, stoppt sie eine Stimme aus dem gegenüberliegenden Vorgarten.
»Der Helmut ist vor einer Viertelstunde weggefahren«, ruft eine ältere Dame. »Kann ich was ausrichten?«
In diesem Ort bleibt anscheinend nichts unentdeckt, denkt Katja; und jüngere Leute gibt´s hier anscheinend keine.
»Nein danke! Wissen Sie zufällig, wann er wieder zurückkommt?«
»Nee, das weiß ich nicht, aber wenn er so spät erst wegfährt, kommt er meistens erst am Abend wieder. Soll ich wirklich nichts ausrichten?«
»Nein, danke. Wissen Sie, wo er hin ist?«
»Vielleicht zu seinem Grundstück, vielleicht aber auch nicht. Vielleicht kommt er auch gar nicht wieder, so wie der fährt.«
»Wie meinen Sie das?«
»Der braucht die ganze Straße und eckt überall an. Der Helmut hätte den Führerschein längst abgeben müssen, aber mit Vernunft kommt man bei dem nicht weit. Der Sturkopp! Bis mal was passiert, aber dann ist es zu spät. Ich richte gerne etwas aus ...«

»Vielen Dank, nicht nötig, ich komme ein andermal wieder.«
Die Hauptkommissarin steigt ins Auto und trägt sich kurz mit dem Gedanken, ihrem alten Kollegen Josch einen Besuch abzustatten und ihn zum Mittagessen einzuladen, aber dann verwirft sie die Idee wieder.
Josch braucht nicht zu wissen, dass sie im Stillen ermittelt. Wenn er das erfahren würde, könnte auch er die Füße nicht stillhalten; quasi vor der eigenen Haustür würde er mitmischen wollen und das war im Augenblick nicht das, was das LKA gebrauchen konnte.

24

Ich bin an diesem Dienstagmorgen immer noch damit beschäftigt, die Fotos und Berichte von Günter Schröder zu sichten, aber ich habe bereits einen groben Überblick und zusammenhängende Strukturen entdeckt, die ich nicht für mich behalten sollte.

Eins ist klar: Der Urnenklau hat System! Zufälligkeiten schließe ich aus. Mein Problem ist allerdings, dass ich einen Weg finden muss, die Kollegen dazu zu bringen, endlich die Ermittlungen aufzunehmen. Ich fürchte, dass meine Möglichkeiten begrenzt sind. Die Dienststellen in Neunkirchen und St. Ingbert werden sich von mir logischerweise nichts sagen lassen, dem LKA ist die Angelegenheit wurscht, denn mein ehemaliges Dezernat beschäftigt sich zwar mit Leichen, aber nur mit der Frage, warum sie zum Friedhof gelangen und nicht mit dem Thema, weshalb sie von dort wieder verschwinden. Die Kollegen haben Besseres zu tun und werden mir einen Vogel zeigen. Die Lage ist vertrackt.

Ohne öffentliches Interesse geht da nichts, aber genau das scheuen im vorliegenden Fall die Herrschaften der Kommunalpolitik. Sonst sind sie geil auf jede Publicity, aber jetzt ziehen sie den Schwanz ein und das macht das Problem nahezu unlösbar.

Ich brauche ein Gespräch mit dem Landrat! Der soll seine Bürgermeister sensibilisieren und ihnen klarmachen, dass es nachweisbare Zusammenhänge gibt. Das setzt voraus, dass ich ihn detailliert informiere; also los!

Die Vorzimmerdame im Landratsamt erklärt mir, dass der Chef ganztägig auf einer Tagung weilt und sich am nächsten Morgen für unbestimmte Zeit auf der Alm aufhalten werde, um die neue Transportlogistik und die Hüttenbewirtung unter Dach und Fach zu bringen. Ich stehe auf dem Schlauch und frage nach.

»Sorry, aber hat der Landkreis sein Einzugsgebiet erweitert oder was? Welche Alm denn?«

»Bergehalde Reden! Nie was von gehört?«

Jetzt erst fällt bei mir der Groschen.

»Ja, doch, klar, aber die hatte ich gerade nicht auf dem Schirm. Danke für die Info!«

Auf die Schnelle wird das mit dem Landrat also nichts und mit dem Bürgermeister von Spiesen alleine komme ich auch nicht weiter. Mindestens drei betroffene Kommunen und keine hat Lust, aktiv zu werden; eine neue Form der interkommunalen Solidarität. Erst mal nix machen, das können die am besten. Was mache ich jetzt?

Ich soll Lavendel pflanzen und die Palme umtopfen, sagte Marion gestern Abend. Weshalb um Himmelswillen brauchen wir Lavendel? Und die Palme hat der letzte Sturm derart zerrupft, die ist sowieso nicht mehr zu retten. Reine Beschäftigungstherapie, zu der ich überhaupt keine Lust habe, nicht mal im Ansatz!

Nein, ich werde den ehemaligen Kollegen im LKA einen längst überfälligen Besuch abstatten. In der Mittagspause lade ich sie in die Kantine ein, dann brauche ich nichts zu kochen. Das wird mich zwar ruinieren, ist aber immer noch besser als unnütze Gartenarbeit. Die Idee ist genial und schreit nach Umsetzung.

Gegen 11 Uhr 30 betrete ich das Polizeipräsidium, melde mich an und bin wenig später im Büro von Inge Manderscheid.

»Nee, ich fasse es nicht«, ruft sie entzückt. »Der Josch! Komm her und lass dich drücken!«

Inge und ich hatten immer schon ein gutes Verhältnis und Inge war sich nie zu fein, um überall dort einzuspringen, wo Not am

Mann war, obwohl sie als Teilzeitkraft im Schreibdienst zu einem Gehalt angestellt war, für das manch einer morgens nicht mal aus den Federn steigen würde. Inge war Mädchen für alles, die gute Seele des Kommissariats, Verpflegungsbeauftragte und manchmal auch Kummerkasten, wenn es mal nicht so gut lief. Von Kollegen weiß ich, dass Inge seit einiger Zeit mit einem Kommissaranwärter von der Sitte liiert ist.

»Inge, du wirst von Jahr zu Jahr hübscher«, schmeichele ich. »Ich schätze, das macht die Liebe.«

»Hör auf mit dem Schmalz! Aber ja, wir sind sehr glücklich miteinander.«

»Höre ich da etwa das ferne Geläut der Hochzeitsglocken?«

»Wer heiratet heute noch? Ich meine, außer dir, du Konservativling?«

»Sei nicht so frech!«

»Willst du einen Kaffee?«

»Gerne! Wo ist der Rest der Truppe?«

»Katja ist unterwegs, aber frag mich nicht wo. Marius ist am Gericht und Ken beim Arzt.«

»Was fehlt ihm denn?«

»Nix; die übliche Tauglichkeitsuntersuchung.«

»Den Quatsch machen die also immer noch. Plattfüße, Übergewicht … Wo ist die neue Kommissaranwärterin?«

»Kaum da, schon wieder weg. Mutterschutz!«

»Immerhin besser als Plattfüße.«

»Du bist immer noch speziell.«

»Ist doch wahr! Wo steckt die Staatsanwältin?«

»Weiß ich nicht, die meldet sich bei mir nicht ab, aber falls sie dir über den Weg läuft: Vorsicht! Sie ist auf dem Schlankheitstrip.«

»Habe davon gehört. Sie müsste erst mal 25 Kilo abnehmen, um Platz für diesen Gedanken zu schaffen.«

»Du bist ein Scheusal! Wenn du ihr das sagst, bringt sie dich um!«

»Staatsanwältin erschießt Hauptkommissar a.D.! Tolle Schlagzeile.«
»Da sie keine Dienstwaffe hat, wird sie dich eher erschlagen.«
»Oder plattmachen!«
»Josch, wenn du hier auftauchst, brennt es dir immer unter den Nägeln«, bemerkt Inge und reicht mir den Kaffee. »Was ist es dieses Mal?«
»Nix!«, flunkere ich. »Ich wollte nur schauen, wie es euch geht.«
»Eher geht über Bethlehem wieder ein Stern auf.«
»Ehrlich! Habe mir gedacht, dass ich euch zum Mittagessen einlade.«
»Super; wir sind zu zweit. Wohin?«
»In die Kantine.«
»Geizhals!«
»Falsch. Ruheständler. Gehen wir!«
»Okay, trink in Ruhe deinen Kaffee, ich muss noch was fertigschreiben, dann kann es losgehen.«
Eine Viertelstunde später sitzen wir in der Kantine. Das Züricher Geschnetzelte schmeckt ausgezeichnet, der eine oder andere frühere Kollege schaut an unserem Tisch vorbei und erkundigt sich nach meinem Befinden. Inge erzählt den neuesten Tratsch aus dem Präsidium, wer mit wem, wer gegen wen, von Beförderungen, Versetzungen und den neuesten Flops der Personalabteilung. Ich gebe mich zwar interessiert, aber mittlerweile habe ich zu alldem keinen Bezug mehr.
»Hat Katja einen aktuellen Fall, der was hergibt?«, frage ich zwischendurch nebenbei.
»Das Familiendrama in St. Ingbert, da …«
»Kenn ich, stand ja in der Presse.«
»Der Mordversuch an dem Landtagsabgeordneten von der …«
»Auch ein alter Hut, die Zeitungen waren voll davon.«
»Der Bahnsteigschubser in …«
»Homburg. Der Täter sitzt in der Psychiatrie, ich weiß.«

»Wenn du bereits alles weißt, warum fragst du dann?«
»Könnte ja sein, dass es etwas gibt, das noch nicht publik ist.«
»Dann frag sie selbst«, entgegnet Inge. »Da kommt sie gerade.«
Tatsächlich schlendert die Hauptkommissarin mit ihrem Tablett durch die Kantine und hält Ausschau nach einem freien Platz. Ich stehe auf und winke, worauf sie sich ziemlich verdutzt zu uns auf den Weg macht.
»Was machst du denn hier?«, fragt sie und begrüßt mich. »Hattest du keine Lust zum Kochen, oder was?«
Erstaunlich wie treffend die Frau analysiert!
»Hast du dich der Hellseherei verschrieben? Stimmt genau, aber natürlich wollte ich vor allem die schönen Frauen vom K3 wiedersehen.«
»Hoffentlich wird von deinem Gesülze die Sahne nicht sauer!«, seufzt Katja.
»Josch hat uns zum Essen eingeladen«, erklärt Inge.
»Na toll, ich habe schon bezahlt!«
»Also doch keine Hellseherei«, stelle ich fest. »Wenn du drauf bestehst, gebe ich dir das Geld.«
»Worum ich bitten möchte!«
»Kannst du einen Hunderter wechseln?«
»Alter Trick; überweis es, ich gebe dir meine Kontonummer. Was machst du hier?«, fragt Katja misstrauisch und schaut mir direkt in die Augen.
»Alte Kollegen besuchen«, stelle ich mich unschuldig.
»Inge, wir gehen! Wir sind in der falschen Altersklasse.«
»Ich meinte: ehemalige Kollegen.«
»Dann sag das auch!«
»Bist du genervt?«
»Nein, hungrig.«
»Dann guten Appetit! Gibt es etwas Neues von der Leiche aus Spiesen? Du weißt schon«, versuche ich einen Einstieg.
»Was soll es von der schon Neues geben? Sie ist immer noch tot.«

»Eine vernünftige Antwort wäre mir lieber«, entgegne ich, nun weniger freundlich, denn ich habe nicht vor, mich von der jungen Frau vorführen zu lassen. »Spiel dich nicht auf, als hättest du die Weisheit mit dem Schaumlöffel gefuttert. Fang erstmal mit dem Geschnetzelten an!«

Katja Reiner bekommt einen knallroten Kopf und verschluckt sich fast. Anscheinend hat sie kapiert, dass sie den Bogen etwas überspannt hat.

»Wie? Eine Leiche in Spiesen?«, wundert sich Inge. »Warum weiß ich nichts davon?«

»Weil es da nichts zu wissen gibt«, kontert die Hauptkommissarin. »Wir ermitteln nicht, der Mann starb an den Folgen seiner Allergie und damit ist die Sache für uns gelaufen.«

»Na, dann ist ja alles Bestens«, seufze ich. »Das hättest du auch gleich sagen können, anstatt dich in Sarkasmus zu flüchten.«

»Es gibt Tage, da ist das eben so!«, wehrt sich Katja Reinert unwirsch.

»Stattgegeben, aber eine gute Ermittlerin lässt sich das nicht anmerken. Und ein bisschen mehr Respekt würde dir auch gut stehen.«

Die Stimmung am Tisch ist jetzt endgültig im Keller, aber ich hatte das Bedürfnis der jungen Dame einen Dämpfer zu verpassen. Vielleicht war das etwas zu heftig, aber irgendwie ging es nicht anders.

»Ich gehe dann mal wieder an die Arbeit«, erklärt Inge, der dieser Streit offenbar peinlich ist.

»Wir sehen uns später, Inge. Ich schaue nochmal vorbei, bevor ich abdüse. Ohne einen Kaffee von dir, gehe ich nicht.«

»Für dich immer, Josch. Bis nachher.«

Nachdem Inge sich vom Acker gemacht hat, dauert es eine Weile, bis Katja sich zu Wort meldet.

»Musstest du gleich so loslegen vor Inge?«

»Tut mir leid, ich hatte keine Wahl. Wer mir mit dummen Sprüchen kommt, muss auch das Echo vertragen.«

»Deine Sprüche sind manchmal auch nicht besser.«
»Mag sein. Thema beendet. Ich brauche deinen Rat!«
»Du von mir? Das kann ja heiter werden.«
»Eine ziemlich verrückte Geschichte außerhalb deiner Zuständigkeit, aber ich weiß nicht, was ich machen soll. Du wirst mich für verrückt halten, wenn ich dir das erzähle.«
»Wer sagt dir, dass ich das nicht jetzt schon tue?«
»Meine Annahme, dass du eine intelligente Frau bist; und jetzt hör zu!«
Ich erzähle ihr von den gestohlenen Urnen, und dass meine Recherchen erstaunliche Zusammenhänge zu Tage gebracht haben.
»Arthur Holzer, Friedrich Rohleder, Erwin Leiser; das waren alle in ihrer aktiven Zeit sehr gute Fußballspieler, sogar Auswahlspieler, allerdings in unterschiedlichen Vereinen. Das ist zwar schon Jahrzehnte her, aber den Alten sind sie immer noch ein Begriff.«
»Das ist zwar interessant, aber was soll ich damit anfangen?«
»Du nicht, aber vielleicht hast du eine Idee, wie wir das anpacken können.«
»Wir? Ich nicht! Außerdem könnten das ebenso gut … ach nein, an Zufälle glaubst du ja nicht.«
»Du doch auch nicht! Überleg mal: Die Männer sind zwischen 2008 und 2018 verstorben, alle waren seinerzeit etwa zur gleichen Zeit aktiv; sie kannten sich wahrscheinlich und jetzt sind ihre Urnen weg. Was folgerst du daraus?«
»Dass sich Fußballspieler nach ihrem Tod einäschern lassen?
»Super! Wir können uns ja über den saarländischen Fußballverband eine Statistik anfertigen lassen«, motze ich.
»Dann mach das! Ich weiß nicht, auf was du hinauswillst.«
»Warum ausgerechnet die Vier?«
»Sag's mir!«
»Weil es bisher nur bei den Vieren aufgefallen ist. Möglicherweise gibt es noch mehr, ohne dass jemand den Diebstahl bemerkt hat.«

»Willst du jetzt alle Gräber ehemaliger Fußball-Stars öffnen lassen?«
»Natürlich nicht. Von Sargöffnungen ist ja auch nichts bekannt, es geht nur um Urnen, was wesentlich einfacher ist. Seit wann sind Urnenbestattungen bei uns im Trend?«
»Das weiß ich nicht. Wie du weißt, war ich lange Zeit in Hamburg und dort habe ich mich mit diesem Thema nie befasst.«
»Ich würde mal sagen: nicht länger als 20 Jahre. Urnenwände gibt es erst seit 10 oder 15 Jahren. Kein Mensch weiß, ob hinter jeder Wandplatte immer noch eine Urne steht.«
»Sind denn alle aus Urnenwänden verschwunden?«
»Zwei aus Wänden, zwei aus Erdgräbern.«
»Angenommen, du hast Recht und jemand klaut die Urnen gezielt, was sollte er damit bezwecken wollen?«
»Das genau ist die Frage.«
»Ein Racheakt vielleicht, weil die betroffenen Personen damals immer gewonnen haben? Jetzt zeigt er es ihnen und stellt sie ins Abseits«, spekuliert Katja. »Oder ein ehemaliger Schiedsrichter, der sie nachträglich vom Platz stellt.«
»Du hast eine blühende Fantasie.«
»Das Ganze ist derart bescheuert, dass es dafür überhaupt keine plausible Erklärung gibt. Störung der Totenruhe, Diebstahl womöglich ohne Bereicherungsabsicht ... wenn schon die Kommunen kein Interesse zeigen, wird auch sonst niemand tätig werden. Lass die Toten ruhen, Josch!«
»Ich lasse sie ja ruhen, aber jemand anderes hat andere Absichten. Das kann ich doch nicht auf sich beruhen lassen.«
»Dann werde aktiv! Überrede die Friedhofsämter, geh zu den Pfarreien oder lass dir sonst was einfallen, ich kann dir dabei nicht helfen. Ich habe andere Sachen an der Backe.«
»Was denn? Angeblich ist es gerade ziemlich ruhig. Oder verschweigst du mir etwas? Ist die Sache mit Willy Reinheimer doch nicht das, wonach es aussieht?«
»Kein Kommentar, Josch. Wir ermitteln nicht.«

»Weil ihr nicht wollt, oder weil ihr nicht dürft? Ich kenne den Laden, vergiss das nicht.«
»Weil es keinen Anhaltspunkt für eine Straftat gibt. Ich habe jedenfalls keinen Ermittlungsansatz gefunden.«
»Aber du traust dem Frieden nicht; stimmt's?«
»Stimmt!«
»Was sind das für Zweifel?«
»Kann ich nicht sagen.«
»Maulkorb?«
»Daniela hat mir inoffiziell 48 Stunden Zeit gegeben, um belastbare Ansätze zu finden; die Uhr tickt und ich habe nichts in der Hand, was eine Ermittlung rechtfertigen würde.«
»Du kannst über alles mit mir reden, du weißt, dass ich dich nicht in die Pfanne haue.«
»Ja, aber ich muss das alleine rausfinden.«
»Muss ja keiner wissen, dass ich mitmische. Stell dir vor, dass ein Kapitalverbrechen nicht aufgeklärt wird, nur weil dein verdammter Ehrgeiz dir im Wege steht; das wäre fahrlässig.«
»Aber …«
»Nix, aber. Wo liegt das Problem?«
»Du selbst hast mir das von Reinheimers Bienenallergie erzählt.«
»Das habe ich durch Zufall erfahren.«
»Reinheimer hatte Spuren von Betäubungsmitteln im Blut. Todesursächlich war eine Anaphylaxie, du weißt, was das ist?«
»Klar!«
»Reinheimer hatte ein Notfall-Set für den Fall, dass er gestochen wird. Das Set habe ich allerdings nirgendwo gefunden. Reinheimer war vorsichtig, hatte keine Blühpflanzen in seiner Wohnung und Umgebung, wusste um das Risiko. Wieso hat er kein Notfall-Set griffbereit? Das ist unlogisch. Beim Auffinden der Leiche wurden angeblich Summ- Geräusche wahrgenommen, okay, das muss keine Biene gewesen sein. Kurz und gut: Da passt einiges nicht zusammen. Kein Glas, kein Geschirr …

wie hat er das Beruhigungsmittel eingenommen? Suizid schließe ich aus; dazu war die Dosis zu gering und Reinheimer wurde mir als ausgeglichener Charakter geschildert. Das ist alles nicht stimmig, aber ich finde keinen konkreten Ansatz.«

»Welche Art von Beruhigungsmitteln?«

»Die Feinanalyse steht noch aus.«

»Was gibt die Spurenlage in der Wohnung her?«

»Ich war dort, kann die Spurensicherung aber nicht abrufen, weil ich keinen offiziellen Ermittlungsauftrag habe.«

Ich hinterfrage, was die Inaugenscheinnahme ergeben hat und versuche, mir auf der Grundlage von Katjas Schilderungen ein Bild zu machen.

»Wer hat ihn zuletzt lebend gesehen?«

»Das wissen wir noch nicht.«

»Mit wem hast du gesprochen?«

»Mit der Frau, die ihn gefunden hat und heute Morgen mit der Nachbarin. Beide konnten mir nicht weiterhelfen. Das letzte Lebenszeichen stammt vom Abend vor seinem Tod, als er am frühen Abend nach Hause gekommen ist, da hat ihn die Nachbarin beobachtet.«

»Ein paar Häuser vor Reinheimers Anwesen lag letztens ein alter Mann am Fenster und beobachtete das Treiben auf der Straße. Ich glaube, der macht das jeden Tag. Vielleicht hat der etwas gesehen.«

»Der ist mir im Vorbeifahren aufgefallen, aber ich hatte noch keine Gelegenheit, mich mit ihm zu unterhalten.«

»Solltest du nachholen, Katja. Reinheimer hatte einen guten Kumpel …«

»Helmut Kohler, ich weiß. Sag mal, woher weißt du das von dem Nachbarn am Fenster?«

»Ich war auch bei Reinheimers Wohnung.«

»Ach ja? Na toll!«

»Reine Neugier. Mich hat das interessiert, weil ich einen entfernten Verwandten, einen Großneffen von Reinheimer, zufälligerweise im Café kennengelernt habe und Reinheimer selbst damals bei diesem Gespräch dabei war.«

»Zufälligerweise? Das stehen meine Antennen auf Empfang.«

»Cool bleiben! Aber es gibt etwas, dass du wissen solltest. Reinheimer selbst hat mir von seiner Allergie erzählt und der Großneffe wusste auch davon. Sein Name ist Toni Lukas. Ob der jetzt als quasi einziger Verwandter einen Erbanspruch hat, weiß ich nicht, sollte aber überprüft werden. Als Toni von Reinheimers Tod erfahren hat, war er sichtlich völlig überrascht; ich glaube nicht, dass er sich verstellt hat, aber vielleicht ist er auch ein begnadeter Schauspieler. Mir gegenüber hat er jedenfalls behauptet, dass er zu Reinheimer nur sporadischen Kontakt hatte; eine belastbare Aussage ist das allerdings nicht.«

»Interessant! Ich werde zu dem Kiebitz in Reinheimers Nachbarschaft fahren und diesen Lukas werde ich mir ebenfalls vorknöpfen. Weißt du, wo der wohnt?«

»Nicht genau, irgendwo am Wilbertstock. Ich kann das übernehmen.«

»Das wirst du schön bleiben lassen! Ich übernehme das selbst, aber danke für die Info.«

»Ich habe es nur gut gemeint.«

»Weiß ich, geht aber nicht.«

»Eine Erbschaft wäre ein Motiv«, sinniere ich.

»Du gehst also bereits von einem Tötungsdelikt aus?«

»Nein, aber ich will es auch nicht ausschließen.«

»Was weißt du über diesen Lukas?«

»Nichts, außer dass er mir im Café den Bienenstich empfohlen hat und Pensionär ist.«

»Bienenstich? Du meinst den Kuchen?«

»Ja genau. Und der ist dort wirklich lecker.«

»Josch, jetzt mal im Ernst! Läuft da gerade ein unglaublich makabrer Film vor mir ab, oder was ist das?«

»Ich sagte dir ja, dass es verrückt ist. Allem Anschein nach entwickelt sich der Bienenstich zum Schlüsselwort in dieser Ange-

legenheit.«
»Wie soll ich das der Staatsanwaltschaft erklären? Die hält mich für bescheuert.«
»Dein Problem, es sei denn, ich erkläre es ihr auf meine Weise.«
»Nein, auf keinen Fall! Dann weiß sie, dass du im Boot bist und das möchte ich unter allen Umständen vermeiden.«
»Vertrau mir und lass mich machen! Irgendwie kriege ich das hin. Ich bräuchte allerdings ein Vier-Augen-Gespräch mit Daniela. Dich lasse ich da völlig raus. Versprochen! Ich versuche, mit ihr in Kontakt zu kommen. Das Ziel sind offizielle Ermittlungen.«
»Ich habe Zweifel, dass das funktioniert, aber habe ich eine Wahl? Mehr als eine Abfuhr kann nicht dabei herauskommen, wenn man es nüchtern betrachtet.«
»Ist sie im Haus?«
»Weiß ich nicht. Probier's einfach!«
»Okay, ich lasse dich jetzt alleine. Genieß das Essen.«
»Das ist mittlerweile kalt.«
»Kaltes Geschnetzeltes ist unglaublich schmackhaft, besser als warmes aus meiner eigenen Küche. Bis dann, wir telefonieren.«
Ha, endlich kommt Bewegung in mein Hausmeisterdasein! Das wäre doch gelacht, wenn ich das nicht hinbekommen würde. Staatsanwältin Sommer ist zwar ein harter Brocken, aber irgendwie werde ich das schon richten.

25

Nach der Verabschiedung in der Kantine eile ich sofort zu Inge Manderscheid und genieße ihren köstlichen Kaffee.
»Josch, manchmal bist du ziemlich derb«, maßregelt sie mich. »Du musst Katja nicht in meiner Anwesenheit so putzen, das war mir echt peinlich.«
»Nun sei mal nicht so dünnhäutig! Das ist eine Sache zwischen Katja und mir, tut mir leid, dass du Ohrenzeuge geworden bist, aber manchmal müssen die Dinge eben klargestellt werden.«
»Ja, schon, aber …«
»Nix aber, und nun vergessen wir die ganze Sache; alles okay. Weißt du, wo Daniela ist?«
»Nein. Ich kann in ihrem Büro anrufen, wenn du willst.«
»Tu das, bitte, und danke für den Kaffee.«
Es stellt sich heraus, dass die Staatsanwältin wenig Zeit hat, aber trotzdem bereit ist, mir ein paar Minuten zu schenken. Sofort mache ich mich auf den Weg zu ihrem Büro.
»Hallo Daniela«, grüße ich freundlich und gehe sofort in den Schmeichelmodus über. »Kompliment, die verlorenen Pfunde stehen dir gut.«
»Schweig, du Pharisäer! Welcher Idiot hat dir davon erzählt?«
»Wovon?«
»Vergiss es! Erstmal guten Tag und nimm Platz; was hast du auf dem Herzen? Fass dich kurz, ich muss gleich weg.«
»Wieso kommst du auf die Idee, dass ich etwas auf dem Herzen habe? Mein Besuch dient …«
»Das kannst du deiner Urgroßmutter erzählen. Immer wenn du hier auftauchst, brennt hinterher die Hütte.«
»Stimmt doch gar nicht.«

»Die Sache mit den Papageien (*Arabella)! Schon vergessen?«
»Ach die Geschichte!«
»Die verschwundene Ehefrau (*Dreierpack)?«
»Da bin ich reingeschlittert.«
»Und die Armbrust-Taten (*Gegenwind)?«
»Da war ich noch im Dienst.«
»Eher im Abschiedsmodus.«
»Bist du heute zänkisch?«
»Bin ich immer, also komm auf den Punkt!«
»Ich habe ein Problem, quasi vor der Haustür.«
»Man könnte meinen, deine Haustür liegt in den Favelas von Rio; was ist jetzt schon wieder los bei euch?«
»In Spiesen, St. Ingbert und Neunkirchen wurden Urnen von den Friedhöfen geklaut und das sind keine Zufälligkeiten, sondern …«
»Stopp!«, fährt die Staatsanwältin dazwischen. »Du weißt schon, wo du hier bist, oder? Du warst immer schon ziemlich speziell, aber das ist jetzt wirklich sehr eigenartig? Hast du vielleicht einen Hungerast, oder ist dein Blutzuckerspiegel im Keller oder willst du nur testen, ob ich noch alle Tassen im Schrank habe?«
»Hör mir einfach zwei Minuten zu und unterbrich mich nicht ständig«, versuche ich, mich durchzusetzen. »Das ist ja wohl nicht zu viel verlangt, zum Donnerwetter.«
Überraschenderweise hört Daniela meinen Schilderungen nun aufmerksam zu, ohne mich zu unterbrechen.
»Du wirst zugeben müssen, dass ich das nicht einfach ignorieren kann«, ende ich schließlich.
»Aus deiner Sicht ist das richtig, nur bist du hier an der falschen Stelle. Du weißt genau, dass wir dafür nicht zuständig sind. Das ist Sache der Dienststellen vor Ort und ohne Anzeige werden die von sich aus nicht aktiv werden, ist doch logisch. Warum kommst du damit zu mir?«
Ich verschweige natürlich, dass ich mit Katja Reinert gespro-

chen habe und die mir bereits die gleichen Antworten gegeben hat. Ich lasse nicht locker. Meine Taktik baut darauf auf, dass ich erst später auf das eigentliche Thema zu sprechen komme.
»Weil ich mir erhoffe, dass du mit deinen Kontakten den Stein irgendwie ins Rollen bringen kannst, wenn schon die Herren der Kommunalpolitik keine Eier in der Hose haben.«
»Genau deshalb müssen mehr Frauen in politische Ämter! Meine Rede, seit Jahren! Dass ausgerechnet du mir ein weiteres Argument lieferst, macht mich geradezu euphorisch.«
»Unglaublich!«, stöhne ich. »Du solltest selbst in die Politik gehen.«
»Josch, jetzt mal im Ernst: Ich wüsste nicht, wen ich bezüglich deiner Recherchen ansprechen sollte. Außerdem haben wir gewiss andere Probleme, als Sachbeschädigungen und Diebstähle aus einem Kolumbarium zu verfolgen.«
»Aus einem was?«
»Kolumbarium! Lateinisch. Auf Deutsch: Taubenschlag! So nannten die Römer die Aufbewahrungsstätten für Särge. Banause.«
»Was du alles weißt! Okay, dann muss ich mich eben weiterhin mit den Bürgermeistern rumschlagen. Ach eins noch!«
»Was ist jetzt noch?«
»Ein Bekannter von mir ist plötzlich verstorben.«
»Oh, mein Beileid.«
»Danke, aber so eng waren wir auch wieder nicht. Ich habe allerdings Zweifel, dass er eines natürlichen Todes gestorben ist.«
»Fremdverschulden, und das sagst du so nebenbei? Spiel keine Spielchen mit mir. Was soll das?«
»Der Mann wurde angeblich Opfer seiner Allergie gegen Bienenstiche. Er heißt …«
»Wilhelm Reinheimer. Ich weiß von der Sache. Deshalb bist du also hier! Das mit den Urnen war reiner Mumpitz!«
»Nein, war es nicht! Woher weißt du von Reinheimer?«, stelle ich mich unwissend.

»Es ist kein Fall, weil wir nicht ermitteln. Du hast mit Katja geredet, stimmt's?«
»Wieso mit Katja? Was hat die mit der Sache zu tun?«
»Nichts. Umgekehrte Frage: Was geht dich die Sache an?«
Ich erzähle ihr alles, ohne Katja zu erwähnen. Die Staatsanwältin hört zu, sagt aber nichts.
»Wenn ich noch im Dienst wäre, würde ich die Spurenermittlung durch das Haus jagen und die Nachbarschaft offiziell befragen; und diesen besten Freund und den Großneffen auch.«
»Bist du aber nicht. Und wie sollte ich das begründen?«
»Mutige Frauen treffen mutige Entscheidungen«, triumphiere ich, weil ich merke, dass ich Daniela am richtigen Punkt gepackt habe.
»Komm mir nicht damit! Deine schlauen Sprüche kannst du dir sparen.«
»Kein Spruch, ich meine das ernst. Eine Spurenermittlung könnte Klarheit schaffen.«
»Nach vier Tagen? Grenzwertig!«
Jetzt muss ich aufpassen, dass ich mich nicht verrate und die Ergebnisse der Forensik kommentiere.
»Noch wäre eine Verfeinerung der pathologischen Untersuchungen möglich. Gib Katja freie Hand, die schafft das schon. Daniela, ich bitte dich! Wenn zwei erfahrene Ermittler ein ungutes Bauchgefühl haben, sollte sich die Staatsanwaltschaft nicht auf die Schiene der Kosteneinsparung reduzieren lassen. Vielleicht liegen wir falsch, aber es droht immerhin die Möglichkeit, dass ein Kapitalverbrechen unentdeckt bleibt, weil der Sparkurs im Vordergrund steht. Das ist einer Staatsanwaltschaft nicht würdig und mit unserem Berufsethos nicht vereinbar.«
»Aha, wusste ich's doch!«
»Was?«
»Du redest von zwei erfahrenen Ermittlern! Katja und du! Wir liegen falsch! Das Ganze ist ein abgekartetes Spiel zwischen dir und Katja.«

Langsam geht mir dieser Mist auf den Wecker! Ich muss und werde mich nicht rechtfertigen – es reicht! Ein letztes Aufbäumen gönne ich mir, egal was dabei rauskommt.
»Pass auf, was du sagst!«, brülle ich über den Schreibtisch. »Du spielst dich hier auf, als seiest du Herr, äh Frau, über Gut und Böse. Was ist aus der Power-Frau und Staatsanwältin Daniela Sommer geworden, hä? Eine Frau, die sich nach oben absichert? Die sich anpasst, um nicht negativ aufzufallen? So kenne ich dich nicht. Wenn du in diese Richtung mutieren willst, dann kannst du den ganzen Laden hier vergessen! Das gilt für die ganze Truppe! Tut, was ihr für richtig haltet, schleimt euch ein, sondiert eure Karrierechancen, kriecht den Herrschaften in der Führungsetage in den Arsch, bis nur noch die Socken rausschauen, aber behauptet niemals mehr, dass ihr im Sinne eures Amtseides an der Aufklärung von Verbrechen interessiert seid. Ich werde meinerseits nicht aufhören, der Wahrheit auf die Spur zu kommen. Wenn dir das nicht passt, ist das eben das Ende einer wunderbaren Freundschaft.«
»Fertig?«
»Vorerst.«
Es vergehen Minuten, während derer ich versuche, meinen Blutdruck in den Griff zu bekommen und die Staatsanwältin schweigend vor sich hinstarrt.
»Weshalb so aggressiv?«, fragt sie schließlich.
»Ich bin ebenso wenig aggressiv, wie andere desinteressiert.«
»Blöde Antwort.«
»Blöde Situation.«
»Das kannst du laut sagen. Wenn wir uns nicht so gut und lange kennen würden, müsste ich dich jetzt rauswerfen.«
»Was das Problem allerdings nicht lösen würde.«
»Was willst du tun? Auf eigene Faust ermitteln? Das werde ich zu verhindern wissen.«
»Ich werde Gott und die Welt verrückt machen, so lange, bis ihr reagiert.«

»Das traue ich dir leider sogar zu, Josch. Unter uns: Ich würde es genauso machen. Das Problem ist nur, dass ich auf der anderen Seite dieses beschissenen Schreibtisches sitze, und entgegen deiner Annahme, nicht tun kann, was ich will. Wenn sich die Bienenstichtheorie später bestätigen sollte, während ich tagelang Ressourcen verschwendet habe, wäre damit niemandem gedient, schon gar nicht Katja und ihrem Team.«
»Sie wird sich möglicherweise bestätigen, aber in einem anderen Licht. No risk, no fun. Sollte an meinen Zweifeln etwas dran sein, seid ihr die Kings.«
»Queens! Gut! Hopp oder topp, alles oder nichts. Ich berufe mich auf das Opportunitätsprinzip.«
»Was ist das nochmal? Es ist lange her, seit mir dieser Zungenbrecher über den Weg gelaufen ist.«
»Ich mache von meinem Ermessensspielraum Gebrauch.«
»In welche Richtung?«
»Das wirst du schon sehen! Aber du hältst dich da raus! Völlig! Und wenn ich völlig sage, dann meine ich das auch so! Du unternimmst nichts! Kapiert? Nichts! Nada, niente, nothing, rien …«
»Ich habe es kapiert! Japanisch und Chinesisch kannst du dir sparen! Nur falls …«
»Gibt es nicht. Streich dieses Wort aus deinem Gehirn! Und nun mach, dass du rauskommst, ich muss mit Katja Reinert sprechen.«
»Super! Informier mich aber bitte, falls …«
»Raus!«
Tonfall und Lautstärke lassen mich vermuten, dass es in der Tat besser ist, wenn ich das Schlachtfeld eilends verlasse. Ich habe erreicht, was ich wollte, und das sollte ich durch eine unnötige Provokation nicht aufs Spiel setzen.
Ich schaue kurz bei Inge Manderscheid vorbei, um mich zu verabschieden. Auf dem Flur kommt mir Katja Reinert entgegen.
»Tschüss, Katja; ich bin dann mal weg. Ich glaube, du hast ge-

rade einen neuen Fall auf den Tisch bekommen. Ruf mich an, wenn es irgendwo klemmt.«

Sie sagt nichts, aber ihr Lächeln sagt mir, dass sie mich am liebsten knutschen würde.

26

Ich hatte mich nach der Rückkehr vom LKA zwar mit dem Gedanken getragen, im Café Lädchen eine Tasse Kaffee und einen Bienenstich zu konsumieren, aber mein Kalorienbedarf war gedeckt und die Aussicht auf ein entspannendes Schläfchen auf der neu installierten Hollywood-Schaukel schien mir eine hervorragende Alternative zu sein.
Demzufolge hatte mich Marion schlafend im Garten vorgefunden und sich zu mir gesellt, ohne dass ich das zunächst mitbekommen hatte. Erst als sie mich mit einem zärtlichen Kuss geweckt hatte, kam ich in die reale Welt zurück.
»Schön, dass du die Straßenrinne vom Unkraut befreit hast«, sagte sie, während ich mich noch räkelte. »Kein Wunder, dass du erschöpft bist, wo du doch immer so viele Probleme mit dem Rücken hast.«
»Wie? Ach ja«, hatte ich gemurmelt und mich daran erinnert, dass ich selbst über die saubere Rinne erstaunt war, als ich heimkam. Da war ein hilfreicher Nachbar tätig gewesen, aber das sagte ich Marion nicht.
Immerhin hatte mir mein Schweigen einen harmonischen Abend mit einer zufriedenen Frau beschert.

✤

Am Mittwochmorgen bin ich entsprechend entspannt und voller Tatendrang. Bei der Überlegung, wie ich diesen Tag verbringen soll, kommt mir in Erinnerung, dass ich den Landrat heute auf der Bergehalde antreffen könnte.
Der Gedanke an die Kraxelei ist mir zwar nicht sympathisch,

aber dort wollte ich immer schon mal hin, und weshalb nicht heute, wo die Wettervorhersage einen warmen sonnigen Tag prognostiziert hat.
Nach einem üppigen Frühstück mache ich mich auf den Weg, fahre nach Landsweiler und parke hinter dem Gelände des Gondwana-Parkes am Fuße der Halde.
Ich habe damit gerechnet, dass mich irgendein Gefährt zur Spitze des Berges transportieren wird, weil ich in Erinnerung habe, dass bereits vor Jahren ein Lift oder eine Bimmelbahn installiert werden sollte, aber weder das eine noch das andere ist im Angebot und mir tritt der Schweiß bereits bei dem Gedanken an einen Fußmarsch ins Gesicht.
Nee, sag ich mir, wenn ich hier hochkraxele, verbrenne ich wertvolle Kalorien, die ich mir mühsam angefuttert habe. Außerdem bin ich für eine Klettertour gar nicht gerüstet, da hätte ich anderes Schuhwerk auswählen müssen; besser ich lasse es!
»Ah, der Herr Schaum«, tönt es plötzlich. »So ein Zufall! Auch im Begriff, den Gipfel zu stürmen? Am besten gehen wir zusammen, in Gesellschaft tut man sich leichter.«
Noch bevor ich mir über die unverhoffte Heimsuchung Gedanken machen kann, ist Toni Lukas an meiner Seite und klopft mir freundschaftlich auf die Schulter. Augenblicklich wird mir klar, dass ich ohne Gesichtsverlust aus dieser Nummer nicht rauskomme.
»Ach, du bist es! Im Saarland ist man auch nirgendwo alleine! Du willst da hoch? Ich dachte, es fährt eine Bahn oder so.«
»Die ist seit Jahren im Gespräch, aber da tut sich nichts. Ich glaube nicht mehr dran. Da wollen viele mitreden, aber keiner hat Geld.«
»Ein weit verbreitetes Phänomen. Wieso bist du so gut informiert?«
»Vor einiger Zeit hatte ich mich als Investor für das Projekt beworben, aber die Gespräche sind fruchtlos im Sand verlaufen.«
»Als Investor? Hast du so viel Kohle? Oder betreibst du ein

Taxiunternehmen?«
Mir fällt schlagartig auf, dass ich über meinen potentiellen Wanderfreund so gut wie nichts weiß, außer, dass er nach eigener Aussage Privatier ist. Soll ich so jemandem wirklich meine Gesundheit anvertrauen? Schließlich ist das Erklimmen einer Bergehalde kein Pappenstiel.
»Lass uns unsere Puste nicht schon hier unten verbrauchen«, schlägt Toni vor. »Ich erzähle dir das auf dem Weg nach oben.«
Toni ist alles andere als ein Leichtgewicht, er hat einige Pfunde mehr auf den Rippen als ich.
»Du willst tatsächlich zu Fuß gehen?«, frage ich sicherheitshalber.
»Es gäbe die Alternative, dass du mich trägst, aber eigentlich schließe ich die aus«, lacht er.
»Deine Einschätzung zeugt von Weitsicht. Ich mache ein bisschen langsamer, dann schaffen wir es vielleicht.«
»Wie du meinst, aber ich glaube, du unterschätzt mich.«
Und wie ich den Kerl unterschätzt habe!
Nach zweihundert Metern geht mir bereits die Puste aus und auf dem steilen Weg beginnen meine Muskeln zu zittern. Toni und sein Übergewicht allerdings gehen es ziemlich flott an; er scheint keine Probleme zu haben.
»Ich bin überrascht!«, gestehe ich japsend. »Du bist echt fitter, als ich angenommen habe.«
»Sag ich doch! Sollen wir eine Rast machen?«
Nein, nie im Leben! Ich ziehe das jetzt durch, selbst wenn ich hier an den Wegesrand kotze.
»Schon gut, nur dein Tempo ist mir zu hoch. Wenn du willst, kannst du vorgehen.«
»Blödsinn, wir haben keine Eile. Da oben läuft uns nichts weg.«
»Wieso bist du eigentlich hier«, stammele ich. »Was willst du dort oben?«
»Ich habe erfahren, dass einige Leute sich heute in der Almhütte treffen und über Konzepte reden wollen. Ich bin zwar nicht

geladen, aber ich würde da gerne Mäuschen spielen, irgendwas erfährt man immer. Und du?«

»Ach, ich wollte immer schon mal auf die Halde«, flunkere ich. »Heute Morgen beim Frühstück hatte ich die Eingebung … und das schöne Wetter … buh, ist das heiß … nein, kein konkreter Anlass.«

»Du hast also auch keine Zeitnot, das ist prima. Wir können gerne eine Pause machen.«

»Nee, aber du wolltest mir von diesem Investitionsvorhaben erzählen. Mach nur! Du redest, ich höre, das erspart mir Puste.«

Toni erzählt, was sich bezüglich der Haldenerschließung in den letzten zehn Jahren alles getan oder auch nicht getan hat. Wenn nur die Hälfte davon stimmt, ist das der Beweis, dass ein Mischmasch von Institutionen der öffentlichen Hand und der freien Wirtschaft niemals an einem gemeinsamen Strang in dieselbe Richtung ziehen können, weil die Interessen einfach nicht unter einen Hut zu bringen sind. Was am Ende bleibt, ist der gemeinsame Frust, aber selbst der ist unterschiedlich verteilt.

»Wieso warst du mit im Spiel«, frage ich. »ich dachte, du bist Rentner?«

»Privatier! Das ist was anderes. Ich hatte das große Glück, mit Anfang Fünfzig aussteigen zu können. Meine Vermögensverhältnisse erlauben mir ein unbekümmertes Leben, aber ich brauche keinen Luxus. Mir gefällt es hier; das Klima, die Landschaft, die Menschen, die Stimmung und so weiter; falls du verstehst, was ich meine. Mein Geld geht auf den Banken kaputt, der Aktienmarkt ist mir zu stressig und da ich weder Frau noch Kinder habe, suchte ich nach einer Investitionsmöglichkeit. Ohne große Rendite, nur mit Inflationsausgleich, quasi null auf null, aber das haben die Verantwortlichen des Projektes bis heute nicht kapiert. Zu viel Misstrauen, zu viel Neid, Risikobereitschaft gleich null. Das ist kein guter Boden für eine vertrauensvolle Zusammenarbeit. Ich sollte nicht nur das Geld günstigst bereitstellen, sondern auch alle Risiken übernehmen, wobei die anderen das Sagen haben wollten. Das macht kein Mensch, nicht mal ein Idiot.«

»Darf ich fragen, wie du an so viel Kohle gekommen bist?«

»Du warst früher beim LKA, kommt daher deine Neugier?«

»Mit Wirtschaftskriminalität hatte ich nichts zu tun.«

»Okay, ohne ins Detail zu gehen: Ich war in der IT-Branche tätig, hatte eine eigene Firma für Software-Entwicklung, seinerzeit echte Pionierarbeit, nicht mit dem zu vergleichen, was da heute abgeht. Der Markt reagierte mit der Zeit immer schneller, dann hektisch, dann chaotisch. Aus High-Tech wurde Hai-Attack, wenn du verstehst. Ich hatte das unglaubliche Glück, zum richtigen Zeitpunkt am richtigen Ort den ganz Großen der Branche über den Weg zu laufen, den Mega-Großen dieser Welt. Was dann im Einzelnen passierte, ist zu spezifisch, um es bis ins Detail zu verstehen. Diese Global-Player haben sich jedenfalls anfangs nur interessiert gezeigt und dann haben sich plötzlich die Ereignisse überschlagen. Wir hatten etwas, was die nicht hatten und das wollten sie unbedingt haben; um jeden Preis. Eine Offerte nach der anderen, am Ende habe ich alles verkauft. Die Firma, die Lizenzen und so weiter – alles. Für viel Geld, für wirklich irre viel Geld! Kein Mensch kann sich vorstellen, welche Summen in diesem Geschäft unterwegs sind.«

»Du bist also ein Glückspilz, der nicht weiß, wohin mit seinem Geld, aber was wurde aus deinen Mitarbeitern?«

»Die Besten haben die übernommen; die sind heute sehr gut bezahlt in der ganzen Welt verstreut. Der anderen Hälfte habe ich aus dem Erlös so viel Geld gegeben, dass sie ohne arbeiten zu müssen, ein bequemes Leben führen könnten, aber die sind alle wieder in der Branche unterwegs. Ich habe ab und zu noch Kontakt, denen geht es allen bestens.«

»Schöner Schachzug, aber was treibt dich hier in dieses Kaff? Du könntest in Miami, Monte Carlo oder sonst wo sitzen oder

auf einer Jacht die Welt bereisen.«
»Das habe ich hinter mir, und glaub mir, nichts ist bescheuerter und langweiliger als der Jet-Set. Langweilig und peinlich; um dich dort wohl zu fühlen, musst du entweder bekloppt oder hineingeboren sein. Hier fühle ich mich wohl. Anderswo habe ich am meisten den Wechsel der Jahreszeiten vermisst.«
»Schneeschaufeln ist auch nicht gerade prickelnd«, seufze ich und bleibe einen Augenblick stehen, um die Aussicht zu genießen. »Tolles Panorama!«
»Vor allem bei diesem schönen Wetter.«
»Ist es noch weit?«, frage ich und hoffe auf eine gnädige Antwort.
»Zwei Kurven noch, das Schlimmste liegt hinter uns.«
»Du warst schon öfter hier, wie? Wieso bist du eigentlich so fit?«
»Bewegung! Das Zauberwort heißt Bewegung. Ich laufe jeden Tag, hier bin ich mindestens einmal die Woche. Würde ich das nicht tun, würde ich wahrscheinlich irgendwann platzen. Ich weiß, dass ich zu dick bin, aber so halte ich wenigstens mein Gewicht.«
»Ha, da kenne ich jemanden, der ist wesentlich dicker, bewegt sich gar nicht, nascht gerne und wundert sich, warum er nicht abnimmt.«
»Ein wenig Disziplin braucht es schon, sonst geht es ins Unermessliche.«
»Hast du noch andere Hobbys?«
»Ich sammele Münzen, reise viel und gehe gerne ins Theater.«
»Keine Beziehung? Sorry, das geht mich eigentlich nichts an.«
»Ich habe schlechte Erfahrungen gemacht, das muss ich nicht mehr haben. Ich komme auch ohne Frau ganz gut aus.«
»Machst du deinen Haushalt etwa selbst? Ich meine, irgendwann hat Knausrigkeit ihre Grenzen.«
»Das stimmt allerdings«, lacht Toni schallend. »Ich habe eine Haushaltshilfe für die Wäsche und das Putzen und einen

jungen Mann, der den Garten in Schuss hält. Mittags esse ich meist auswärts, ich habe also mit Hausarbeit relativ wenig am Bein. So, wir sind da. Drüben in der Alm gibt's ein anständiges Mittagessen. Mal sehen, ob die Verhandlungspartner bereits zu Tisch sitzen.«

Wir schlendern zur Hütte und treten ein. Der Gastraum ist groß, aber kaum besucht. Links sitzt ein älteres Ehepaar, in der Mitte rechts sind fünf Männer und eine Frau um einen Tisch versammelt, die restlichen Tische sind eingedeckt aber nicht besetzt.

In der Großgruppe erkenne ich den Landrat und den Oberbürgermeister von Neunkirchen, die anderen Personen sind mir nicht bekannt. Die Besprechung ist noch in vollem Gange, es wird diskutiert und gestikuliert.

»Lass uns links hinten Platz nehmen«, schlägt Toni vor. »Da habe ich die Truppe im Auge, aber wir erwecken trotzdem nicht den Eindruck, dass wir stören wollen.«

»Den Sören stören will ich sowieso nicht«, erkläre ich lachend.

»Nettes Wortspiel. Aber was essen, ich habe nämlich Kohldampf.«

Die Bedienung kommt und wir bestellen ohne Absprache beide das gleiche: alkoholfreies Weizen und Leberknödel mit Kraut.

Eine Gruppe von Radfahrern betritt das Lokal.

»Wo kommen die denn her?«, frage ich überrascht. »Hier hoch mit dem Fahrrad?«

»Kein Problem, außerdem gibt es Elektroantrieb«, erklärt Toni. »Habe ich auch schon gemacht.«

Es gibt sportliche Herausforderungen, denen ich mich nicht stellen möchte, das Erklimmen von Bergen mit einem Fahrrad gehört dazu.

Einer der Radler geht unvermittelt zum Tisch der Diskutierenden und stört hemmungslos die Runde. Er begrüßt den Oberbürgermeister und verwickelt ihn in ein Gespräch; dem ist das sichtlich peinlich, aber der Störenfried lässt sich nicht abwim-

meln. Die Tischnachbarn scheinen ziemlich genervt zu sein.
»Manche Leute haben wirklich keinen Anstand«, kommentiert Toni. »Schau denen mal in die Gesichter, ich glaube, die kommen heute nicht weiter.«
Tatsächlich löst sich die Runde nach wenigen Minuten auf, der Misserfolg der Verhandlungen ist den Teilnehmern deutlich anzusehen. Landrat Meng packt seine Unterlagen zusammen und entdeckt dabei Toni und mich. Erst ein freundliches Nicken, dann kommt er zu uns an den Tisch.
»Hallo, Ihr zwei. Habt Ihr noch Platz für einen hungrigen Landrat?«
Ich will Toni vorstellen, aber Sören kennt meinen Begleiter bereits.
»Wir hatten vor ein paar Jahren bereits das Vergnügen.«
»Stimmt«, bestätigt Toni. »Damals waren Sie allerdings noch kein Landrat.«
»Wäre ich damals schon Landrat gewesen, hätte Ihr Finanzierungsmodell vielleicht eine Chance gehabt.«
»Mein Angebot steht noch«, versichert Toni Lukas.
»Gut, zu wissen. Es sitzen jetzt zwar andere Verhandlungspartner am Tisch, aber am Grundproblem hat sich nichts geändert«, seufzt der Landrat.
»Das liebe Geld«, vermute ich. »Was sonst?«
»Auch, aber nicht nur …«
Wir plaudern und Toni gelingt es durch geschickte Gesprächsführung immer wieder, das Thema auf die Infrastruktur der Halde zu bringen. Mein Anliegen werde ich allerdings nicht los, denn in Tonis Anwesenheit will ich die Geschichte von den Urnen auf keinen Fall ansprechen.
»Wissen Sie was?«, schlägt der Landrat Toni schließlich vor. »Warum treffen wir uns nicht mal bei mir im Büro und gehen Ihr Modell unter neuen Gesichtspunkten noch einmal durch? Vielleicht ergeben sich neue Perspektiven.«
»Gerne«, freut sich Toni und übergibt seine Visitenkarte. »Ru-

fen Sie mich an und teilen Sie mir mit, wann es Ihnen passt.«
»Super«, meint der Landrat, wischt sich den Mund mit der Serviette ab und ruft nach der Rechnung. »Ich muss los, der nächste Termin.«
»Bist du mit dem Wagen hier?«, frage ich voller Hoffnung.
»Steht unten!«
»Konntest du nicht hochfahren?«
»Könnte ich, mach ich aber nicht. Bewegung, heißt das Zauberwort.«
»Das habe ich heute schon mal gehört!«
»Oberbürgermeister Aumann ist natürlich mit dem Rad hochgefahren, aber das ist mir zu umständlich. Außerdem kann ich mit dem nicht mithalten, der ist ja fast ein Profi.«
»Toni, ich würde den Landrat gerne nach unten begleiten. Kommst du mit oder bleibst du noch?«
»Geh nur! Ich will mich mit dem Hüttenwirt unterhalten. Das Essen übernehme ich, ach was und die Getränke auch. Schönen Tag noch.«
Sören und ich bedanken uns und machen uns an den Abstieg. Der Weg nach unten ist zwar weniger beschwerlich als die umgekehrte Richtung, aber ich habe nicht damit gerechnet, dass der Landrat so ein Tempo vorlegt; kein Wunder, der Bursche ist rund zwanzig Jahre jünger als ich. Während er zügig voranschreitet, explodieren bei mir die Waden und Oberschenkel.
»Warum rennst du so?«, mosere ich. »Ist dein Termin so wichtig?«
»Wieso? Das ist mein normales Tempo, einfach laufen lassen.«
»Wenn ich laufen lasse, komme ich erst in Heiligenwald zum Stehen«, behaupte ich. »Mach mal langsam, ich muss dir etwas erklären. Das ist der eigentliche Grund, weswegen ich mich auf die Halde gequält habe. Ich konnte nicht ahnen, dass … gib mir wenigstens ein paar Minuten für ein Vier-Augen-Gespräch, ohne dass ich mir extra einen Termin nehmen muss.«
»Ei gut, was liegt dir denn auf dem Herzen?«

Ich erzähle dem Landrat detailliert, was meine Recherchen hinsichtlich der verschwundenen Urnen gebracht haben, erläutere die Zusammenhänge bezüglich der einstigen Fußballgrößen und lasse auch nicht unerwähnt, dass ich beim LKA war, mit der Staatsanwältin gesprochen, von dort aber eine Abfuhr erteilt bekommen habe.
Sören hört aufmerksam zu, kommentiert meine Ausführungen aber mit keinem Wort. Erst als ich stehen bleibe und nach Luft schnappe, entfährt ihm eine Bemerkung.
»Das ist ja ein Ding! Wenn ich dich nicht so gut kennen würde, dann würde ich glauben, du willst mich auf den Arm nehmen.«
»Tja, kurios, was?«
»Da bin ich erstmal ratlos.«
»Ein Landrat ohne Rat ist zwar nicht das Gelbe vom Ei«, erkläre ich, »aber beim Aumann wäre das noch schlimmer.«
»Wie? Ach so, ja der und sein Fahrrad.«
»Wir brauchen jemanden, der den Stein ins Rollen bringt. Kannst nicht du der Presse einen Tipp geben?«
»Alles, nur nicht das! Der Schuss geht nach hinten los, und ich werde gefragt, ob ich sonst nix zu tun habe. Nein, nein! Aber mir kommt da gerade eine andere Idee.«
»Welche?«
»Besser, du weißt es nicht. Lass mich machen! Ich glaube, ich weiß, wer uns weiterhelfen kann.«
Ich versuche zwar, dem Landrat die eine oder andere Information zu entlocken, aber der Mann bleibt eisern und gibt nichts von seinem Plan preis. Das wurmt mich zwar gewaltig, aber vorerst kann ich nichts machen.
»Du hast die Namen und Daten bestimmt irgendwo niedergeschrieben, Josch. Kannst du mir die an meine private Mail schicken, bitte? Heute komme ich nicht mehr dazu, aber morgen kann ich aktiv werden, bis dahin brauche ich die Daten. Klappt das?«
»Erledige ich sofort, wenn ich nach Hause komme. Heute

Abend hast du alles, was du brauchst.«
»Super! So, da vorne steht mein Wagen. Eine Bitte noch!«
»Und die wäre?«
»Halt jetzt erstmal die Füße still und warte ab. Wenn mein Plan aufgeht, tut sich bald etwas. Ich rufe dich an, wenn ich Näheres weiß.«
Wir verabschieden uns und gehen zu unseren Fahrzeugen. Ich bin zwar nicht hundertprozentig zufrieden, aber auf den Landrat ist Verlass; wenn der etwas verspricht, dann hält er das auch. Allerdings bin ich ziemlich frustriert, dass die Sache jetzt ziemlich an mir vorbeiläuft.
Auf dem Nachhauseweg überkommt mich eine bleierne Müdigkeit. Die Bergwanderung hat mich erschöpft. Völlig! Bevor ich dem Landrat die Informationen liefern kann, werde ich wohl ein Erholungsschläfchen einschieben müssen.

27

Als Staatsanwältin Sommer vor dem Haus von Willy Reinheimer parkt, kommt ihr Hauptkommissarin Katja Reiner bereits entgegengeeilt.

»Guten Morgen, Daniela. Schön, dass du dir selbst ein Bild vor Ort machen möchtest.«

»Im Nachhinein betrachtet, hätte ich das vielleicht schon früher tun sollen, aber erstens ist man hinterher immer schlauer und zweitens fehlt mir eben die Zeit.«

»Wie hat dein Oberstaatsanwalt reagiert, als du ein offizielles Ermittlungsverfahren eingeleitet hast?«

»Zunächst ist er an die Decke gegangen. Als ich ihn mit den Fakten konfrontiert habe, hat der Komiker dann eine hundertprozentige Kehrtwendung hingelegt und den Vorwurf geäußert, warum wir bei der Sachlage erst jetzt mit den Ermittlungen beginnen.«

»Dieser Arsch! Erst blockieren und dann so, einfach unglaublich!«

»Beruhige dich! Vor dem haben wir jetzt vorläufig unsere Ruhe. Ich bin gespannt, wie der Polizeipräsident reagieren wird.«

»Hat er bereits. Mir gegenüber jedenfalls positiv. Er will das der Presse so verkaufen, dass wir zunächst grundlegende Fragen klären mussten, bevor wir an die Öffentlichkeit gingen; aus ermittlungstechnischen Gründen.«

»Dass die Presse immer noch auf solch fadenscheinige Argumente reinfällt, spricht nicht unbedingt für deren Qualität.«

»Da ist was dran, aber was sollen die machen, wenn sie von allen Seiten verarscht werden?«

»Lass uns reingehen! Ich habe deinen Bericht und die Ergebnisse der Obduktion gelesen. Allem Anschein nach jagen wir ein Phantom.«

Die beiden Frauen gehen in das Haus und schauen sich zunächst in Wilhelm Reinheimers Wohnzimmer um. Die Hauptkommissarin erläutert die Spurenlage, zeigt auf den Sessel, in dem der Tote gefunden wurde und führt die Staatsanwältin durch den Rest der Wohnung.

»Das Betäubungsmittel, das in Reinheimers Blut nachgewiesen wurde, könnte von K.O.-Tropfen stammen, aber das ist Spekulation, weil sich das Zeug bereits nach einigen Stunden nicht mehr eindeutig zuordnen lässt; möglich wäre es jedoch. Im Haus gibt es allerdings kein einziges derartiges Präparat«, erklärt Katja Reinert und geht weiter in Richtung Terrassentür.

»Hier, unterhalb der Glasscheibe wurde ein totes Insekt gefunden; eine Biene, die allerdings ihren Stachel noch hatte; Gleiches gilt für eine tote Biene in der Küche …«

»Wie viele Einstiche hatte Reinheimer?«, unterbricht die Staatsanwältin.

»Mindestens sechs, es wurde jedoch nicht der gesamte Körperbereich eingescannt. Soviel ich weiß, sterben die Bienen nach dem Stich innerhalb weniger Tage, sie könnten demnach also weitergeflogen sein. Wir haben mindestens sechs Bienen, die gestochen haben, plus die beiden toten Tiere, die ihren Stachel noch haben; macht in Summe acht plus x.«

»Überraschend viele Bienen in einer Wohnung ohne Blühpflanzen.«

»Kann man so sagen. Die Balkontür stand zwar offen, aber auch draußen gibt es keine Blüten und im näheren Umkreis gibt es auch keine Bienenstöcke.«

»Okay, was haben wir noch?«

»Reinheimer war dabei, sich eine Mahlzeit zuzubereiten. Gulasch.«

»Was heißt: Er war dabei?«

»Ein Topf mit Wasser für die Nudeln stand auf dem Herd, die

Nudelpackung lag auf der Anrichte. Das Gulasch im anderen Topf war so gut wie fertig, aber die Herdplatten waren nicht eingeschaltet. Auf den Schaltknöpfen konnten Fingerabdrücke festgestellt werden, die gehören allerdings nicht zu dem Toten. Die gleichen Abdrücke wurden an zwei Stellen auf der Tischplatte im Wohnzimmer nachgewiesen. Dateiabgleich negativ.«

»Wer hat Wilhelm Reinheimer zuletzt lebend gesehen?«

»Das ist die Frage aller Fragen. Definitiv gesehen wurde er am Abend vor seinem Tod, als er mit dem Wagen vorfuhr und in die Wohnung ging. Am darauffolgenden Morgen ist dem Briefträger nichts Besonderes aufgefallen, er hat etwa um 9 Uhr 30 ein Werbeprospekt eingeworfen, das wir im Wohnzimmer gefunden haben, Reinheimer hat den Briefkasten also geleert; wir gehen mal davon aus, dass er das selbst getan hat, allerdings wurde er dabei nicht beobachtet. Ein Nachbar will allerdings von seinem Fenster aus gesehen haben, dass am späten Vormittag ein Wagen vor Reinheimers Haus geparkt hat; älteres Modell, dunkelblau oder schwarz, möglicherweise ein Kombi. Der Zeuge, ein älterer Mann, der dort immer auf Beobachtungsposten liegt, musste allerdings aufs Klo und als er zurückkam, war der Wagen nicht mehr da.«

»Auto und Halter zu finden …«

»… hat selbstverständlich oberste Priorität! Gut möglich, dass Reinheimer einen Gast zum Essen hatte, aber dazu ist es nicht mehr gekommen. Allerdings hat Reinheimer die Herdplatte nicht selbst ausgeschaltet und das muss einen Grund haben. Wir haben noch eine Ungereimtheit!«

»Aha?«

»Es fehlt jeglicher Hinweis, wie Reinheimer das Beruhigungsmittel zu sich genommen hat, mal ganz abgesehen davon, dass es im Haus kein solches Mittel gibt. Normalerweise nimmt man das mit einem Schluck Wasser oder so, aber es gibt nirgendwo ein Glas oder eine Tasse oder Flasche, woraus er getrunken haben könnte.«

»Aus dem Wasserhahn? Oder er hat das Glas gespült und zurückgestellt.«
»Theoretisch möglich, aber praktisch ist das für mich nicht nachvollziehbar.«
»Jeder hat seine Marotten, da würde ich nichts draufgeben. Dass keine Beruhigungsmittel im Haus zu finden sind, ist allerdings auffällig.«
»Nicht mal eine leere Schachtel im Müll.«
»Fremdverabreichung und der Täter geht und nimmt alles mit; falls das deine Theorie ist, kann ich sie nachvollziehen. Und dann? Hofft er auf die Tatkraft der Bienen, oder wie?«
»Vielleicht hat er sich in der Dosis vertan.«
»Hm. Spekulation. Alles ist Spekulation in diesem Fall. Wo ist das Motiv? Offenbar ist nichts gestohlen oder habt ihr andere Informationen?«
»Nein, es sei denn, es gab eine Geldkassette oder so, von der wir nichts wissen. Es scheint jedoch unwahrscheinlich, dass Wilhelm Reinheimer große Sachwerte im Haus hatte. Ein Sparbuch ist noch da; rund 5.000 Euro sind drauf. Die Auszüge des Girokontos sind ziemlich aktuell, da ist in etwa der gleiche Betrag drauf. Reinheimers Rente war nicht üppig, aber anscheinend konnte er immer etwas zurücklegen, weil er ein sparsamer Mensch war, aber vermögend war er wohl nicht.«
»Wer erbt?«
»Ein Testament haben wir bisher nicht gefunden und bei mir gemeldet hat sich bislang lediglich ein Großneffe, ein gewisser Toni Lukas …«
»Woher hat der deine Kontaktdaten?«
»Von Josch. Die beiden kennen sich zufälligerweise.«
»Zufälligerweise? Bei Josch? Das gibt es nicht!«
»Anscheinend doch! Dieser Lukas wohnt ebenfalls im Ort und trinkt mit Josch wohl öfter mal einen Kaffee.«
»Was ist das für ein Typ?«
»Wie es ausschaut, ist er der einzige noch lebende Verwandte,

nach eigener Aussage finanziell unabhängig und an einem Erbe nicht interessiert. Die beiden hatten nur sporadisch Kontakt, und das auch erst seit kurzer Zeit. Für den Fall, dass er als Erbe in Frage käme, würde Herr Lukas die Hinterlassenschaft an eine gemeinnützige Einrichtung abtreten.«

»An welche?«

»Das hat er nicht definiert.«

»Weiß dieser Lukas von Reinheimers Allergie?«

»Keine Ahnung – ich werde das hinterfragen; ein Versäumnis meinerseits.«

»Dieser beste Freund, ist der immer noch nicht aufgetaucht? Wie heißt der nochmal?«

»Helmut Kohler. Nein, wir wissen nichts über seinen derzeitigen Aufenthaltsort, bleiben aber dran. Der Mann ist weit über siebzig und angeblich ein ziemlicher Kauz. Sein Nachbar hat ausgesagt, dass Kohler am Freitag in aller Frühe weggefahren und seitdem nicht wiederaufgetaucht ist. Er habe etwas von Hamburg geknurrt, sich aber nicht näher geäußert, möglicherweise besucht er dort seinen Sohn. Wir sind dabei, das abzuklären.«

»Was ist mit den Nachbarn?«

»Es gibt eigentlich nur eine Nachbarin, die ihn näher kannte, Eva Höhn.«

»Die hat ihn auch gefunden, oder?«

»Nein, gefunden hat ihn ihre Schwester Anita, die wohnt allerdings nicht hier, sondern war zufälligerweise zu Besuch.«

»Wieso die?«

»Weil die Nachbarin Schiss hatte, selbst nachzuschauen.«

»Schiss? Wovor? Hatte die eine Vorahnung?«

»Ihr kam es merkwürdig vor, dass Reinheimer sich entgegen seiner Gewohnheiten nicht blicken ließ. Sein Auto stand in der Einfahrt, die Verandatür stand offen, auf ihre Anrufe und Klingeln an der Tür hat er nicht reagiert – und dann war da noch das Päckchen für Reinheimer, das er – hatte ich dir aber schon erzählt.«

Die Staatsanwältin nickt, antwortet allerdings nicht.
»Die Frau schwärmt von Reinheimer in den höchsten Tönen, ich glaube, die wäre gerne mehr gewesen als eine gute Nachbarin.«
»Hat er sie abblitzen lassen?«
»Ich habe den Eindruck, dass es soweit gar nicht gekommen ist. Das war wohl eher die stille Bewunderung einer Witwe an einen ebenfalls verwitweten Nachbarn oder so. In dem Alter verliebt man sich doch nicht mehr so einfach.«
»Das sagst du so dahin. Dem möchte ich mich nicht anschließen. Warum sollte man sich im Alter nicht nochmal verlieben können?«
»Vielleicht hast du Recht, aber ich glaube nicht, dass die beiden eine Beziehung hatten.«
»Hör dich um; frag die Leute. Wie spät ist es?«
»Gleich drei.«
»Lass uns zu diesem Kohler und anschließend zu dem Großneffen von Reinheimer fahren. Ich möchte mir gerne ein Bild machen.«
»Von mir aus, aber Kohler ist nicht zu Hause.«
»Ich habe es nicht vergessen. Trotzdem!«
Katja Reinert ist nicht begeistert von dem Vorhaben der Staatsanwältin, weil sie es für reine Zeitverschwendung hält; andererseits ist der Tag ohnehin gelaufen.
Wie nicht anders zu erwarten, öffnet niemand bei Helmut Kohler und auch bei dessen Nachbarn ist keiner zu Hause. Die beiden Frauen fahren daher weiter zur Adresse von Toni Lukas in die Straße Am Wilbertstock und klingeln an der Pforte zum Vorgarten.
»Warst du schon mal hier?«, fragt die Staatsanwältin.
»Nein; er war bei mir im Präsidium.«
»Noble Hütte! Alles vom Feinsten. Alter Bestand aber prachtvoll hergerichtet. Schau dir das Schieferdach an, sowas kostet ein Vermögen. Und das Schmiedeeisen vor den Fenstern und

der Zaun, da steckt eine Menge Geld drin.«
»Und alles kameraüberwacht.«
»Was macht der Mann beruflich?«
»Er behauptet, finanziell unabhängig zu sein und bezeichnet sich selbst als Privatier. Der Mann hat Stil, Anstand und Vermögen, allerdings ist er für mich zwanzig Jahre zu alt.«
»Keine Familie?«, fragt Daniela Sommer.
»Ledig, aber was heißt das schon.«
»Dass er nicht verheiratet ist oder war«, lacht die Staatsanwältin und drückt erneut den Klingelknopf.
Auch nach diesem Versuch tut sich nichts.
»Ist das ganze Dorf ausgeflogen?«, knurrt die Staatsanwältin. »Das gibt's doch nicht, dass nirgendwo jemand zu Hause ist in diesem Kaff.«
»Wir können ja zu Josch fahren, der ist bestimmt daheim.«
»Vergiss es! Um Gottes Willen, das fehlte noch, dass wir den auch noch an der Backe haben. Bestell diesen Lukas ins Präsidium, ich möchte mich gerne mit ihm unterhalten.«
»Was versprichst du dir davon?«, fragt die Hauptkommissarin überrascht.
»Nichts Konkretes, aber ich möchte mir ein Bild von der Familie Reinheimer machen.«
»Die kannten sich kaum.«
»Egal, irgendetwas erfährt man immer.«
»Wie du willst. Ich werfe ihm einen Zettel in den Briefkasten. Wann willst du ihn sehen?«
»Morgen Mittag ab 14 Uhr und nicht nach 17 Uhr. Erzähl mir auf dem Rückweg, wie weit du mit meinem Heimtrainer bist.«
»Dabei bin ich noch nicht fündig geworden, das dauert noch eine Weile«, lügt Katja Reinert und verschweigt, dass sie mit der Suche noch gar nicht begonnen hat.
Die beiden Beamtinnen wollen gerade in ihre Wagen steigen, als eine Taxe vor dem Haus anhält. Der Fahrgast zahlt und steigt aus.

»Guten Tag, Herr Lukas«, ruft die Hauptkommissarin. »Zu Ihnen wollten wir gerade.«
Sie geht auf ihn zu, schüttelt ihm die Hand und stellt Staatsanwältin Sommer vor.
»Schön, dass es doch noch geklappt hat, Sie persönlich kennenzulernen, Herr Lukas«, erklärt Daniela und schüttelt Toni ebenfalls die Hand.
Der ist sichtlich erstaunt und fragt, ob es sich denn etwa um eine behördliche Vernehmung handele. Als die Staatsanwältin antwortet, es handele sich um eine Befragung mit Rechtsrelevanz, lächelt Toni Lukas verschmitzt.
»Davon gehe ich aus, sonst bräuchten Sie ja nicht zu fragen. Ich meine, wenn Sie davon ausgehen würden, dass es egal ist, was ich sage und welchen Wahrheitscharakter meine Aussagen haben, könnten Sie sich den ganzen Aufwand sparen.
»Das entbehrt nicht einer gewissen Logik«, meint die Staatsanwältin etwas verwirrt.
»Eben!«, bestätigt Lukas und setzt noch einen drauf. »Wobei Sie allerdings zugeben müssen, dass Logik und Jurisprudenz nicht immer vom selben Teller essen oder gleichgar Töchter der gleichen Mutter sind.«
»Diese irrtümliche Ansicht scheint weit verbreitet, ist jedoch abwegig. Das Recht, zumindest in unseren Breiten, basiert zweifelsfrei auf der Grundlage logischen Denkens.«
»Eine Grundlage basiert immer auf irgendwas. Eben darin steckt des Pudels Kern.«
»Kommen Sie mir nicht mit Goethe und seinem Faust! Der ist so abgelutscht wie sonst was.«
»Sie kennen den Ursprung des Bonmots, ich bin entzückt!«
»Das dürfen Sie auch. Den meisten meiner Bekannten ist der Faust eher fremd und Goethe sowieso.«
»Das spricht nicht unbedingt für Ihren Bekanntenkreis; wahrscheinlich alles Juristen«, stichelt Lukas.
»Ausschließlich Männer«, kontert die Staatsanwältin. »Da

kann man nicht allzu viel erwarten. Ihre Abneigung gegen Juristen ist allerdings unüberhörbar, Herr Lukas.«
»Ich möchte betonen, dass sich meine Aversion ausschließlich gegen die männlichen Exemplare Ihres Berufsstandes richten.«
»Sehr löblich und mit wie vielen weiblichen Berufskollegen hatten Sie es bisher zu tun?«
»Ich gestehe: Fehlanzeige! Bei der Auswahl meiner Anwälte hätte ich streuen sollen, das Versäumnis liegt also auf meiner Seite. Mea Culpa!«
Katja Reinert schaut genervt gen Himmel. Was für ein Schmierentheater. Die beiden machen sich gegenseitig die Säcke voll und die Staatsanwältin ist offensichtlich völlig neben der Spur. Erst hat sie darauf gedrängt, Toni Lukas zu befragen und nun ergeht sie sich in Floskeln, die mit der Sache nichts zu tun haben.
»Darf ich die Damen auf einen Kaffee einladen?«, schlägt Lukas plötzlich vor. »Ich würde Sie gerne in ein Café bitten, denn in meiner bescheidenen Hütte wird gerade renoviert. Die alte Küchenzeile ist demontiert, aber die neue noch nicht geliefert, das kann ich Ihnen unmöglich zumuten.«
Als Katja Reinert das Funkeln in den Augen der Staatsanwältin wahrnimmt, ist ihr sofort klar, dass Rückzug die einzige Taktik ist, um der Katastrophe zu entgehen. Da braut sich ein Unheil zusammen, bei dem Katja unter keinen Umständen dabei sein möchte.
»Frau Staatsanwältin«, sagt sie förmlich distanziert, »gehen Sie ruhig mit Herrn Lukas ins Café, die Befragung können Sie auch ohne mein Zutun vornehmen. Mir wäre es sehr recht, wenn ich vor Dienstschluss bei den Kollegen im Präsidium vorbeischauen könnte.«
Daniela Sommer ist sofort einverstanden.
»Geh nur, kein Problem. Mit Herrn Lukas komme ich mit Sicherheit alleine klar. Wir sehen uns morgen im Präsidium.«
Die Hauptkommissarin nimmt das Angebot dankend an und

eilt zu ihrem Wagen. Als sie an der nächsten Kreuzung wendet und zurückfährt, sieht sie Daniela, wie sie Toni Lukas die Beifahrertür öffnet, um ihn einsteigen zu lassen.
Sie winkt den beiden zu und fragt sich, was in die Staatsanwältin gefahren ist, dass sie sich dazu herablässt, einem Mann die Wagentür zu öffnen. Anscheinend läuft da etwas ab, das sich einer rationalen Denkweise entzieht.

28

In dem kleinen Café im Zentrum von Spiesen ist nur noch ein Tisch im Außenbereich frei. Nachdem Daniela Sommer Platz genommen hat, erklärt sie Toni Lukas sofort, dass sie seine Einladung zwar zu schätzen wisse und dieses Café wirklich sehr schön sei, dass sie aber darauf bestehen müsse, ihre Rechnung selbst zu bezahlen.

»Die Justiz darf gar nicht erst den Verdacht aufkeimen lassen, sie sei beeinflussbar«, erklärt sie. »Ich bin nicht als Privatperson hier und werde sie dienstlich befragen. Versuchen Sie es gar nicht erst mit einem Veto! Abgelehnt und nicht verhandelbar.«

»Wie Sie möchten, ich respektiere das selbstverständlich, aber sind Sie zu sich selbst nicht päpstlicher als der Papst?«

»Der Papst ist ein Mann, was aus meiner Sicht völlig unlogisch ist. Ihr Vergleich hinkt also.«

»Na gut, dann hinkt er eben! Wollen Sie drinnen an der Kuchentheke eine Auswahl treffen? Ich für meinen Teil nehme wie immer den Bienenstich, der ist hier ausgezeichnet.«

»Bienenstich? Wie makaber! Nein, ich nehme nur einen Kaffee, ich muss unbedingt ein paar Pfunde runterbringen.«

»Aber nicht hier und nicht heute!«, widerspricht Toni Lukas. »Außerdem bringt die Ich verzichte auf alles, was mir schmeckt-Methode überhaupt nichts. Glauben Sie mir, ich weiß, wovon ich rede.«

»Sie sind also auch der Meinung, dass ich zu dick bin?«, entgegnet Daniela schnippisch.

»Drehen Sie mir nicht das Wort im Munde herum, Frau Staatsanwältin. Offensichtlich schätzen Sie selbst das so ein und würden sich wohler fühlen, wenn ein paar Pfunde purzeln würden. Das ging mir vor ein paar Jahren nicht anders. Von meinem Idealgewicht bin ich zwar noch meilenweit entfernt, aber so fühle ich mich wohl, alles andere ist mir egal.«

»Sie haben doch eine optimale Figur«, schmeichelt die Staatsanwältin.

»Na, na, na! Immer schön bei der Wahrheit bleiben, auch wenn es nett gemeint ist.«

»Was haben Sie gegen Ihr Übergewicht unternommen, das würde mich jetzt aber wirklich interessieren.«

»Bewegung! So lange Sie keine Kalorien verbrennen, macht alles andere keinen Sinn.«

Die Bedienung nimmt die Bestellung auf: zwei Kaffee und zweimal Bienenstich.

Toni Lukas erklärt der Staatsanwältin seine Strategie zum Abnehmen und rät ihr, sich täglich bewusst und oft zu bewegen. Fitness-Studios lehne er grundsätzlich ab, weil er der Überzeugung sei, dass Bewegung in der Natur die bessere Alternative ist. Daniela Sommer hört ihm fasziniert zu und unterbricht ihn nicht ein einziges Mal, stattdessen erwischt sie sich bei der Frage, ob sie noch ein zweites Stück von dem herrlich leckeren Bienenstich ordern soll.

»Ein weiterer Bienenstich wäre des Guten zu viel«, bemerkt Toni Lukas ohne Vorwarnung.

»Können Sie Gedanken lesen?«, fragt die Staatsanwältin völlig perplex.

»Ihre Körpersprache hat Sie verraten.«

»Körpersprache? Ach nee, wie sah die denn aus?«

»Ein Gesamtbild einzelner Mosaiksteinchen: die Stirn nachdenklich in Falten, die Brauen hochgezogen, der starre Blick auf den leeren Teller, die Lippen leicht geöffnet, ein Schluckreflex. In Summe: Ich würde gerne!«

»Das haben Sie sich gerade ausgedacht, ich glaube Ihnen kein Wort.«

»Die ganz normale Reaktion eines Menschen, der gerade erwischt wurde«, lacht Toni. »Machen Sie sich nichts draus, das geht allen so.«

»Sie sind ein pfiffiger Zeitgenosse, Herr Lukas, das muss ich Ihnen lassen. Aber ich bin ein misstrauischer Mensch, das bringt wahrscheinlich der Beruf mit sich. Glauben Sie nicht, dass ich mich von Ihnen aufs Glatteis führen lasse!«

»Mit Verlaub, Frau Sommer, das ist zwar nicht meine Absicht, aber nüchtern betrachtet, habe ich Sie bereits aus dem Konzept gebracht.«

»Ach ja? Inwiefern?«

»Sie wollten mit mir über Willy Reinheimer sprechen, stattdessen unterhalten wir uns über ganz andere Dinge.«

»Das ist von mir beabsichtigt, um … um Ihren Charakter kennenzulernen«, stottert die Staatsanwältin.

»Wobei es in Ihrem Falle um meinen Charakter gar nicht geht. Trotzdem eine beachtliche Taktik. Da tut sich Neuland für mich auf.«

»Hetzen Sie nur, es wird Ihnen nicht weiterhelfen. Also gut, kommen wir zum Thema! Hauptkommissarin Reinert hat mir erzählt, dass Sie am möglichen Erbe Ihres Großonkels nicht interessiert sind. Warum?«

»Weil es mich nur belasten würde und ich es nicht brauche. Falls sich sonst kein Erbe findet oder eine testamentarische Verfügung nicht existiert, trete ich es an eine gemeinnützige Institution oder die Gemeinde ab, das wird sich finden. Darüber zu sprechen, bevor Willy unter der Erde ist, fände ich pietätlos.«

»Entschuldigung, ich will nicht anmaßend sein, aber solche Fragen gehören zu meinem Beruf.«

»Schon gut, Sie müssen sich nicht entschuldigen.«

»Ich möchte Sie etwas fragen, sage aber gleich, dass Sie darauf nicht antworten müssen.«

»Merkwürdige Logik, aber ich weiß schon was jetzt kommt: die

Frage nach meinem Lebensunterhalt, dem Haus und wie mein Verhältnis zu Willy war. Letzteres zuerst! Wir sind uns zufälligerweise über den Weg gelaufen und haben bis zu unserem ersten Gespräch nicht mal gewusst, dass wir über vier Ecken verwandt sind. Purer Zufall! Ich war nie bei ihm, er nie bei mir zu Hause. Wir haben uns nicht groß füreinander interessiert, unsere Bekanntschaft war rein oberflächlich. Was mich betrifft, will ich Ihnen sagen, dass mir das Leben seine Sonnenseite geschenkt hat und ich die Früchte meiner Arbeit unbeschwert genießen kann. Ich habe das Glück, unabhängig zu sein, niemandem etwas schuldig oder verpflichtet. Details brauchen Sie im Augenblick nicht, aber mich interessiert etwas ganz anderes: Weshalb sind Sie plötzlich am Ableben von Willy derart interessiert? Der arme Kerl ist seit fast einer Woche tot und ich warte darauf, ihm ein anständiges Begräbnis organisieren zu können. Stattdessen tauchen Sie und Ihre Kollegin bei mir auf und stellen Fragen. Ich bin nicht einfältig genug, um mir nicht vorstellen zu können, dass sein Tod Fragen aufwirft. Warum? Sie fordern von mir klare Antworten, das gleiche will ich von Ihnen auch.«

Mit dem letzten Satz ist die höfliche Zuvorkommenheit aus Toni Lukas' Gesicht verschwunden. Sein durchdringender Blick provoziert die Staatsanwältin und lässt sie spüren, dass mit dem Mann nicht gut Kirschen essen ist, wenn man ihn hintergeht; ihn zu unterschätzen, könnte in einer Katastrophe enden.

»Sie haben völlig Recht«, antwortet Daniela Sommer ruhig. »Es gibt Fragen zum Tod Ihres Großonkels. Aus ermittlungstechnischen Gründen kann ich Ihnen nicht alles erklären, aber wir haben Zweifel, das muss fürs Erste genügen. Wir fragen uns, ob jemand Interesse am Ableben von Willy Reinheimer gehabt haben könnte.«

»Sie vermuten also ein Tötungsdelikt!«

»In unserem Job geht es nicht um Vermutungen, sondern um

Indizien, die wir nicht einordnen können. Mehr möchte ich nicht sagen.«

»Ich hoffe, Sie bringen mich mit seinem Ableben nicht in einen direkten Zusammenhang, aber ich verstehe natürlich, dass Sie allen Eventualitäten sorgsam nachgehen müssen«, erwidert Toni Lukas kühl. »Ich frage mich allerdings, wer ein Motiv gehabt haben sollte, den armen Tropf umzubringen. Von einem Raubüberfall war bisher nicht die Rede, und Ihre Hauptkommissarin hat nichts hinsichtlich eines gewaltsamen Todes erwähnt.«

»Wussten Sie, dass Herr Reinheimer an einer Allergie litt?«

»Ja, er hat das mal erwähnt. Ziemlich heftig, jeder Insektenstich hätte bei ihm einen allergischen Schock auslösen können.«

»So ist es, und daran ist er dann ja auch gestorben.«

»Dann verstehe ich nicht, weshalb Sie ermitteln. Es sei denn, Sie suchen das Insekt, um es zur Rechenschaft zu ziehen.«

»Ich bewundere Ihren grenzenlosen Humor, Herr Lukas. Der Hausarzt sagt aus, dass Herr Reinheimer ein Notfallset hatte. Hat Ihr Großonkel das einmal erwähnt?«

»Nein. Wieso? Was ist damit?«

»Die gleiche Frage stellen wir uns auch.«

»Aha, Sie finden es also nicht. Das ist zwar in der Tat merkwürdig, aber vielleicht hat er es irgendwo liegenlassen. Im Bus, im Zug, was weiß ich.«

»Ausgerechnet in dem Moment, wo er es dringend gebraucht hätte?«, fragt die Staatsanwältin und zieht die Brauen hoch.

»Was lässt Sie an einem tragischen Zufall zweifeln?«, fragt Toni zurück.

»Die Tatsache, dass in der Wohnung mehr Bienen waren, als man in einem Haus ohne Blühpflanzen erwarten würde.«

»Vielleicht hat etwas anderes die Viecher angelockt«, spekuliert Toni.

»Zum Beispiel?«

»Werte Frau Staatsanwältin, da sollten Sie besser einen Entomologen fragen.«
»Wen?«, staunt Daniela.
»Einen Insektenforscher. Oder einen Imker. Was weiß ich, auf was Bienen stehen? Zuckerwasser, Marmelade …«
»Schon gut, soweit sind wir auch schon.«
»Oder vielleicht stehen die auf leckeren Bienenstich, so wie den, den wir gerade hatten. Ein durch Bienenstich verursachter Bienenstich, das wäre die Tragik an sich. Oder?«
»Ihre Art von Humor erinnert mich an einen ehemaligen Hauptkommissar beim LKA; der wohnt übrigens auch in Spiesen.«
»Joachim Schaum? Den kenne ich.«
»Ihnen bleibt aber auch nichts erspart«, kommentiert Daniela Sommer und tut so, als wisse sie nichts von dieser Bekanntschaft.
»Wieso? Das ist ein netter Kerl. Gerade heute Morgen sind wir auf die Bergehalde in Reden gewandert.«
»Zu Fuß? Josch?«, ruft Daniela entsetzt. »Wie haben Sie ihn dazu bewegen können? So etwas tut der sich an?«
»Die Überzeugung, dass es gesund ist, Spaß macht, und dass er es schafft.«
»Aha, Ihr Bewegungsprinzip, ich verstehe!«
»Womit wir erneut beim Ausgangspunkt sind. Ich glaube, das würde auch Ihnen gefallen, vielleicht nicht sofort, aber wenn man nach kurzer Zeit spürt, wie sich der eigene Körper darauf einstellt, dann ist das eine tolle Erfahrung. Ich bin sicher, Sie schaffen das.«
»Klar schaffe ich das! Sie werden doch nicht etwa annehmen, dass ich hinter Josch zurückstecke.«
»Es wäre mir ein Vergnügen, Sie begleiten zu dürfen.«
»Sie sind ein Charmeur, Herr Lukas. Am Ende wollen Sie mir wahrscheinlich eine Mund-zu-Mund-Beatmung verpassen, falls ich umkippe, aber machen Sie sich mal keine falschen Hoff-

nungen.«
»Davon gehe ich zwar nicht aus, aber es gibt meiner Einschätzung nach schlimmere Vorstellungen, als von mir auf die von Ihnen dargestellte Art und Weise reanimiert zu werden.«
»Jetzt gehen Sie aber ran wie Blücher!«
»Man tut, was man kann.«
»Wenn der Fall abgeschlossen ist, werde ich eventuell auf Ihr Angebot zurückkommen«, erklärt die Staatsanwältin. »Äh, ich meine natürlich nicht die Wiederbelebung, sondern die Bergtour.«
»Sie sprechen von einem Fall, demzufolge gehen Sie also tatsächlich von einem Verbrechen aus!«
»Vielleicht bringt uns dieser Entomologe weiter. Kennen Sie einen?«
»Nein, aber einen Imker. Rufen Sie bei der Familie Sigal in St. Ingbert an und berufen Sie sich auf mich. Die Kontaktdaten habe ich nicht parat, aber das werden Sie sicher rausfinden; so häufig gibt's den Namen nicht.«
»Danke! Sie können sich also nicht vorstellen, wer ein Interesse am Tod von Wilhelm Reinheimer gehabt haben könnte?«
»Nein, beim besten Willen nicht, aber wie erwähnt: Wir kannten uns kaum. Vielleicht hatte er eine dunkle Seite, von der niemand etwas weiß. Ein gehörnter Ehemann, ein übers Ohr gehauener Geschäftspartner, Spielschulden, Eifersucht … keine Ahnung. Darüber kann Ihnen die Nachbarschaft möglicherweise mehr erzählen oder dieser Mensch namens Kohler, mit dem er nach Willys knappen Schilderungen anscheinend viel Zeit auf dem Fußballplatz verbracht hat. Ich bin da jedenfalls der falsche Ansprechpartner.«
»Wissen Sie zufälligerweise, wie die beiden sich kennengelernt haben?«
»Was ich mir zusammenreimen kann, ist, dass die sich aus Jugendzeiten kennen und zusammen Fußball gespielt haben.«
»Was für ein Bild haben Sie von dem Mann?«

»Gar keins! Ich kenne ihn nur aus Willys dürftigen Erzählungen; persönlich kennengelernt habe ich den nie. Willy beschrieb ihn als verschrobenen alten Mann. Machen Sie sich selbst ein Bild oder fragen Sie im Sportverein nach.«

»Darauf sind wir auch schon gekommen, aber leider ist Herr Kohler zurzeit nicht erreichbar.«

»Das ist natürlich blöd, aber ich kann Ihnen nicht weiterhelfen. Sie entschuldigen mich bitte«, murmelt Toni Lukas und verschwindet ins Lokal.

Daniela Sommer seufzt. Sie ist nicht wirklich weitergekommen, hat aber zwei schöne Erfahrungen gemacht. Toni Lukas und der leckere Bienenstich. Über den Kuchen gibt es nur ein Urteil: Der war wirklich absolute Spitze. Aber über diesen Kerl wird sie nachdenken müssen. Toni Lukas hat etwas, was sie fasziniert. Der niveauvolle Charme, die Lockerheit, sein wortgewandtes selbstsicheres Auftreten … der Mann hat Stil und Charisma. Er lässt sich nicht provozieren und er steckt auch nicht zurück, wenn ihm der Wind entgegenbläst, das ist beeindruckend. Merkwürdigerweise schämt sie sich nicht wegen ihrer Körperfülle und dennoch hat sie den Ehrgeiz, ihm zu imponieren. Und Augen hat der Mann: wow! Da ist so ein Blick, wo man glaubt, dahinter läge die grandiose Unendlichkeit des Universums und doch liegt darin so viel …«

»Haben Sie noch einen Wunsch?«, stört die Bedienung zum unpassendsten Zeitpunkt, den eine sehnsuchtsvoll schmachtende Frau sich vorstellen kann.

»Äh, nein«, stottert Daniela und schaut auf die Uhr. »Bringen Sie mir bitte die Rechnung. Getrennt, bitte!«

»Der Herr hat bereits alles zusammen gezahlt.«

»Wieso das? Das ist gegen die Absprache. Ich habe ausdrücklich … na warte. Wo bleibt der überhaupt?«

»Herr Lukas ist bereits gegangen. Entschuldigung, ich dachte, Sie wüssten Bescheid. Falls Sie ihn suchen, er ist fast jeden Tag hier; meistens am Nachmittag.«

Daniela Sommer ist stinksauer. Eine Frechheit!
Erst hat der Kerl sich nicht an die Abmachung gehalten und dann hat er sie auch noch sitzen lassen! So etwas ist ihr noch nie passiert! Ha, das wird Folgen haben! Unbedingt! Auf jeden Fall! So nicht! Lauf du mir nochmal über den Weg! Scheusal! Dich mache ich fertig! Erst den Schönen machen und dann das! Was soll man auch von jemandem erwarten, der mit Josch befreundet ist? Männer! Alle die gleiche Mischpoke. Pack!
Wutentbrannt macht sich die Staatsanwältin auf den Nachhauseweg und sinnt auf Rache. Als sie vom Parkplatz hinter dem Café prescht, fliegen die Schottersteine bis zur Fassade des angrenzenden Lions Haus.

29

»Hallo und guten Tag. Spreche ich mit Sebastian Kohler?«
»Wer sind Sie und weshalb rufen Sie an?«, fragt die Stimme unfreundlich zurück.
»Mein Name ist Katja Reinert, ich bin Hauptkommissarin beim Landeskriminalamt in Saarbrücken. Es geht um Ihren Vater Helmut Kohler, wohnhaft in Spiesen-Elversberg. Können Sie bestätigen, dass Sie der Sohn von Helmut Kohler sind?«
»Wer sind Sie nochmal?«
Katja Reiner wiederholt ihre Ansage, gibt weitere Informationen und bittet um Bestätigung.
»Ja, das ist mein Vater. Wieso LKA? Hat ihn endlich jemand totgeschlagen, dem er auf die Nerven gegangen ist? Wundern würde es mich nicht.«
»Nein, wir suchen ihn in einer Ermittlungsangelegenheit.«
»Und warum rufen Sie bei mir an?«
»Weil Ihr Vater einem Nachbarn gegenüber vor ein paar Tagen angedeutet hat, dass er Sie besuchen wolle.«
»Mein Vater mich besuchen? Ist der Alte jetzt völlig durchgedreht? Der soll mir vom Leib bleiben.«
»Er ist also nicht bei Ihnen aufgetaucht?«
»Nee, und wenn, dann hätte ich ihn hochkant rausgeworfen; und das weiß der Blödmann auch ganz genau!«
»Okay, ihre Familienstreitigkeiten gehen mich nichts an, aber ich würde es begrüßen, wenn Sie mir gegenüber Ihre Wortwahl ändern würden. Wir brauchen ihn dringend als Zeugen. Haben Sie eine Idee, wo sich Ihr Vater aufhalten könnte?«
»Nein, beim besten Willen nicht. Und ehrlich gesagt, ist mir das auch völlig egal, Hauptsache er taucht hier nicht auf.«

»Das habe ich mittlerweile kapiert. Darf ich fragen, was zwischen Ihnen steht? Sie müssen darauf nicht antworten, aber so viel Hass ist schon auffällig, Herr Kohler.«
»Kann jeder wissen! Der Idiot hat sich um alles Mögliche gekümmert, nur nicht um meine Mutter und mich. Als sie gestorben ist, war er auf dem Sportplatz, als ich zur Kommunion ging, war er auch dort, und als ich geheiratet habe, ist er lieber mit dem Verein zum Spiel gefahren. Er war eigentlich immer auf dem Fußballplatz, außer zum Essen und selbst da ging es immer nur um Fußball. Und wenn seine Mannschaft scheiße gespielt hat, mussten wir es ausbaden.«
»Ich verstehe …«
»Gar nichts verstehen Sie! Nicht die Bohne! Der Alte ist ein Arschloch hoch drei! Wenn seine Mannschaft verloren hat, war zu Hause die Hölle los und …«
»Wann haben Sie Ihren Vater zum letzten Mal gesehen und wo?«, will die Hauptkommissarin wissen und verschärft jetzt ihren Tonfall. »Lassen Sie Ihre Emotionen beiseite und geben Sie mir eine klare Auskunft!«
»Muss ich das?«
»Nein, das müssen Sie am Telefon nicht, aber ich kann Sie über die Hamburger Kollegen zur Vernehmung einbestellen und das wird dann etwas aufwendiger für Sie.«
»Wer sagt mir, dass Sie echt sind?«
»Ich! Wenn Sie es nicht glauben, rufen Sie zurück, die Nummer finden Sie im Internet oder Sie erfragen sie bei Ihrer Polizeidienststelle. Wie gesagt, Sie können auch den komplizierten Weg wählen, mir ist das egal. Mich interessiert nur, wo Ihr Vater steckt.«
»Weiß ich nicht, bei uns ist er jedenfalls nicht. Ich habe ihn vor mehr als zehn Jahren zum letzten Mal gesehen. Damals habe ich versucht, eine neue Basis mit ihm zu finden und meinen Frieden mit ihm zu machen. Er wusste, dass ich mit meiner Frau und den Kindern komme, und was hat er gemacht. Ich

habe ihn zum Essen eingeladen, aber er hat es vorgezogen, zum Sportplatz zu gehen. Der Fußball war ihm mal wieder wichtiger als die Familie. Was soll ich mit so einem Vater? Einigung unmöglich! Ich will mit ihm nichts mehr zu tun haben und damit basta! Bestimmt ist er mit dem Verein unterwegs, wie immer. Und wenn er dort nicht ist, dann trollt er vielleicht mit seinen Bienen rum, ich weiß es nicht!«

»Wie, bei seinen Bienen? Was hat Ihr Vater mit Bienen zu tun?«

»Aha, Sie wissen das nicht? Sein zweites Hobby ist die Imkerei. Aber selbst seine Bienenstöcke tragen Vereinsnamen. Jedenfalls war das früher so. Der Alte hatte immer schon einen an der Waffel.«

»Ihr Vater ist Imker? Das ist interessant. Wissen Sie, wo er seine Bienenstöcke hat?«

»Irgendwo außerhalb am Rand von Spiesen. Wo genau weiß ich nicht mehr; ich war seit über zwanzig Jahren nicht mehr dort. Vielleicht hat er mittlerweile auch gar keine Bienenstöcke mehr.«

»Kennen Sie Wilhelm Reinheimer?«

»Wer soll das sein?«

»Der beste Freund Ihres Vaters.«

»Ach der? Willy? Ich wusste nicht, dass der Reinheimer heißt. Der ist genauso bekloppt wie der Alte, nur nicht ganz so hardcore.«

»Inwiefern?«

»Noch so ein Fußballverrückter! Aber der hat sich wenigstens um seine Frau gekümmert. An den erinnere ich mich allerdings nur dunkel. Was ist mit dem?«

»Er ist tot.«

»Sind Sie deshalb hinter meinem Vater her?«

»Das spielt keine Rolle. Sie können sich wirklich nicht erinnern, wo die Bienenstöcke stehen könnten?«

»Auf einer großen Wiese am Ortsrand. Von der Hauptstraße

ging es irgendwo ab, an der Ecke war eine Kneipe, mehr kann ich Ihnen nicht sagen.«

»Okay, danke fürs Erste. Falls Ihr Vater auftaucht oder Ihnen noch was einfällt, melden Sie sich bitte sofort.«

»Der meldet sich nicht bei mir, darauf wette ich.«

»Gibt's weitere Verwandte, zu denen er unterwegs sein könnte?«

»Mir fällt niemand ein.«

»Herr Kohler, es kann sein, dass ich noch einmal Kontakt zu Ihnen aufnehmen werde. Bleiben Sie unter dieser Nummer erreichbar oder gibt es weitere Anschlüsse?«

Katja Reinert notiert zwei weitere Telefonnummern und erfährt nebenbei, dass Sebastian Kohler in der Tourismusbranche tätig ist.

Ihr nächster Anruf geht an ihren Kollegen Ken Arndt. Sie bittet ihn, umgehend nachzuforschen, wo im näheren Umfeld von Spiesen Bienenstöcke angesiedelt sind.

»Versuch es über die Gemeindeverwaltung oder einen Verein, der sich mit Imkerei beschäftigt. Frag dich durch, irgendwer wird wissen, wo wir suchen müssen. Erkundige dich nach Helmut Kohler, das ist unser Mann. Wir benötigen dringend Angaben über seinen derzeitigen Aufenthaltsort.«

Nach dem Anruf informiert Katja auch die Staatsanwältin über die neuen Erkenntnisse.

»Für eine Personenfahndung reicht das nicht, aber schick Hauptkommissar Sorg noch einmal nach Spiesen; der soll alle Nachbarn befragen.«

»Mach ich! Wie war eigentlich dein Date mit dem Millionär?«

Als die Staatsanwältin nicht gleich antwortet, ahnt die Hauptkommissarin, dass etwas schiefgelaufen sein muss. Neugierig hakt sie nach.

»Daniela? Bist du noch dran?«

»Ja, ja. Der Mann ist … ein Mann halt. Immerhin hat er Esprit und … Ich erzähle dir das ein anderes Mal; ich muss gleich los.«

Nach dieser Formulierung gehen bei Katja Reinert alle Warnlampen an. Schau an, schau an! Wenn sich eine Frau, die ständig mit dem anderen Geschlecht im Clinch liegt, zu einer solchen Aussage hinreißen lässt, muss Toni Lukas sie tatsächlich fasziniert haben.
»Uih«, murmelt Katja, nachdem sie das Gespräch beendet hat. »Nachtigall, ick hör dir trapsen!«

30

Der saarländische Innenminister reagiert ungehalten auf die Informationsnotiz, die er in der Vorlagemappe vorfindet. Sofort drückt er die Ruftaste zu seinem Vorzimmer.

»Frau Bauer, der Meyer soll umgehend hier antanzen und der Armbruster auch!«

»Welcher Meyer?«, fragt die Vorzimmerdame zurück.

»Der mit e-ypsilon vom Sport.«

Zehn Minuten später stehen die Beamten vor dem Schreibtisch des Ministers. Beiden ist anzusehen, wie unangenehm ihnen dieses Zusammentreffen ist, denn wer aus heiterem Himmel zum Chef zitiert wird, hat selten mit einer Belobigung zu rechnen.

»Was soll dieser Mist mit den verschwundenen Urnen?«, wettert der Minister. »Haben wir sonst nichts zu tun?«

»Anordnung des Herrn Staatssekretärs, Ihnen das zur Kenntnis zu geben, mit Einstufung brisant und Verteiler an den Polizeipräsidenten«, antwortet Meyer, der im Ministerialbereich Sport für die Koordination und als Schnittstelle zum Saarländischen Fußballverband zuständig ist.

»Aha! Hat der Staatssekretär gesagt! Wo ist der überhaupt? Frau Bauer, wo ist denn der Ernst?«

»Vor dem Untersuchungsausschuss!«

»Vor welchem? Wir haben einige davon; leider!«

»Das hat er nicht gesagt.«

»Hier macht jeder, was er will!«, tobt der Minister. »Egal! Armbruster, haben Sie das gelesen?«

»Ja, Herr Minister.«

»Und, was halten Sie davon? Was meint Ihr Abteilungsleiter dazu?«

»Der ist vor dem …«
»Sagen Sie nicht: vor dem Untersuchungsausschuss!«
»Doch, genau dort. Aber nicht im gleichen wie der Herr Staatssekretär.«
»So geht das nicht weiter! Meine Leute lungern ständig in irgendwelchen Untersuchungsausschüssen rum, während hier die Arbeit liegen bleibt.«
»Abteilung C3 ist der Auffassung, dass die Sache eine gewisse Brisanz hat«, erklärt Armbruster kleinlaut.
»In meinem Ministerium ist alles brisant«, keift der Minister zurück. »Und warum?«
»Weil es ein Superministerium ist; Sport, Polizei, innere Sicherheit …«
»Blödsinn! Ich frage, warum dieser Urnenfirlefanz Brisanz haben soll?«
»Weil die Urnenbewohner … also ich meine, die Verstorbenen, von denen die Urnen …«
»Kommen Sie doch endlich auf den Punkt! Ich weiß, was Sie sagen wollen. Also?«
»Es waren allesamt ehemalige Auswahlspieler, also Fußball, meine ich. Der Verband hat bereits nachgefragt, warum wir der Sache nicht nachgehen.«
»Was hat der Verband mit der Sache zu tun und woher wissen die davon?«
»Irgendwer hat es denen gesteckt! Ich weiß nicht, wer.«
»Und warum sind wir den Dingen nicht nachgegangen?«
»Weil sich niemand für zuständig erklärt«, antwortet Armbruster.
»Ist klar geregelt, Armbruster! Mann! Friedhofsangelegenheiten sind Sache der Kommunen. Wo ist das Problem?«
»Die machen aber nix. Mittlerweile haben sich zwei Landräte eingeschaltet und behaupten, das sei unsere Angelegenheit.«
»Und wieso der Fußballverband? Was will der denn?«
»Die befürchten, dass noch mehr Urnen verschwunden sind und wollen das geklärt haben.«

»Sie spinnen wohl? Wenn sie weg sind, dann ist das halt so. Was sollen wir da tun? Friedhöfe umgraben?«
»Anscheinend steckt dahinter ein System und man befürchtet, dass daraus eine Art Trophäenhandel entsteht.«
»Schwachsinn! Wer handelt schon mit Urnen!«
»Immerhin werden sie anscheinend systematisch abgegrast«, wirft Meyer zaghaft ein.
»Und nun könnte daraus ein Problem entstehen, wenn alle wissen, dass wir es wissen, wir aber untätig bleiben«, ergänzt Armbruster.
»Wo soll denn da ein Problem entstehen?«, tobt der Minister weiter. »Sind wir hier das regionale Friedhofsamt, oder was?«
»Der politische Gegner könnte uns das zum Vorwurf machen.«
»Meint wer?«
»Der Herr Staatssekretär.«
»Himmel, Arsch und ... Ich habe keine Lust, mich mit so einem Mist zu befassen! Armbruster, Ihr Chef soll zum Polizeipräsidenten gehen! Schönen Gruß von mir! Ich will die Sache vom Tisch haben, aber dalli! Von mir aus soll er eine Sonderermittlungsgruppe Urnenklau einrichten, das ist mir vollkommen wurscht! Die sollen das mit der Staatsanwaltschaft klären! Kein Wort an die Presse ohne Rücksprache mit mir!«
»Mache ich, Herr Minister«, erwidert Meyer. »Wer informiert die Landräte und den Fußballverband?«
»Das soll der Staatssekretär übernehmen, falls er irgendwann wiederauftaucht. Frau Bauer, schicken Sie den Ernst rein, sofern er sich noch während meiner Amtszeit hier wieder blicken lässt! Langsam frage ich mich, wer der Chef von diesem Saula-den ist. Abmarsch, meine Herren und halten Sie mir zukünftig so einen Schwachsinn vom Leib!«
Noch am selben Tag wird die Ermittlungsgruppe Urnenfrieden ins Leben gerufen. Die staatsanwaltschaftlichen Aufgaben soll Daniela Sommer übernehmen und das Ermittlungsteam koordinieren.

31

Katja Reinert war für 14 Uhr in deren Büro gebeten worden und rechnete damit, von einer gut gelaunten Staatsanwältin Näheres über ihr Treffen mit diesem Toni Lukas zu erfahren, aber als sie nun vor dem Schreibtisch von Daniela Sommer sitzt, wird ihr klar, dass ihr Gegenüber alles andere als entspannt ist.

»Hast du solch einen Schwachsinn schon mal gehört? Urnenfrieden!«, poltert Daniela sofort los.

»Was soll das sein?«, fragt Katja überrascht.

»Das ist die Bezeichnung für die neue Ermittlungsgruppe, der ich seit heute vorstehen darf.«

»Du willst mich auf den Arm nehmen!«

»Sehe ich aus, als ob ich zum Scherzen aufgelegt bin?«

»Ganz und gar nicht! Das heißt wohl, dass wir jetzt Jagd auf Urnendiebe machen.«

»So ist es! Wir schreiben Geschichte, ein neues Kapitel der Kriminalistik im Saarland wird geschrieben. Hervorragend! Was fällt dir dazu ein, Katja?«

»Ein Name: Josch!«

»Du bringst es auf den Punkt! Ich wette, dass unser ehemaliger Kollege irgendwie seine Finger in diesem bescheuerten Spiel drin hat. Weiß der Teufel, wie er das geschafft hat. Die Anordnung kam von ganz oben. Ja, von ganz oben!«

»Innenministerium?«, fragt Katja ungläubig.

»Höchstpersönlich!«

»Langsam aber sicher geht mir Josch auf den Keks«, schnauft Katja ungehalten.

»Mir auch!«, bestätigt die Staatsanwältin. »Und zwar gehörig!

Nicht nur, dass er sich überall einmischt, weil er anscheinend zu Hause nix zu tun hat, er untergräbt auch unsere Autoritäten; deine und meine. Ich bin nicht gewillt, mir das länger bieten zu lassen; das muss und wird ein Ende haben.«
»Auf meine Unterstützung kannst du zählen. Josch muss irgendwann kapieren, dass er nicht mehr dazu gehört, und wenn er das nicht schnallt, müssen wir es ihm deutlicher zeigen als bisher.«
»Woran denkst du?«
»Abbruch der Kommunikation, notfalls Hausverbot.«
»Das ist stramm!«
»Anders kapiert er es nicht. Er ist wie ein Kind, dem man nur mit Stubenarrest kommen kann, weil gute Worte nichts bringen.«
»Da bin ich allerdings deiner Meinung. Ich gehe das in den nächsten Tagen an, aber an dieser bekloppten Ermittlungsgruppe kommen wir fürs Erste nicht vorbei. Der Polizeipräsident drängt.«
»Arschkriecher!«
»Hast du etwas anderes erwartet? Okay. Was ist mit diesem Imker?«
»Die Kollegen sind dran, ich erwarte quasi jede Minute ein Ergebnis, wo Kohler seine Bienenstöcke stehen haben könnte. Wir wissen allerdings immer noch nicht, wo der Kerl selbst steckt.«
»Langsam mache ich mir Sorgen um den alten Mann. Hoffentlich ist ihm nichts zugestoßen.«
»Meine Vermutung geht eher in die Richtung, dass er sich freiwillig abgesetzt hat. Ich traue ihm nicht über den Weg.«
»Da mag was dran sein. Wir brauchen ihn jedenfalls ganz dringend …«
»Was ist eigentlich mit diesem Lukas? Welchen Eindruck hast du von ihm?«
Katja versucht, ihre Neugier so gut es geht zu verbergen und

bemüht sich um einen sachlich-neutralen Tonfall.
»Kann ich auf deine Vertraulichkeit bauen, Katja? Von Frau zu Frau?«
»Daniela, ich bitte dich!«
»Dieses Scheusal fasziniert mich. So etwas ist mir noch nie passiert. Stell dir vor …«
Jetzt sprudelt es aus Daniela nur so heraus und Katja Reinert hat das Gefühl, dass ihr plötzlich ein ganz anderer Mensch als die sonst so kauzige und raubeinige Staatsanwältin gegenübersitzt.
Sie beschreibt Toni Lukas zwar als einen überheblichen, selbstverliebten Pseudointellektuellen, aber zwischen den Schilderungen findet sie immer wieder wohlwollende und bewundernde Worte für den Mann. Je weiter die Erzählung fortschreitet, desto positiver wird das Bild von Lukas beschrieben und zum Schluss äußert die Staatsanwältin sogar Verständnis dafür, dass der Kerl sie einfach hatte sitzen lassen.
»Das muss man sich einer Staatsanwältin gegenüber erstmal trauen!«, behauptet Daniela. »Das hat Charisma! Der Mann ist speziell, aber genial. Er hat mir tatsächlich den Wind aus den Segeln genommen, das ist noch keinem gelungen. Ohne verletzend zu sein. Ich meine klar, der Abgang war nicht ganz so … aber, Katja: diese Augen! Dieser Blick und diese Aura! Ich bewundere Menschen mit Durchsetzungsvermögen, ohne dass sie andere ihre Überlegenheit spüren lassen …«
Spätestens jetzt erkennt Hauptkommissarin Reinert, dass die Staatsanwältin bis über beide Ohren in Toni Lukas verknallt ist, und das in einen Zeugen, von dem sie nicht weiß, welche Rolle der eigentlich in der ganzen Geschichte spielt; das kann ja heiter werden!
»Ähm, Daniela …«, versucht Katja den Wortschwall der Staatsanwältin zu unterbrechen.
»Ja, ja, ich weiß! Komm mir bitte nicht mit: Interessenskonflikt! Der Mann hat mit dem Tod von diesem Reinheimer

nichts zu tun. Es gibt überhaupt kein Motiv. Er hat Geld wie Heu, warum sollte er? Mit dem Erbe will er nichts zu tun haben, was soll also der Quatsch?«

»Daniela, du hast dich in ihn verknallt. Das ist Fakt; Punkt, Aus, Ende. Ich gönne dir das unendlich, aber halte dich zurück, bis die Ermittlungen abgeschlossen sind.«

»Ha! Ich halte mich ja zurück! Du glaubst gar nicht, wie ich mich zurückhalte; keine Sorge. Das bleibt aber unter uns! Den Kerl fange ich mir ganz anders ein. Meine Sympathien machen mich nämlich nicht blind, im Gegenteil. Du weißt, dass ich deinen Rat schätze und wenn du meinst, mir in den Arsch treten zu müssen, dann tu das! Ich nehme es dir nicht übel. Ehrlich! Aber bitte, lass mich erstmal machen!«

»Was hast du vor?«

»Ich habe ihn vorgeladen. Für Montag! Mit Androhung der Zwangsvorführung im Falle des Nichterscheinens. Wollen doch mal sehen, wer am längeren Hebel sitzt!«

»Oh Gott! Und was willst du damit bezwecken?«

»Dass er Demut und Reue zeigt, falls ich ihn wieder laufen lasse, anstatt ihn in U-Haft zu nehmen.«

»Auf welchen Verdacht hin? Das kannst du nicht machen!«

»Das weiß ich, aber er nicht.«

»Wenn er wirklich so clever ist, wie du ihn schilderst, wird er sich nicht ins Bockshorn jagen lassen.«

»Dann hätte er erst recht meine Sympathien«, erwidert die Staatsanwältin trotzig. »Und wenn er Schiss hat; ist er ohnehin unten durch.«

»Streng genommen ist das zwar Amtsmissbrauch, aber okay, das ist dein Bier. Ist der Typ wirklich so reich?«

»Er hält sich zwar bedeckt, aber allem Anschein nach schon.«

»Wäre zwar eine gute Partie, aber du in einer Beziehung, glaubst du, dass das funktioniert? Außerdem weißt du gar nicht, ob er dir überhaupt an die Angel geht.«

»Das wird sich zeigen; dieser Herausforderung stelle ich mich.

Außerdem: Wer redet denn gleich von einer Beziehung? Also ich meine … fest und mit allem Drum und Dran und so? Zusammen Ausgehen, oder mal Kuscheln … außerdem hat er versprochen, mich beim Abnehmen zu beraten.«
»Was im Umkehrschluss heißt, dass er dich für zu dick hält.«
»Erstens hat er damit Recht und zweitens hat er es anders formuliert.«
»Na, wenn das so ist, dann ist dieser Toni Lukas wohl dein Mann!«, seufzt Katja und sieht ein, dass es keinen Zweck hat, die Staatsanwältin von ihren Plänen abzuhalten.
Gerade als sie sich verabschieden will, meldet sich ihr Diensthandy.
»Hallo, Ken. Was gibt es?«
»Wir haben das Grundstück, wo Helmut Kohler seine Bienenzucht betreibt.«
Katja hört aufmerksam zu, stellt Zwischenfragen, verlangt von Daniela Schreiber und Papier und macht sich Notizen. Nach einigen Minuten beendet sie das Gespräch.
»Wir wissen jetzt, wo Kohlers Bienenstöcke stehen. Ken hat es über den Imkerverband herausbekommen. Er war mit Fachleuten auch schon vor Ort.«
»Und?«
»Die Bienenstöcke stehen nicht weit weg vom Anwesen des Herrn Lukas, jedenfalls in der gleichen Straße. Details muss ich erst googeln.«
»Das können wir an meinem Rechner machen«, schlägt die Staatsanwältin vor und betätigt bereits die Tastatur. Zwei Minuten später schauen sich die beiden Frauen das Ergebnis an.
»Hier«, zeigt die Hauptkommissarin, »ist das Haus von deinem Toni …«
»Das ist nicht mein Toni!«, ereifert sich die Staatsanwältin. »Außerdem hört sich das an wie eine Pizzeria – da Toni.«
»Und hier«, erläutert Katja Reinert das Luftbild, »müsste das Grundstück von Kohler sein.«

»Warte, ich vergrößere das mal. Ah, ja. Die kleinen Rechteckreihen könnten Bienenstöcke sein. Na, das ist aber ein gutes Stück von Lukas' Anwesen entfernt.«
»Spielt vorläufig auch keine Rolle! Der Experte sagt, dass die Völker intakt und gepflegt sind, aber wenn Kohler nicht bald auftaucht, muss jemand die Pflege der Stöcke übernehmen.«
»Nicht nur die Bienen brauchen Kohler, wir brauchen ihn noch dringender. Immer noch kein Hinweis?«
»Nein. Wir haben Kennzeichen und Fahrzeugtyp an die Dienststellen weitergeleitet, aber für eine offizielle Personenfahndung gibt's immer noch kein grünes Licht, wie du weißt.«
»Willst du den schwarzen Peter jetzt etwa mir zuschieben?«
»Nein ...«
»Dann ist ja gut! Was sagt der Experte? Stammen die Bienen, die Reinheimer den Rest gegeben haben aus Kohlers Zucht?«
»Keine Ahnung; und ob man das überhaupt zuordnen kann, wage ich zu bezweifeln. Entfernungstechnisch wäre es möglich. Bienen agieren in einem Radius von zwei bis drei Kilometer um ihren Stock, zu Reinheimers Haus ist es von dort aus Luftlinie gerade mal ein Kilometer.«
»So weit fliegen die Viecher?«
»Sagt der Experte!«
»Sagenhaft! Tolle Leistung für so ein kleines Tier; kaum zu glauben.«
»Tja, Bewegung hält fit! Frag Toni Lukas, der wird es dir bestätigen.«
»Deine Anspielungen kannst du dir sparen. Na gut, wir haben die Bienen. Hilft uns das weiter?«
»Ich hatte gehofft, den Kohler dort anzutreffen. Leider Fehlanzeige.«
»Vielleicht sollten wir jetzt doch mit der Personenfahndung an die Öffentlichkeit gehen. Hast du ein Foto von Kohler?«
»Klar – vom Einwohnermeldeamt.«
»Okay, dann machen wir das! Ich kümmere mich drum, dass

das klar geht. Einer deiner Leute soll mir das Foto und die Personenbeschreibung zukommen lassen. Letzter Ort der Sichtung mit Termin und so … du weißt schon.«

»Kein Problem, das soll Marius machen«, erwidert die Hauptkommissarin und greift zum Telefon, um ihren Kollegen anzurufen.

Als sich niemand meldet, seufzt sie angesäuert.

»Wo treibt der sich denn nun wieder rum?«

Die Frage steht noch im Raum, als es an der Tür klopft und Hauptkommissar Marius Sorg den Kopf durch die Türöffnung streckt.

»Hallo!«, ruft er an Katja gerichtet. »Inge hat mir gesagt, dass du hier steckst. Es gibt Neuigkeiten.«

»Habt ihr Helmut Kohler geortet?«, antwortet Katja voller Hoffnung.

»Erstmal sein Fahrzeug.«

»Wo?«

»Am Sportplatz von Diefflen.«

»Große Güte, was will der denn dort?«

»Keine Ahnung. Wir suchen vor Ort intensiv nach Zeugen, die ihn gesehen haben; bisher negativ.«

»Fahr hin und schau dir das genauer an; krempelt den ganzen Ort um, wenn es nötig ist. Hundestaffel, alles was du brauchst. Wir gehen parallel sofort mit der Personenfahndung raus. Sind die Daten zu Kohler im System hinterlegt?«

»Ja.«

»Das Foto auch?«

»Logisch!«

»Super, danke. Ich mach das selbst, du fährst nach Diefflen! Wir brauchen den Mann, dringend! Irgendwer wird den Fußballverrückten gesehen haben, notfalls musst du alle Mitglieder des Vereins befragen, die in den letzten 24 Stunden vor Ort waren.«

»Okay, ich bin schon unterwegs«, antwortet der Hauptkommissar und macht sich auf die Socken.

Katja Reinert eilt in ihr Büro, um die Unterlagen für die Personenfahndung zusammenzustellen. Das dauert eine Weile, aber noch bevor sie damit fertig ist, steht bereits Staatsanwältin Sommer vor ihrem Schreibtisch.

»Entschuldige, Daniela«, murrt Katja. »Aber hexen kann ich noch nicht. Ich hab's gleich.«

»Deswegen bin ich nicht hier«, entgegnet die Staatsanwältin.

»Sondern?«

»Ich habe nach dem Sportplatz von Diefflen gegoogelt. Der Parkplatz dort liegt in unmittelbarer Nähe des Friedhofs. Vielleicht wollte Kohler gar nicht zum Fußball.«

»Möglicherweise ist er in einen anderen Wagen gestiegen und als Mitfahrer weiter.«

»Oder das. Mir kommt da aber noch eine andere Idee in den Sinn.«

»Welche?«

»Fußball … Friedhof … bei mir macht's da Klick!«

»Du meinst … nee, oder?«

»Genau das!«!

»Ich werde verrückt!«

32

Marius Sorg braucht weniger als fünfzehn Minuten, um nach Diefflen zu gelangen. Blaulicht und Signalhorn sorgen dafür, dass er flott vorankommt. Von unterwegs spricht er per Funk mit den Beamten vor Ort, kündigt sein Kommen an und ordert zusätzliche Einsatzkräfte.

Nun steht er auf dem Parkplatz am Rande der Sportanlage und redet mit den Polizisten, die Helmut Kohlers Wagen entdeckt haben. Vor weniger als zwei Stunden waren die beiden Beamten auf das Fahrzeug aufmerksam geworden, weil es als einziges der wenigen hier abgestellten Autos weit ab am Rande der Parkfläche stand. Der Vergleich von Kennzeichen und Fahrzeugtyp mit der Suchanfrage hat schnell ergeben, dass es sich um den Wagen von Helmut Kohler handeln muss. Er ist verschlossen und weist keine sichtbaren Schäden auf. Die Temperaturen von Motorhaube und Auspuff deuteten darauf hin, dass das Fahrzeug schon länger hier steht, mindestens einige Stunden.

Zunächst konnten nur die Reinigungskräfte des Vereinsheims befragt werden, später waren der Platzwart und einige seiner Helfer aufgetaucht. Niemand konnte sich an die Ankunft des Wagens erinnern, geschweige denn, dass jemand Helmut Kohler selbst gesehen hätte.

Bald kommen auch die Fahrer der anderen hier abgestellten Fahrzeuge zurück. Offensichtlich ist das Gelände nebenbei auch ein Treffpunkt für Mitfahrgelegenheiten; niemand kann etwas zu Helmut Kohler oder seinem Wagen sagen.

Marius verteilt Fotos von Kohler an die Einsatzkräfte und lässt die Kolleginnen und Kollegen ausschwärmen. Falls sie in den angrenzenden Straßen, Kneipen oder Geschäften einen Hinweis finden sollten, sind sie angehalten, sich sofort bei Marius zu melden.

Hauptkommissar Sorg lässt Kohlers Wagen öffnen und begutachtet Koffer- und Innenraum, findet aber nichts von Bedeutung. Ein alter Filzhut auf dem Rücksitz und Gummistiefel im Kofferraum; Betriebsanleitung im Handschuhfach, Chip für den Einkaufswagen im unbenutzten Aschenbecher, mehr ist nicht zu finden.

Gegen 15 Uhr treffen die ersten Sportler und Übungsleiter am Fußballplatz ein; auch sie werden befragt, ohne Ergebnis. Helmut Kohler bleibt weiterhin verschwunden.

Nach und nach kommen die ausgeschwärmten Beamten zurück und erstatten Bericht. Ein Zeuge hat behauptet, dass Kohlers Wagen bereits am Vortag dagestanden habe, das habe er bei einem Spaziergang am Abend bemerkt. Die Aussage deckt sich mit der eines Hundebesitzers, der das Fahrzeug am folgenden frühen Morgen gesehen haben will. Andere Spaziergänger können sich nicht an den Wagen erinnern, eine junge Mutter hat sogar behauptet, das sei unmöglich, weil da ein LKW gestanden habe, und das wisse sie genau, weil sie sich über dessen laufenden Motor geärgert habe.

Die Aussagen wurden protokolliert, die Adressen aufgenommen und die Zeugen entlassen.

»Kommt mal bitte zusammen, Kolleginnen und Kollegen«, fordert Marius Sorg die Einsatzkräfte auf. »Die Kollegen, die zuerst hier waren, können jetzt Schluss machen und zu ihren Dienststellen zurückkehren. Danke. Für die anderen gilt Folgendes: Neues Zielobjekt ist der Friedhof hinter mir. Drei Zweiergruppen gehen rein und schauen sich um, zwei Dreiergruppen gehen außen rum, die eine im, die andere gegen den Uhrzeigersinn. Ihr organisiert euch selbst. Eine Bitte: Versucht, die Trauernden nicht übermäßig zu stören, bewegt euch dezent im Hintergrund, ansonsten stehen wir morgen in der Zeitung, ihr wisst schon! Und nehmt die Dienstmützen ab. Ich bleibe am Eingang und befrage die Besucher. Schaut bitte auch in der Einsegnungshalle nach. Wir suchen Helmut Kohler; nach wie vor. Auch wenn ich nicht damit rechne, dass da was bei rauskommt, müssen wir trotzdem alle Unwägbarkeiten ausschließen. Also los!«

Während sich die Beamten in Grüppchen aufteilen, postiert sich Marius am Eingang. Der Publikumsverkehr ist überschaubar. Die wenigen Passanten, die er anspricht, vornehmlich Frauen, können mit dem Foto von Helmut Kohler nichts anfangen.

Zwischendurch telefoniert Marius mit dem Präsidium, um seine Chefin auf den neuesten Stand zu bringen.

»Kontrollier bitte auch den Friedhof«, fordert Katja Reinert.

»Wir sind gerade dabei, so schlau war ich auch schon«, brummt Marius.

»Mann, sei nicht so dünnhäutig! Ist ja gut! Lass überprüfen, ob die Urnenwände intakt sind.«

»Wieso das denn?«, fragt Marius Sorg verwirrt.

»Erklär ich dir später; tu's einfach!«

»Wie du wünschst, Frau Hauptkommissarin!«

Marius beendet das Gespräch, tritt einen Schritt durch die schmiedeeiserne Eingangspforte, orientiert sich und versucht herauszufinden, ob er eine Urnenwand entdecken kann. Stattdessen sieht er einen Beamten, der auf ihn zukommt und wild mit den Armen gestikuliert; gleichzeitig tönt das Wort »Fund« aus dem Funkgerät.

»Ich komme! Ausgänge besetzen!«, weist Marius die Truppe per Funk an und eilt zu dem winkenden Beamten.

Der Kollege zeigt in Richtung der Friedhofsmauer, in deren unmittelbarere Nähe ein mächtiger Baum steht, dessen Äste fast bis zur Mauerkrone herunterreichen. Am Fuße der Mauer lehnt eine kleine Klappleiter, augenscheinlich aus Leichtmetall.

»Und?«, fragt Marius, weil er außer der Leiter nichts Spekta-

kuläres erkennen kann.
»Von hier aus siehst du es nicht«, erklärt der Kollege. »Geh links am Baum vorbei; da hängt einer!«
Marius' Puls schnellt schlagartig in die Höhe. Er geht einige Schritte nach links bis zum Stamm des Baumes, dann erkennt er, was der Beamte meint.
Da hängt ein Mensch kopfüber vor der Mauer herab. Die Hände berühren fast den Boden, aber nur fast. Die Jacke hängt in den Ärmeln, der Rest des Kleidungsstücks verdecken Kopf und Hals des Mannes. Ein Bein ist unnatürlich abgespreizt, so als wolle es mit dem übrigen Körper nichts zu tun haben, das andere Bein ragt senkrecht nach oben, das abgerutschte Hosenbein gibt Socke und Knöchel frei, der Fuß steckt in einem festen Schnürschuh, unnatürlich verdreht, eingeklemmt zwischen der Gabelung zweier starker Äste.
»Der Körper ist eiskalt«, sagt der Beamte. »Ich wette, der hängt schon länger hier.«
»Du hast aber nichts angerührt?«, fragt Marius sicherheitshalber.
»Ich habe nur die Vitalfunktionen überprüft. Negativ!«
»Danke! Sichert den Bereich weitläufig ab und lasst niemanden auf das Friedhofsgelände. Den Bereich auf der anderen Seite der Mauer auch absperren und macht den Parkplatz dicht! Ruf die Stadtverwaltung an, die sollen einen Verantwortlichen rausschicken; aber keine Details! Ich informiere die Spurenermittlung und die Staatsanwaltschaft.«
»Heikle Angelegenheit«, erwidert der Beamte. »Parkplatz sperren? Da geht gleich der Trainingsbetrieb los. Und an einem Freitag um diese Zeit jemanden im Rathaus zu erreichen, halte ich für ein sportliches Ziel. Vielleicht über die Feuerwehr …«
»Um Gottes willen, nein! Nicht die Feuerwehr! Die rücken an, mit allem was sie haben. Dem armen Teufel hier ist ohnehin nicht mehr zu helfen. Versuch es über die Bereitschaft vom Bauhof oder schaff den Bürgermeister her. Wo der wohnt, wird ja wohl rauszufinden sein. Was den Sportverein angeht, ist es

mir ziemlich egal, ob die ihr Training durchziehen, es geht nun mal nicht anders, alleine der Schaulustigen wegen, die hier bald auftauchen werden.«

Der Beamte eilt davon und gibt die Anweisungen über Funk an seine Kollegen weiter; ein anderer Polizist ist bereits dabei, die Fundstelle weitläufig mit Flatterband abzusperren.

Sorg geht vorsichtig zur Leiche hin und achtet darauf, eventuell vorhandene Spuren am Boden nicht zu zerstören. Er kramt die Gummihandschuhe aus der Tasche, streift sie über und nähert sich dem Mann, der wie von einem makabren Künstler drapiert vor der Mauer hängt.

Die Jacke ist am unteren Ende von Blut durchtränkt, weshalb Marius ahnt, welcher Anblick ihn gleich erwartet. Daher ist er nicht überrascht, als er die Jackenschöße anhebt und in ein blutüberströmtes Gesicht schaut. Ein Auge des Toten starrt ihn ausdruckslos an, das andere ist hinter einer dicken Blutkruste verborgen.

Während er mit einer Hand die Jacke des Toten hochhält, fischt Marius mit der anderen sein Handy aus der Tasche und macht ein Foto, danach weitere aus größerer Entfernung vom Umfeld des Fundortes. Am liebsten hätte Marius die Taschen des Mannes nach Hinweisen auf dessen Identität durchsucht, aber das würde dem Erkennungsdienst überhaupt nicht gefallen und deshalb lässt er es sein.

Marius ruft das Foto vom Gesicht des Toten auf das Display, dreht es und vergleicht es mit dem Passbild von Helmut Kohler. Gut, es gibt gewisse Übereinstimmungen, aber eine eindeutige Identifizierung ist bei diesem geschundenen Antlitz nicht möglich. Der Hauptkommissar ruft zunächst den Kriminaldauerdienst an und beordert ihn zum Fundort, danach informiert er Katja Reinert und schildert ihr mit knappen und präzisen Worten, was geschehen ist.

»Scheiße«, antwortet die Hauptkommissarin. »Und du kannst wirklich nicht sagen, ob der Tote Helmut Kohler ist?«

»Nicht eindeutig, aber ich denke schon. Nur festnageln will ich mich darauf nicht lassen! Ich habe dir gerade ein Foto geschickt, schau selbst, was du davon hältst.«

»Okay, verstehe! Nach was sieht es denn aus?«

»Willst du meine Theorie hören?«

»Sag einfach, was du denkst, Mann!«

»Ich glaube, dass er bei dem Versuch, die Mauer zu übersteigen, unglücklich auf dem Ast ausgerutscht ist, steckenblieb und sich selbst nicht mehr befreien konnte. Im Fallen ist er wahrscheinlich mit dem Kopf gegen die Mauer oder den Baum geknallt und bewusstlos geworden, was erklären würde, weshalb niemand seine Hilferufe gehört und ihn gerettet hat. Aber, wie gesagt, es ist nur eine Theorie nach erster Inaugenscheinnahme, mehr nicht.«

»Warum über die Mauer steigen? Warum nicht durch den Eingang? Wollte er rein oder raus?«

»Am Fuß der Mauer liegt eine zugeklappte Leiter. Wenn er hätte raus wollen, wäre sie aufgeklappt. Demzufolge ist er von außen nach innen gestiegen, hat die Leiter rüber geholt, der leichteren Handhabung wegen zugeklappt, und wollte über den Baum nach unten; dabei ist er hängengeblieben oder gestrauchelt und das war's dann. Weshalb fragst du mich danach?«

»Ich habe einen Verdacht, aber den erkläre ich dir später. Ich mache mich gleich auf den Weg zu dir; möglicherweise will die Staatsanwältin mitkommen. Du weißt, was zu tun ist, und halte uns vor allem die Presse vom Leib!«

»Okay, bis später.«

✤

Als Katja Reinert und die Staatsanwältin eintreffen, ist die Spurenermittlung längst bei der Arbeit.

Die Theorie des Hauptkommissars erweist sich nach Spurenlage als durchaus plausibel, wenngleich erst die Obduktion und

Schlussanalyse Gewissheit über den Ablauf des Geschehens ergeben werden.
Dass es sich bei dem Toten um Helmut Kohler handelt, wird klar, als in seiner Jackentasche die Autoschlüssel gefunden werden, die zu dem Wagen auf dem Parkplatz passen. Des Weiteren wird im Gestrüpp am Fuße der Mauer Kohlers Brieftasche gefunden, die unter anderem den Führerschein, die Krankenversicherungskarte und den Personalweis enthält.
»Da wir es jetzt wissen, fällt Helmut Kohler als Zeuge in Sachen Wilhelm Reinheimer allerdings aus«, seufzt die Staatsanwältin.
»Damit verdichtet sich jedoch meine Vermutung, dass er etwas mit dem Urnenklau zu tun hat«, kontert Katja Reinert.
»Äh, welche Theorie zu welchem Urnenklau?«, fragt Marius Sorg überrascht.
Die Hauptkommissarin verschafft ihrem Kollegen einen Überblick über die Urnendiebstähle und dem, was sie sich daraufhin zusammenreimt. Marius hört fassungslos zu und schüttelt zwischendurch immer wieder den Kopf.
»So wie es aussieht, war Kohler unterwegs, sich die nächste Trophäe zu besorgen«, endet Katja Reinert schließlich.
»Schön und gut«, erwidert Marius, »aber wenn du mir das heute Morgen erzählt hättest, wäre ich zur Personalabteilung gegangen und hätte gebeten, dich auf Diensttauglichkeit untersuchen zu lassen. Anscheinend gibt es aber auf dieser Welt nichts mehr, was verrückt genug ist, um nicht wahr zu sein. Trotzdem ist das hier völlig bescheuert!«
»Das habe ich auch gedacht, als mich Josch zum ersten Mal mit dem Thema konfrontiert hat. Ich gebe dir Recht: Die Menschen werden immer bekloppter!«
»Angenommen, es stimmt«, entgegnet Marius. »Was für ein Motiv steckt dahinter?«
»Ich weiß es nicht, und leider können wir Helmut Kohler nicht mehr danach befragen.«

»Noch ist es lediglich eine Theorie«, gibt die Staatsanwältin zu bedenken. »Ich sehe mich durch die neuen Umstände jedoch veranlasst, in Kohlers Wohnung eine Inspektion durchführen zu lassen; im Zuge der Aufklärungsoptimierung der Todesumstände halte ich das für dringend geboten.«

»Ja das sollten wir tun«, stimmt Katja Reinert zu. »Wer, wann?«

»Jetzt gleich! Die Wohnungsschlüssel dürften an Kohlers Schlüsselbund sein, somit gibt es keine Probleme.«

»Mit oder ohne Spurenermittlung?«, hinterfragt die Hauptkommissarin.

»Wir können von hier niemanden abziehen!«

»Stimmt, aber ganz ohne? Ich weiß nicht!«

»Ruf Hubertus Sonne an«, schlägt Marius vor. »Vielleicht hat der Zeit.«

»Dieser Nerv vom K 4, der jeden und alles in der dritten Person beschreibt?«, mault Katja und zieht die Stirn kraus. »Das könnt ihr mir nicht antun! Nicht heute! Den halte ich nicht aus!«

»Marius hat recht«, entscheidet die Staatsanwältin spontan. »Vom K 4 sollte jemand dabei sein. Hubertus ist der beste von allen, auch wenn er bisweilen eine echte Nervensäge ist. Aber wenn jemand was findet, dann er; da müssen wir eben durch! Ich rufe ihn an.«

✤

Eine Stunde später parken drei Fahrzeuge vor dem Anwesen von Helmut Kohler unterhalb des Spiesener Sportplatzes und blockieren die Straße. In einem Ort, wo bereits ein einziges fremdes Auto für Gesprächsstoff unter den Anliegern sorgt, löst das natürlich eine Welle der Aufmerksamkeit aus; Spekulationen sind bei den Nachbarn Tür und Tor geöffnet.

»Wir beeilen uns und beantworten keine Fragen«, legt Staats-

anwältin Sommer fest und geht als Erste ins Haus.
Marius Sorg und Katja Reinert folgen ihr sofort, Hubertus Sonne schließt als letzter die Haustür. Die Gruppe sammelt sich im Wohnzimmer und schaut sich um.
»Alt, aber sauber«, stellt Marius lapidar fest.
»Das als sauber zu bezeichnen, kann nur einem Mann einfallen«, knurrt die Staatsanwältin. »Schau mal in die Ecken!«
»Er hat schon Schlimmeres gesehen!«, erklärt Hubertus Sonne.
»Wer?«, fragt Katja.
»Na er«, wiederholt Hubertus.
»Ach so, ja. Er! Also du!«
»Sagt er doch!«
Katja Reinert verdreht die Augen und schüttelt den Kopf. Hubertus ist mal wieder mehr als anstrengend!
»Ich habe immer noch nicht kapiert, was wir hier eigentlich suchen«, mosert Marius, der sich einen früheren Beginn des Wochenendes gewünscht hätte.
»Hinweise, was Kohler auf dem Friedhof in Diefflen wollte, und ob er in Verbindung mit den Diebstählen der Urnen steht«, erklärt Katja. »Wir teilen uns auf. Hubertus geht nach oben, Marius in den Keller, Daniela und ich gehen diese Etage durch. Die Räume sind überschaubar, wir sollten also schnell durch sein.«
»Woher will sie das wissen?«, interveniert Hubertus.
»Was?«
»Dass die Räume überschaubar sind. Oben und im Keller war sie noch gar nicht, wie kann sie dann behaupten …«
»Keine philosophischen Grundsatzgespräche«, stoppt Daniela Sommer. »Geh einfach hoch und schau dich um. Fertig!«
Die Gruppe teilt sich auf und macht sich an die Arbeit. Es dauert keine zwei Minuten, bis die Stimme von Hubertus Sonne durch das Haus tönt.
»Er denkt, dass er die Objekte der Begierde entdeckt hat. Wenn sie sich nach oben begeben wollen, bitte! Dann könnten …«

Der Rest ist nicht mehr zu verstehen, weil Daniela bereits unterwegs ist und geräuschvoll die Treppe hinauf stampft. Im Nu sind die Beamten in Kohlers Schlafzimmer versammelt und betrachten staunend das Wandregal.
Auf drei Regalbrettern stehen insgesamt ein Dutzend Urnen unterschiedlichster Form und Farbe aufgereiht. Die Namensschilder sind akkurat nach vorne ausgerichtet, außerdem tragen die Urnen Nummernaufkleber nach deren Reihenfolge sie platziert sind.
Hubertus liest die Namen und Daten auf den Schildern vor, wird aber nach der Hälfte bereits von der Staatsanwältin unterbrochen.
»Das reicht, Hubertus, danke. Zwei Namen sind identisch mit denen, die Josch mir genannt hat. Alles klar, wir haben, was wir suchen.«
»Das sind allerdings viel mehr, als bisher vermisst werden«, ergänzt die Hauptkommissarin.
»Daraus erklärt sich die Dunkelziffer bei der Meldung vermisster Urnen.«, analysiert Hubertus treffend. »In etwa entspricht das dem prozentualen Verhältnis ...«
»Du hast völlig Recht«, unterbricht Katja Reinert. » Aber Fotos und Fingerabdrücke sind jetzt wichtiger. Mach die Fotos mit den Namensschildern bitte sofort, die Feinanalyse kann bis morgen warten, die Arbeit läuft uns nicht weg. Ich will hier weg, bevor draußen ein Massenauflauf stattfindet und am Ende noch die Presse auftaucht. Wir müssen zuerst intern einiges klären und auf den Weg bringen, bevor wir hier mit einem Großaufgebot anrücken.«
»Morgen ist Samstag, da ist er nicht im Dienst«, erwidert Hubertus.
»Dann von mir aus Montag, darauf kommt es auch nicht mehr an.«
»Montag hat er einen Arzttermin.«
»Herr, gib mir Kraft«, stöhnt Katja. »Schick irgendwen, der

das erledigt, das ist mir schnuppe!«

»He Leute«, wirft Marius Sorg in die Runde. »Wisst ihr, was das ist?«

»Eine Anhäufung von Grabschändungen«, antwortet die Staatsanwältin.

»Das sowieso! Ich meine die Nummern! Das sind Rückennummern, will heißen: Das ist eine Mannschaftsaufstellung. Die 12 steht neben der 1; Torwart und Ersatztorwart.«

»Meinst du wirklich?«, staunt seine Chefin. »Das wäre makaber.

»Das soll uns vorerst egal sein«, beschließt die Staatsanwältin. Wird sich rausstellen, ob das stimmt. Fällt auch nicht in unsere Zuständigkeit, sollen sich die Kollegen vom Eigentum drum kümmern. Wir machen jetzt Schluss und versiegeln die Wohnung.«

»Wir sollten den zuständigen Friedhofsämtern Bescheid geben«, schlägt Katja Reiner vor. »Oder soll ich Josch dazu einbinden?«

»Auf keinen Fall, das ist nicht dein Ernst! Josch erfährt gar nichts; nicht von uns! Das wäre Wasser auf seine Mühlen, wenn er annehmen könnte, dass er noch im Geschäft ist. Kommt nicht in die Tüte! Die Friedhofsämter lasse ich am Montag über die Hausspitze und das Ministerium informieren; gleichzeitig verkünde ich über die Pressestelle den Erfolg der Ermittlungsgruppe Urnenfrieden. Auf die blöden Gesichter der Journalisten freue ich mich jetzt schon.«

»Er bittet Sie, das K 4 dabei nicht unerwähnt zu lassen«, fordert. »Schließlich …«

»Selbstverständlich, Kollege Sonne! Selbstverständlich! Ich werde hervorheben, dass vor allem Ihnen … äh Ihm dieser Erfolg zuzusprechen ist. Ehre, wem Ehre gebühret. Allerdings werden Sie … also wird er … ich meine dich, Kollege Sonne, dann auch die Frage beantworten müssen, weshalb wir für so einen Schwachsinn einen derartigen Aufwand betreiben müs-

sen. Stimmen Sie sich mit dem Staatssekretär ab, der soll Ihnen die Argumente liefern. Oder auch nicht. Feierabend!«
Als die Gruppe das Haus von Helmut Kohler verlässt, stehen zahlreiche Nachbarn in den Vorgärten. Einige machen Fotos, aber niemand traut sich, die Ermittler anzusprechen. Während Marius das Amtssiegel an die Tür klebt, spricht Katja Reinert die Staatsanwältin an.
»Daniela, macht es dir etwas aus, mit Marius ins Präsidium zurückzufahren? Ich möchte mich noch einmal bei der Nachbarschaft von Wilhelm Reinheimer umhören, wenn ich schon mal in der Nähe bin.«
»Kein Problem. Tu, was du nicht lassen kannst, meine Liebe, ich kann dich nicht daran hindern. Ich muss dir allerdings sagen, dass ich die Ermittlungen in der Angelegenheit Reinheimer nicht mehr aufrechterhalten kann. Jetzt, da unser erhoffter Zeuge tot ist, müssen handfeste Indizien her, damit ich den Aufwand rechtfertigen kann. Wir haben aber nichts! Tut mir leid.«
»Das verstehe ich, Daniela! Trotzdem: Einen Trumpf habe ich vielleicht noch; wenn der nicht sticht, weiß ich allerdings auch nicht mehr weiter. Dann strecke ich die Waffen.«
Die Staatsanwältin bohrt nicht weiter nach. Als Katja sich verabschiedet und zum Wagen gehen will, ruft ihr Daniela Sommer allerdings noch etwas nach.
»Und Katja: Komm mir nur ja nicht auf die Idee, Josch hinter meinem Rücken zu informieren! Das würde ich dir echt übelnehmen. Er ist raus und das bleibt er auch! Ein für alle Mal!«

33

Hauptkommissarin Reinert sieht kein Problem darin, auch an einem späten Freitagnachmittag, die Nachbarn von Wilhelm Reinheimer in ihrer Feierabendruhe zu stören, zumal es nur um eine einzige Person gehen soll, deren Befragung sie bisher versäumt hat. Auf Katjas Plan steht der alte Mann, der bei ihrem ersten Besuch in der Siedlung am Fenster gelegen und anscheinend dauerhaft das Geschehen auf der Straße beobachtet hatte.

Nun muss Katja sich erst orientieren, um das richtige Haus zu finden, zudem hat sie Mühe, einen Parkplatz in den engen Gassen zu erwischen. Als sie schließlich vor dem Anwesen steht, ist das Fenster im ersten Stock geschlossen. Auf dem Klingelschild an der Haustür steht oben ein verblasster Name: Marx. Ob Familie oder Einzelperson wird sie hoffentlich bald erfahren. Nach dem zweiten Versuch ertönt eine Stimme aus der Sprechanlage.

»Ja?«

Eine gebellte Frage, die klar deutlich machen soll, dass der Besuch unerwünscht ist.

Höflich, aber bestimmt, stellt sich die Hauptkommissarin vor; die Stimme soll wissen, dass sie sich nicht würde abwimmeln lassen.

»Muss das sein?«, grunzt die Stimme zurück, jetzt allerdings weniger aggressiv.

»Ja, das muss sein!«

»Moment!«

Das Summen des Türöffners gibt den Weg frei, hinter der Haustür führt rechts eine Treppe nach oben, von dort fordert eine Stimme:

»Kommen Sie hoch!«
Katja folgt der Aufforderung und wird am Ende der Treppe von einem Mann empfangen, der locker hätte ihr Großvater sein können. Der Greis ist altersmäßig zwar schwer einzuschätzen, aber mindestens Mitte siebzig, übergewichtig und offensichtlich stark gehbehindert, denn er stützt sich auf zwei Krücken.
»Danke, dass Sie sich die Zeit nehmen«, versucht Katja das Eis zu brechen. »Es dauert auch nicht lange, nur ein paar Fragen.«
»Von mir aus«, brummt der Alte freundlicher, als Katja es erwartet hat, lässt sich jedoch von Katja ihren Dienstausweis zeigen, den er genau inspiziert. »Kommen Sie rein!«
Die Hauptkommissarin betritt die Wohnung und schaut ihren Gastgeber fragend an, wohin sie sich wenden solle.
»Da rechts, ins Wohnzimmer! Setzen Sie sich auf die Couch, der Sessel gehört Franz, da macht er keine Kompromisse!«
Franz ist eine übergewichtige Katze, dem Namen nach ein Kater, der offensichtlich noch weniger gestört werden will als sein Halter. Beim Anblick des Eindringlings zieht er den Kopf zwischen die Schultern und faucht.
»Alles gut, Franz«, sagt der Alte und lässt sich mühsam und mit schmerzverzerrtem Gesicht auf dem anderen Sessel nieder, während er Katja den Platz auf der Couch zuweist.
»Franz mag mich wohl nicht?«, lächelt Katja Reinert.
»Besucher sind wir nicht gewohnt«, erklärt der Mann. »Seit Veronica im Heim ist, sind wir alleine. Außer der Putzfrau, die kommt einmal die Woche für zwei Stunden.«
»Sie sind Herr Marx?«
»Ja! Oskar Marx; steht ja an der Klingel!«
»Ich wusste nicht, dass Sie alleine hier wohnen und nicht mobil sind«, versucht Katja eine unbeholfene Rechtfertigung.
»Schon gut. Meine Frau … ein Schlaganfall … es ging nicht mehr … es ist so schade … egal, es geht schon. Nur meine Knie … das Alter. Aber Sie sind nicht gekommen, um sich mei-

ne Sorgen anzuhören, interessiert ja sowieso niemanden. Sie sind bestimmt wegen dem Willy hier, oder?«
»Stimmt! Wilhelm Reinheimer. Wie kommen Sie drauf?«
»Ich habe keine Idee, weshalb Sie sonst hier auftauchen sollten. Bestimmt nicht, um sich nach meinem Befinden zu erkundigen.«
»In der Tat bin ich wegen Ihres Nachbarn gekommen, aber nochmal: Wieso überrascht Sie das nicht?«
»Meine Güte! Hier passiert eigentlich nie etwas. Ja, hin und wieder stirbt jemand und dann kommen der Leichenwagen und die Verwandtschaft und dann kehrt bald wieder Ruhe ein. Aber nachdem der Willy gestorben ist, waren Sie mindestens einmal da, noch so ein Typ und dann Sie nochmal mit einer anderen Frau; das ist irgendwie komisch. Der Willy ist seit einer Woche tot, aber in der Zeitung steht immer noch keine Todesanzeige. Ich glaube, dass da etwas nicht stimmt, die ganze Zeit schon und jetzt tauchen Sie hier auf. Kripo! Ich bin zwar ein alter behinderter Mann, aber blöd bin ich nicht.«
»Behauptet auch niemand! Kannten Sie Herrn Reinheimer gut, Herr Marx?«
»Wie man jemanden kennt, wenn man vierzig Jahre in der Nachbarschaft wohnt und zusammen alt wird; mehr aber auch nicht.«
»Von Ihrem Fenster aus bekommen Sie sicherlich einiges mit?«, versucht Katja sich dem eigentlichen Grund ihres Besuchs anzunähern.
»Kann man so sagen, aber wenn Sie glauben, dass ich die Leute ausspioniere, liegen Sie falsch. Ich habe sonst nix zu tun und bin da wenigstens ein bisschen an der frischen Luft, wenn ich schon nicht viel rauskomme. Kann doch nicht den ganzen Tag vor der Glotze hocken, da verblödet man ja komplett. Apropos! Gleich kommt der Aktuelle Bericht, den verpasse ich nie!«
Katja Reinert schaut auf die Uhr.
»Keine Sorge, bis dahin bin ich wieder weg; sofern Sie mir meine Fragen beantworten.«

»Ich habe Ihrem Kollegen bereits alles erzählt.«
»Ich weiß, dass Herr Schaum mit Ihnen gesprochen hat, aber …«
»Hieß der so? Ich kann mich nicht an den Namen erinnern. Was wollen Sie denn noch wissen?«
»Sie haben ausgesagt, dass Sie an Herrn Reinheimers Todestag einen parkenden Wagen vor dem Anwesen gesehen haben. Können Sie sich an Einzelheiten erinnern?«
»Nein, ich habe auch gesagt, dass mir das Auto fremd war und ich dringend zur Toilette musste. Wie Sie sich vorstellen können, dauert das bei mir eine Weile. Als ich zurückkam, war der Wagen weg.«
»Könnte es sich beim dem Fahrzeug um das von Helmut Kohler gehandelt haben? Ich nehme an, Sie kennen Herrn Kohler.«
»Klar kenne ich den, wer kennt den nicht? Aber es war nicht sein Auto. Außerdem hätte man das gehört.«
»Gehört? Wie darf ich das verstehen?«
»Der Kohler und seine Fahrkünste sind in der Siedlung berühmt berüchtigt. Vollgas mit schleifender Kupplung, scheppernde Mülleimer und wenn's blöd läuft, glaubt auch schon mal ein Außenspiegel dran. Wenn der unterwegs ist, hört man das.«
»Aha! Warum legt ihm keiner das Handwerk, bevor Schlimmeres passiert? Er könnte ja auch jemanden überfahren.«
»Der Ansicht bin ich schon seit Jahren, aber irgendwie traut sich keiner, den anzuschwärzen oder er hat einen guten Draht zur Polizei. Ich habe meinen Lappen vor zwei Jahren freiwillig abgegeben, aber der: Vergessen Sie's!«
»Sehr vernünftig, Herr Marx! Aber nochmal zurück zu besagtem Tag: Ist Ihnen sonst noch etwas aufgefallen? Etwas, das anders war als an normalen Tagen?«
»Trinken Sie ein Glas Wein mit mir?«
»Ich bin im Dienst, Herr Marx.«
»Schon klar, aber Sie würden mir eine Freude machen. Für mich alleine mache ich keine Flasche auf, das fang ich gar nicht

erst an. Ich habe selten Gäste, eigentlich nie, seit …«
Der alte Mann tut Katja Reinert leid. Ihn abzuweisen, bringt sie nicht übers Herz, sie musste den Wein ja nicht austrinken, Hauptsache sie tut Oskar Marx den Gefallen.
»Gut, Herr Marx, ausnahmsweise, aber nur ein kleines Glas.«
»Schön, das ist nett, ich freue mich. Dauert aber einen Moment.«
»Lassen Sie nur! Sagen Sie mir, wo alles steht, ich mache das. Allerdings kann ich Ihnen dann nicht versprechen, ob das mit Ihrem Fernsehprogramm noch hinhaut.«
»Auch egal, steht ja morgen in der Zeitung.«
Es dauert eine Weile, bis Katja den Wein und die Gläser findet, die Flasche entkorkt und eingeschenkt hat. Oskar Marx wird immer zugänglicher und der Kater scheint mittlerweile in den siebten Katzenhimmel entschlummert zu sein.
Oskar Marx zurück zum Thema zu bringen, ist nicht einfach. Er ist plötzlich in Plauderlaune und erzählt von früheren Zeiten und Geschehnissen in der Siedlung. Nach einiger Zeit hat ihn Katja dann wieder soweit und Marx beantwortet geduldig all ihre Fragen, wobei sie sich beeilen muss, denn Oskar ist bereits beim zweiten Glas Wein. Katja darf die alkoholbedingte Auskunftsbereitschaft nicht ausnutzen, dann wären die Aussagen vor Gericht nichts wert, andererseits hat sie keine Wahl, der einsame Mann nutzt die seltene Gelegenheit, sich beim Wein mit jemandem unterhalten zu können.
»Sie müssen doch einen Grund haben, mich das alles zu fragen«, sagt Marx plötzlich. »Was genau stimmt denn bei Willy nicht?«
»Herr Marx, bei allem Verständnis für Ihre Neugier, aber das darf ich Ihnen nicht sagen.«
»Mir ist nichts Besonderes aufgefallen, das Übliche eben. Alles zugeparkt wie immer, die Müllabfuhr kommt da kaum durch und … am Tag vorher, da war allerdings was.«
»Was war am Tag vorher?«

»Naja, da hat so ein Lieferwagen beim Willy angehalten und der Fahrer hat ein Paket rausgetragen.«

»Ja und?«, bohrt Katja ungeduldig nach.

»Der Willy hat nicht aufgemacht, da ist der Fahrer zurück zum Wagen, hat noch ein Paket geholt und hat beide bei der Eva abgegeben; ein großes und ein kleineres.«

»Was ist aus Ihrer Sicht daran so besonders, Herr Marx?«

»Ich habe mich gewundert, weil da noch nie jemand was abgeliefert hat. Bei den Jungen gegenüber ist das jeden Tag so, die bestellen alles übers Internet. Aber bei Eva und Willy? Nee! Ich habe mir noch gedacht, ob die beiden auf ihre alten Tage noch das Internet für sich entdeckt haben. Vor vielen Jahren hatte Veronica mal was beim Otto-Versand aus dem Katalog bestellt, aber nur ein einziges Mal, dann nie wieder. Das Kleid war viel zu groß. Unsere Generation geht ins Geschäft, da weiß man, was man kauft.«

»Aha! Das Paketauto hat Sie also stutzig gemacht?«

»Ja klar! Also hören Sie mal! Die Eva und der Willy, die kaufen doch nicht über die Fernbedienung, falls Sie wissen, was ich meine.«

»Ich denke schon. Nochmal: Wann war das?«

»Herrgott, fragen Sie mich bitte nicht nach dem Datum. Jedenfalls ein Tag bevor sie den Willy gefunden haben.«

»Daran erinnern Sie sich genau?«

»Glauben Sie etwa, ich bin betrunken? Na hören Sie mal!«

»Keineswegs, Herr Marx. Können Sie sich genauer an dieses Paketauto erinnern?«

»Schwarz! Da stand UPS drauf. Blöder Name! In goldener Schrift.«

»Das haben Sie bisher nicht zu Protokoll gegeben.«

»Hat ja auch keiner danach gefragt.«

»Sie sprachen von zwei Päckchen.«

»Logisch, sonst wäre der Fahrer ja nicht nochmal zurückgegangen.«

»Und dann?«
»Wie und dann?«
»Hat er die Päckchen bei der Nachbarin abgegeben?«
»Ja, bei Eva Höhn. Jedenfalls kam er ohne Päckchen zurück zum Wagen.«
Erstaunlich! Katja ist überrascht, an was sich der alte Mann erinnern kann.
»Herr Marx, ich danke Ihnen herzlich für Ihre Auskünfte. Im Gegenzug möchte ich offen und ehrlich zu Ihnen sein, allerdings kann ich Ihnen nicht alles erzählen, und das was ich Ihnen sage, bleibt unter uns. Okay?«
»Nur wenn Sie Ihren Wein austrinken«, lächelt Oskar spitzbübisch.
Katja nimmt einen kräftigen Schluck, leert das Glas aber nur zur Hälfte.
»Zum Tod von Wilhelm Reinheimer haben wir einige Fragen, was nicht zwangsläufig heißt, dass wir ein Verbrechen vermuten. Wir gehen jedoch jedem Hinweis nach, der seinen plötzlichen Tod abschließend erklären könnte. Wissen Sie, ob Herr Reinheimer Feinde hatte oder mit jemandem im Streit lag?«
»Nein, der Willy war okay.«
»Danke nochmals.«
»Man hilft, wo man kann.«
»Das habe ich bemerkt.«
»Noch Wein?«
»Danke nein, ich muss noch fahren. Ein anderes Mal gerne.«
»Kommen Sie noch mal vorbei?«, fragt Oskar voller Hoffnung.
»Gut möglich. Kann ich noch irgendwas für Sie tun?«
»Beten, dass Veronica wieder gesund wird.«
»Mach ich, Herr Marx.«
Katja muss eine Träne unterdrücken und verabschiedet sich. Sie drückt Oskar Marx herzlich und streicht ihm über seine faltigen Hände. Oskar ist angeheitert und froh und Katja tief bewegt, nur Kater Franz schläft teilnahmslos in seinem Sessel.

34

»Ich bin fertig und du warst noch nicht mal im Bad!«, mosert Marion, als sie mich lesend im Sessel im Wohnzimmer entdeckt.
»Kein Wunder!«, wehre ich mich. »Das Bad ist seit zwei Stunden von dir besetzt, wie soll ich mich da fertig machen?«
»Du hättest ja vor mir … was liest du da überhaupt?«
»Ein Buch!«
»Da wäre ich jetzt nicht draufgekommen! Von wem?«
»Der Mensch und Autor heißt Meyer; Frank P. mit Vornamen. Im Übrigen ein Saarländer aus Primstal.«
»Aha, deshalb das P. Und was schreibt der so?«
»Es ist ein Krimi. Ein Saarländer und seine Kumpels mauern in Oxford die Leiche ihrer Kommilitonin ein, weil … das ist zu kompliziert, um es jetzt zu erklären.«
»Ein Saarländer in Oxford? Seit wann interessiert dich Fantasy?«
»Du hast keine Ahnung.«
»Doch und zwar die, dass die Frau John stinkesauer sein wird, wenn wir zu spät kommen.«
»Was feiern die eigentlich?«
»Oh Mann! Geburtstag! Die haben beide in der gleichen Woche und wenn du dich minimal erinnerst, hast du selbst die Zigarren für Markus besorgt.«
»Ah, jetzt, wo du es sagst!«
»Komm endlich in die Gänge! Es ist fünf vor sieben! Um Sieben sollen wir da sein!«
»Geh schon mal vor, ich komme nach!«

✤

Als ich um Viertel nach Sieben auf der Party auftauche, fällt Dagmar sofort über mich her.
»Typisch! Dass ihr Männer nie rechtzeitig fertig werdet! Bei Markus ist es dasselbe. Nimm dir ein Beispiel an deiner Frau!«
»Übrigens herzlichen Glückwunsch zum Geburtstag.«
»Falsche Adresse! Heute hat Markus, ich hatte am Mittwoch und du hast mir bereits gratuliert.«
Jetzt fällt es mir auch auf, aber wie soll ich mir das alles merken? Oder werde ich etwa alt? Ich suche den Hausherrn im Gewühl und werde irgendwann fündig.
»Alles Gute, Alter! Hat das Geschenk gepasst?«
Dem fragenden Blick entnehme ich, dass es offensichtlich ein Informationsdefizit gibt.
»Ah, Marion hat mit der Übergabe auf mich gewartet. Moment.«
Hat sie nicht! Auf Nachfrage erfahre ich, dass ich das Geschenk hätte mitbringen sollen. Die Zigarren liegen zu Hause auf dem Esszimmertisch. Woher soll ich das wissen? Also zurück in die Wohnung und das ganze nochmal von vorne! Immerhin freut sich Markus sehr über die edlen Zigarren.
Mittlerweile ist vom Chili con carne gerade noch eine Portion für mich übrig.
»Tja, wer zu spät kommt …«, kommentiert Trudi an der Essensausgabe.
»Schweig!«, maule ich. »Ein Wort noch und es fließt Blut!«
Nach dem Essen verziehe ich mich auf die Veranda und beschließe, dort so lange wie möglich auszuharren, denn drinnen wird getanzt und ich will nicht im Weg stehen.
Die eingefleischten Nichttänzer, die Raucher und einige Biertrinker folgen meinem Beispiel, was im Klartext heißt, dass der Innenraum eine nahezu männerfreie Zone ist, bis auf Wolfgang, der sich das leisten kann, weil er wegen seiner Krücken nach einem Bandscheibenvorfall ohnehin nicht Gefahr läuft, zum Tanzen verpflichtet zu werden.

Markus hat sich bereits einer Zigarre gewidmet und schwärmt von dem würzigen Vanille-Aroma mit einem Hauch von Brandy; letzterer ist wahrscheinlich eher dem Schnapsglas in seiner Linken zuzuschreiben.
Die Gesprächsthemen beleuchten die neuesten Ereignisse rund um die Gemeinde, vor allem die Schließung der Glück-Auf-Halle in Elversberg und der Sporthalle in Spiesen wegen technischer Mängel.
»Schöne Scheiße«, meint Erik, »jetzt können die Narren ihre Fastnachtsveranstaltungen in der Pfeife rauchen. Bis dahin werden die nie fertig!«
»Falls man das alte Gemäuer überhaupt noch retten kann. Macht doch keinen Sinn, Millionen in eine alte Bausubstanz zu investieren.«
Es entsteht eine rege Diskussion über das Für und Wider. Plötzlich wird es in der Wohnung laut, ein neuer Gast scheint Neuigkeiten mitgebracht zu haben.
»Was ist denn da los?«, frage ich.
»Das ist Sabine, die ist ständig im Katastrophenmodus. Wahrscheinlich hat ihr Hund Dünnschiss, das reicht dann bei ihr schon für Weltuntergangsstimmung«, meint Markus und pafft an seiner Zigarre.
Kurze Zeit später mischt sich Sabine unter die Raucher auf der Veranda.
»Was ist los, dass du dich so aufregst?«, frage ich.
»Ha, da hättest du heute dabei sein müssen! Das gibt's gar nicht! Gestern bereits, aber das war nichts gegen heute. Das muss man sich mal vorstellen! Da kam keiner mehr durch; so was habe ich noch nicht erlebt …«
Sabines Tiraden gehen weiter, allerdings ist aus dem Trommelfeuer von Satzfetzen nicht herauszufiltern, was der konkrete Anlass ihrer Aufregung ist.
»Kannst du einfach mal sagen, was genau eigentlich passiert ist?«, schlage ich vor.

»Was passiert ist?«, regt sich Sabine weiter auf. »Der Kohler ist tot, das ist passiert. Und kaum, dass er kalt ist, räumen die ihm bereits die Bude aus!«
Als der Name Kohler fällt, schrillen bei mir alle Alarmglocken.
»Kohler? Helmut Kohler? Der ist tot?«
»Ja! Die Polizei hat das gesagt. Der Kohler sei tot.«
»Was ist passiert?«
»Keine Ahnung, das haben sie nicht verraten; nur dass er tot ist. Außerdem war ich gar nicht dabei.«
»Bei was? Als er gestorben ist?«
»Quatsch! Als die Polizei das Haus ausgeräumt hat. Nur der Philipp. Hans-Egon war auch da und der Friedhelm. Frank hat es sogar gefilmt.«
Wie soll man aus diesem Wust von unsortierten Informationen rausfinden, was genau passiert ist.
»Was hat der gefilmt?«, hake ich nach.
»Wie die Polizei das Haus ausgeräumt hat. Geht das überhaupt?«
»Filmen?«
»Nein, dem Kohler die Wohnung leer machen!«
»Sabine, bitte erzähl der Reihe nach, was abgelaufen ist, mit deinem Durcheinander kann kein Mensch was anfangen.«
Sabines weitere Schilderungen sind zwar nicht weniger hektisch und nehmen auch an Deutlichkeit kaum zu, aber nach und nach kann ich mir zusammenreimen, was passiert ist.
»Dass die Polizei persönliche Sachen aus dem Haus eines Toten schleppt, ist nicht die Regel«, erkläre ich. »Es sei denn, es handelt sich um Beweismaterial, was wiederum darauf hindeutet, dass eine Straftat vorliegt.«
»Der Kohler wurde bestimmt umgebracht«, mutmaßt Stephen. »So, wie der sich im Vereinsheim gibt, wenn er einen in der Krone hat, würde mich das auch nicht wundern.«
»Was? Der Kohler wurde umgebracht!«, ruft Sabine lauthals.
»Sei still!«, fordere ich. »Das ist doch gar nicht erwiesen! Ich

frage mich allerdings, was die Polizei aus Kohlers Haus geschleppt hat. Hast du diesen Film?«
»Nein, aber mein Sohn Philipp hat erzählt, dass Frank gefilmt hat.«
»Hat dein Sohn den Film?«
»Das weiß ich nicht, aber ich kann ihn anrufen und fragen.«
Sabine kramt in ihrer Handtasche, die man eher als überdimensionale Einkaufstasche bezeichnen kann.
»Meine Güte«, stöhnt Erik. »Schleppst du deinen ganzen Hausstand mit dir rum?«
»Fast. Moment, ich hab´s gleich.«
Aus dem gleich werden drei vergebliche Versuche, während derer Sabine alles Mögliche zu Tage fördert, nur kein Handy. Endlich findet sie das Objekt ihrer Begierde, ruft ihren Sohn an und erklärt anschließend, dass Frank das Video an Philipp schicken wird, damit der es an Sabine weiterleiten kann.
»Umständlicher geht´s kaum«, murmelt Stephen und organisiert eine neue Runde Bier.
Sabine ist plötzlich verschwunden, taucht aber nach zehn Minuten wieder auf.
»Ich habe den Film«, ruft sie und winkt mit dem Handy.
»Lass sehen!«, fordere ich, worauf sich die anderen um uns scharen.
Sabine fummelt an ihrem Telefon herum, findet jedoch zunächst nur die Fotos von ihrem Hund, der Sylvester-Party 2018, vom Faschingsumzug und endlich die vom Freitagabend.
»Hier, das war gestern«, kommentiert sie. »Da war ich dabei, aber Philipp nicht. Der war mit seiner Freundin im Kino; oder nein, die waren, glaub ich, bei dem neuen Griechen in …«
»Sabine!«, motze ich. »Zeig her!«
Zwei Bilder sind derart verschwommen, dass fast nichts zu erkennen ist. Ein anderes Bild zeigt das Dach eines Hauses, sonst nichts. Erst auf dem vierten Bild sind Personen zu sehen, die gerade das Haus von Helmut Kohler verlassen.

»Das sind Katja Reinert und Staatsanwältin Sommer«, wundere ich mich. »Der da ist Marius Sorg und da im Hintergrund, der sieht aus wie Hubertus Sonne vom K4. Die Spurenermittlung vor Ort – das heißt nichts Gutes. Wer von denen hat gesagt, dass Kohler tot ist?«

»Niemand«, entrüstet sich Sabine. »Die haben ja kein Wort mit uns gesprochen.«

»Uns?«

»Die halbe Nachbarschaft war vor der Tür, aber die haben uns einfach ignoriert.«

»Wer hat es dann erzählt?«, will ich endlich wissen.

»Das weiß ich nicht. Irgendeiner von denen, die heute Morgen angerückt sind, aber da war ich ja nicht dabei.«

»Oh Herr!«, seufze ich. »Lass mal den Film sehen!«

Wieder dauert es eine halbe Ewigkeit, bis Sabine das Video auf dem Display hat. Zu sehen ist eine Prozession von einem halben Dutzend Polizeibeamten in Uniform; jeder einzelne trägt etwas aus dem Haus und verstaut es in einem schwarzen Kombi, der die Aufschrift PAX mit zwei Ornamenten trägt.

»Das ist ein Leichenwagen«, stelle ich fest.

»Die tragen aber keine Leichen«, bemerkt Stephen treffend.

»Vielleicht Leichenteile«, vermutet Markus.

»Oh Gott«, murmelt Sabine und schlägt die Hände vors Gesicht. »Der Kohler wurde zerstückelt! Hoffentlich war er da schon tot! Stellt euch vor, der …«

»Hör auf, Sabine!«, fordere ich. »Die Polizei käme niemals auf die Idee, eine Leiche so in Einzelteilen aus dem Haus zu schaffen. Ihr habt sie wohl nicht mehr alle am Sträußchen!«

»Was soll es denn sonst sein?«, fragt Markus.

»Halt mal den Film an und vergrößere das Standbild«, fordere ich.

»Wie geht das?«, fragt Sabine.

»Gib mal her!«, meint Bhavin, unser Spezialist für alles, was mit Handys, Apps und all dem Zeug zu tun hat.

Er hantiert mit flinken Fingern, streicht über das Display und hält mir das Ergebnis vor die Nase.
»Falls ich nicht völlig daneben liege, ist das eine Urne«, stelle ich überrascht fest.
»Wie, eine Urne?«, fragt Sabine ungläubig. »Die Bürgermeisterwahl ist doch schon ein Jahr her.«
»Quatsch! Eine Graburne«, stelle ich klar.
»Seit wann wird jemand in seinem eigenen Haus verbrannt?«, frotzelt Stephen. »Wenn, dann höchstens mitsamt dem Haus! Oder gibt's seit Neuestem so etwas wie Selbsteinäscherung?«
»Schau mal, ob da noch mehr zu erkennen ist«, fordere ich Bhavin auf.
»Wir nehmen den Laptop von Markus«, schlägt er vor. »Auf dem großen Bildschirm sieht man mehr. Ich besorge ein Kabel, schmeiß du schon mal den Laptop an, der steht im Arbeitszimmer.«
»Ich hol mir zwischenzeitlich noch ein Bier«, beschließt Wolfgang.
»Ich komme mit«, sagt Markus. »Das Chili schreit nach einem Schnaps.«
Sabine ist bereits unterwegs, um den tanzenden Frauen die Neuigkeiten zu übermitteln.
Wenige Minuten später steht fest, dass auf dem Film nicht nur eine Urne zu sehen ist; anscheinend war Kohlers Wohnung voll davon.
Mir dämmert einiges!
Wenn ich eins und eins zusammenzähle und meine Sinne auch nur einigermaßen beisammenhabe, dann bietet sich eine Erkenntnis nahezu an: Helmut Kohler war der Urnendieb oder zumindest derjenige, der das Diebesgut bei sich zu Hause aufbewahrt hat und somit ein Mittäter.
Das schlägt dem Fass den Boden aus!
Über ein mögliches Motiv zu sinnieren, wäre sinnlos, aber irgendwie passt das Ganze zu diesem merkwürdigen Kauz, wie er

mir beschrieben wurde und wie ich ihn selbst im Vereinsheim erlebt habe. Dazu noch ein Fußballverrückter! Und nun ist er tot, genau wie sein bester Kumpel Willy Reinheimer!
Sollte der ebenfalls in die Sache verwickelt gewesen sein? Denkbar wäre es. Vielleicht hat er die Urnen in Kohlers Auftrag geklaut. Gut möglich. Aber völlig irrational. Andererseits, wer so etwas macht, ist sowieso nicht mit normalen Maßstäben zu messen.
Hm! Unter welchen Umständen ist Helmut Kohler gestorben? Die Kollegen und die Staatsanwältin waren bestimmt nicht alleine wegen der Urnen in Kohlers Wohnung, die waren nur der Beifang. Da muss noch was anderes sein. Falls Kohler nicht eines natürlichen Todes gestorben sein sollte, bekommt auch die Bienenstich-Theorie im Falle von Willy Reinheimer womöglich eine neue Bedeutung. Oder bastele ich mir gerade etwas zusammen, was eigentlich gar nicht zusammengehört? Egal! Ich muss Details erfahren! Über Kohlers Tod und diesen Urnenfund.
Heute ist Samstag, da werde ich niemanden erreichen, schon gar nicht um diese Zeit. Katja Reinert vielleicht auf ihrem privaten Anschluss, aber das lasse ich besser sein. Obwohl! Schließlich war ich es, der den Stein ins Rollen gebracht hat. Mein Handy mit Katjas Nummer liegt allerdings zu Hause auf dem Wohnzimmertisch. Wenn ich mich jetzt abseile, bekomme ich ein Problem mit Marion.
Erst jetzt bemerke ich, dass ich alleine vor dem Computer sitze. Dass Bhavin bereits gegangen ist, das habe ich, in Gedanken versunken, gar nicht bemerkt. Als ich ins Wohnzimmer komme, ist dort die Tanzparty in vollem Gange. Im Gedränge entdecke ich die Frau des Bürgermeisters und ihre Schwiegermutter Annemarie, die anscheinend gerade im Aufbruch begriffen ist. Ich warte, bis die Verabschiedung vorbei ist und spreche die Bürgermeistergattin an.
»Hallo Silke, wo steckt eigentlich dein Gatte?«

»Bernd ist über das Wochenende im Odenwald zu einem Seminar.«
»Gibt es Seminare für Bürgermeister?«, wundere ich mich. »Wusste ich gar nicht.«
»Ich auch nicht. Weiß der Teufel, was das für eine Veranstaltung ist. Er hat es mir erzählt, aber ich hab's vergessen.«
»Wann kommt er wieder?«
»Sonntagmittag. Nach dem Frühstück ist dort Abreise.«
»Könntest du ihm ausrichten, dass er mich mal anrufen möchte?«
»Erstmal will ich den für mich alleine haben, wenn er wieder da ist.«
»Verstehe!«
Nein, das tue ich eben nicht! Aber das kann ich der Frau des Bürgermeisters natürlich nicht aufs Auge drücken. Ich werde ihm eine Nachricht auf sein Handy schicken. Und gleich am Montag werde ich im Präsidium vorstellig werden.
Es kann ja wohl nicht wahr sein, dass die mich im Regen stehen lassen! Ermitteln quasi vor meiner Haustür in einer Angelegenheit, die ohne mich gar nicht erst angefangen hätte. Ohne meinen Tipp … ich darf mich nicht aufregen! Trotzdem: eine Frechheit!
Zu weiteren Überlegungen komme ich nicht, weil meine Schonzeit vorbei ist und ich von Marion auf die Tanzfläche gezerrt werde.
Zwei, drei Tänze werde ich durchhalten müssen, danach muss ich mir etwas einfallen lassen. Ein Bandscheibendefekt geht immer, dafür ist Wolfgang ein leuchtendes Beispiel. Oder doch besser das Knie? Die Sprunggelenke wären auch eine Option. Mal sehen, was sich ergibt.

35

Staatsanwältin Sommer ist bereits genervt, bevor die Arbeitswoche richtig begonnen hat.
Den Fahndungserfolg der Ermittlungsgruppe Urnenfrieden hat sie der Hausspitze bereits am Sonntagmorgen von zu Hause aus übermittelt, nun steht am frühen Montag seit halb acht das Telefon im Büro nicht still. Der Präsident, der Oberstaatsanwalt und die Pressestelle fragen hungrig aber unkoordiniert nach Details und stellen allesamt die gleichen Fragen: Wann, wo genau, wer war involviert …
Daniela Sommer hat es gründlich satt, dass die obere Etage ihres Hauses sich nicht absprechen kann und ihr deshalb nacheinander auf den Wecker geht.
»Details erfahren Sie von Hauptkommissar Sonne vom K4, der ist mit den weiteren Arbeiten betraut«, lautet daher ihre lapidare Antwort. »Wir haben hier andere Aufgaben und müssen das aufarbeiten, was wegen dieser blöden Urnengeschichte liegengeblieben ist.«
Was genau das denn sei, will der Oberstaatsanwalt vorwurfsvoll wissen.
»Eine männliche Leiche auf dem Friedhof von Diefflen. Damit es nicht zu Missverständnissen kommt: Die Leiche war dort nicht beerdigt, sondern sie hing kopfüber von einem Baum. Die Obduktion läuft, mit Ergebnissen rechnen wir im Laufe des Vormittags. Ganz nebenbei handelt es sich bei dem Toten um genau die Person, bei der wir die Urnen gefunden haben. Wie das alles zusammenhängt, wissen wir noch nicht, und genau deshalb sind im Augenblick alle Kräfte gebunden, wie Sie sich vorstellen können. Die Woche liegt noch in den Wehen,

da kann ich Ihnen noch nicht sagen, wie das Ergebnis der Geburt wird!«

Wie sie zu diesem bescheuerten Bild gekommen ist, weiß die Staatsanwältin selbst nicht, aber immerhin hat der Staatsanwalt das Gespräch nach einem unverständlichen Gemurmel beendet.

»Idiot!«, ist Danielas abschließende Bemerkung, die ihr Chef allerdings nicht mehr hören kann, und falls doch, ist ihr das auch egal.

Kaum ist das Schimpfwort verklungen, meldet sich das Telefon erneut; im Display steht der Name von Hauptkommissarin Katja Reinert.

»Was gibt's?«, fragt Daniela mürrisch und ohne Gruß.

»Guten Morgen! Kurze Info: Josch hat sich gerade telefonisch bei mir gemeldet, um mir seinen Besuch anzukündigen. Ich habe ihn abgewiesen und gesagt, dass ich keine Zeit habe; ziemlich deutlich sogar, aber ich fürchte, er wird nicht aufgeben und es bei dir versuchen. Ich hoffe, du fällst mir nicht in den Rücken, Daniela.«

»Gut gemacht! Danke für die Vorwarnung. Natürlich bin ich ganz bei dir! Falls er anruft, werde ich ihm eine deutliche Ansage machen. Hast du von der Rechtsmedizin neue Informationen hinsichtlich Helmut Kohler?«

»Nein, noch nicht, ich warte aber stündlich drauf. Ich melde mich dann.«

»Sehr gut, dann bis später …«

»Wenn ich das richtig in Erinnerung habe, dann hast du für heute diesen Toni Lukas einbestellt, oder?«

»So ist es! Ich werde ihm zwar den Kopf waschen, du weißt schon warum, aber ich werde die Angelegenheit zum Nachteil von Wilhelm Reinheimer wohl zu den Akten legen müssen. Du hast zwar am Freitag einen letzten Trumpf erwähnt, aber da ich nichts von dir gehört habe, gehe ich davon aus, dass er nicht gestochen hat. Oder liege ich da falsch?«

»Ja und nein! Ich war bei Oskar Marx, das ist der Mann, der

in der Nachbarschaft von Reinheimer ständig am Fenster liegt; sozusagen ein Beobachtungsposten.«
»Ich erinnere mich. Ja und?«
»Reinheimer hatte am Tag vor seinem Tod Besuch vom Paketdienst. Da er nicht aufgemacht hat, hat der Bote das Päckchen bei der Nachbarin abgegeben.«
»Das bedeutet deiner Meinung nach was?«
»Vorerst nichts Konkretes, aber Marx behauptet, dass weder Reinheimer noch seine Nachbarin nach seiner Erinnerung jemals ein Paket bekommen haben. Zweitens hat Frau Höhn mir gegenüber nichts davon erwähnt, drittens haben wir bei Reinheimer kein Päckchen gefunden, was bedeuten könnte, dass sie es noch hat, was mich wiederum interessieren würde. Falls sie es nicht mehr hat, frage ich mich, weshalb sie es nicht erwähnt hat. Unter Umständen wäre sie diejenige, die Wilhelm Reinheimer als letzte lebend gesehen hat, und dann will ich wissen, wann genau, und in welchem Zustand Wilhelm Reinheimer zu diesem Zeitpunkt war. Außerdem: Wilhelm Reinheimer hatte kein Internet! Kurzum: Ich bin noch nicht fertig!«
»Für all das kann es tausend plausible Erklärungen geben, aber gut, geh bitte der Sache nach!«
»Wir sind dran und haben Kontakt zu dem Zustelldienst. Wenn ich etwas habe, wirst du es sofort erfahren. Aber das dauert; du weißt, welche Hürden uns der Datenschutz vor den Latz knallt.«
»Ja, ich weiß. Also dann bis später.«
Daniela Sommer atmet tief durch und schaut auf die Uhr. In all der früh morgendlichen Hektik hätte sie beinahe vergessen, dass Toni Lukas bald kommen wird; falls er sich überhaupt traut hier aufzutauchen!
Sie hat ihn unter Androhung einer Zwangsvorführung im Falle seines Nichterscheinens einbestellt, weiß aber genau, dass das bei näherer Betrachtung juristisch nicht haltbar ist. Daniela ist das egal, ihr geht es darum, diesem Menschen Respekt bei-

zubringen, das ist alles. Dass er sie im Café hatte sitzen lassen, war ein Affront gewesen, und das will sie ihm unbedingt heimzahlen.

Jetzt ist Daniela gespannt, ob sich Lukas der Konfrontation stellen wird. Sollte er den Schwanz einziehen, sich unterwürfig entschuldigen oder mit billigen Ausreden kommen, wäre er bei ihr ohnehin unten durch, auch wenn sie für ihn einige Sympathien hegt und er ein durchaus interessanter Mensch ist, wenn auch ein Mann, aber genau das war die Herausforderung.

Das Ganze soll ein Test werden, wenn es auch, juristisch gesehen, im weitesten Sinne als Amtsmissbrauch zu bezeichnen ist; nun ja, aber im Augenblick sieht Daniela darin die einzige Chance, mehr über den Kerl zu erfahren, ohne sich bei ihm einzuschmeicheln.

Zu ihrer eigenen Überraschung stellt die Staatsanwältin plötzlich fest, dass sie aufgeregter ist, als sie sich das selbst zugestehen möchte. Sie spürt ihren Herzschlag und merkt, dass sie feuchte Hände hat. Was zum Teufel hat dieses Scheusal Toni Lukas mit ihr angestellt?

Um fünf vor Neun schaut Daniela erneut auf die Uhr; Toni Lukas ist für neun Uhr einbestellt. Zehn Minuten später ist sich die Staatsanwältin sicher, dass ihr Kontrahent nicht erscheinen wird.

»Blödmann!«, murmelt sie und leert ihr Wasserglas in einem Zug. »Hätte ich mir ja denken können.«

Kurz darauf läutet das Telefon und die Pforte kündigt an, dass ein gewisser Herr Lukas wegen einer Ladung vorstellig sei.

»Schicken Sie ihn rauf in mein Büro«, ordnet die Staatsanwältin an und grinst zufrieden.

Als es wenig später an der Bürotür klopft, reagiert Daniela Sommer zunächst nicht. Erst nach dem zweiten Klopfen antwortet sie mit einem forschen:

»Ja, bitte!«

Daraufhin tritt Toni Lukas ins Zimmer, freundlich lächelnd, wortlos und alles überstrahlend.

Ein leichter hellgrauer Sommeranzug über einem blauen kragenlosen Shirt, die silbergrauen Locken sorgsam geordnet, als gälte es, Beethovens Büste Konkurrenz zu machen. Der kurzgeschnittene graue Vollbart und die modische Brille verleihen dem massigen, jedoch nicht übergewichtig erscheinenden Mann einen Hauch von Aristokratie, ein Erscheinungsbild zwischen Sean Connery und Roger Moore, auf jeden Fall aber wie James Bond, zumindest im Dienste seiner Majestät, wenn nicht gar der König selbst es ist, der gerade den Raum betritt!
Wow!
Staatsanwältin Sommer ist fasziniert, kann den Blick nicht abwenden und sitzt da wie die Maus, die gerade dem Schicksal in Form einer Schlange begegnet.
»Tja, da bin ich!«, unterbricht Toni Lukas die Schweigesekunden. »Geht es Ihnen gut, Frau Sommer?«
Mit einem Ruck reißt sich die Staatsanwältin von diesem Anblick los, bleibt jedoch sitzen und versucht, ihre Fassung wiederzuerlangen.
»Weshalb sollte es mir nicht gutgehen?«, antwortet sie, ohne den Gast zu begrüßen. »Nur weil Sie eine Viertelstunde zu spät sind? Sie überschätzen sich, Herr Lukas! Setzen Sie sich und blockieren Sie mir nicht die Aussicht!«
»Warum so kratzbürstig, Frau Sommer? Ich bin die Pünktlichkeit in Person, allerdings ist Ihr Empfangspersonal nicht gerade von Eilfertigkeit beseelt. Ich habe schon befürchtet, dass der elektronische Türöffner defekt ist. Hier bin ich nun also und entrichte Ihnen meinen Morgengruß!«
»Einfach Guten Morgen tut es auch!«
»Sie haben mich einbestellt, was kann ich für Sie tun?«
»Sparen Sie sich Ihre Scheinheiligkeit. Sie wissen genau, weswegen Sie hier sind. Bevor wir ins Eingemachte gehen: danke fürs Vorlegen!«
Daniela Sommer greift in die Schreibtischschublade, zieht den bereitgelegten 10-Euro-Schein hervor und knallt ihn auf den

Schreibtisch.

»Oh, da habe ich wohl etwas angezettelt!«, gibt Toni Lukas sich verständnisvoll. »Sie fühlen sich in Ihrer femininen Ehre angegriffen. Ich entschuldige mich förmlich, aber in meinem Alter ist man mit den Finessen der Gleichstellung nicht so bewandert.«

Lukas greift nach dem Geldschein und steckt ihn in die Jackentasche.

»Ich werde ihn für einen wohltätigen Zweck spenden.«

»Machen Sie damit, was Sie wollen! Sie haben sich hinterrücks und ohne meine Erlaubnis einer Befragung entzogen, ich war mit Ihnen noch nicht fertig.«

»Ach was! Kommen Sie mir nicht so! Sie wissen so gut wie ich, dass Ihre Vorhaltungen haltlos, um nicht zu sagen unsinnig sind. Es war ein Gespräch auf privater Ebene, falls Sie sich erinnern, zum Beispiel über die Problematik, wie wir bewegungstaktisch unsere Gewichtsprobleme in den Griff bekommen. Damit ist Ihre Vorführungsanordnung völlig absurd. Ich bin freiwillig hier, um Ihnen meine Wertschätzung und meinen guten Willen zu demonstrieren.«

»Diese Einschätzung bleibt Ihnen selbstverständlich unbenommen, Herr Lukas, aber …«

»Sie sind gekränkt, und das verstehe ich sogar. Ich habe die Situation provoziert, um zu sehen, wie Sie reagieren werden.«

»Das nenne ich manipulativ und, und … egal! Was denken Sie denn, wie ich reagieren sollte?«

»Genauso, wie Sie es getan haben! Das hatte ich mir jedenfalls erhofft!«

»Das ist mir zu hoch! Was wollen Sie damit bezwecken? Sie haben mich letztendlich brüskiert, der Schuss ging nach hinten los, mal ganz abgesehen davon, dass Sie sich meiner Befragung entzogen haben.«

»Argumentativ drehen Sie sich im Kreis, aber gut. Ich wollte damit bezwecken, dass wir uns auf Ihren eigenen Wunsch hin wiedersehen, denn die Initiative muss von Ihnen ausgehen, das habe ich sofort erkannt.«

Toni Lukas sagt das mit einer Nüchternheit, als gelte es, die Nachrichten in der Tagesschau kundzutun. Er sitzt völlig entspannt auf seinem Stuhl und verzieht keine Miene.

Daniela Sommer aber hat mit allem gerechnet, nur nicht mit solch einer coolen Ansage. Lukas hat ihr allen Wind aus den Segeln genommen, sie ist plötzlich nicht mehr Herr des Verfahrens, und das ist sie nicht gewohnt.

Jetzt sitzt sie da, ungeübt, mit solchen außergerichtlichen zwischenmenschlichen Situationen umzugehen und hat keinen Gegenschlag parat. Undenkbar, aber es geht nicht. Sie hat keine Antwort. Dieser Typ auf der anderen Seite des Schreibtisches hat sie an einen Punkt der Hilflosigkeit gebracht, an dem sie unter keinen Umständen hat stranden wollen, aber sie kann sich nicht wehren. Dieser alles weglächelnde Mann hat sie in die Ecke gedrängt, ist Chef im Ring, während sie selbst keine Ahnung hat, wie sie wieder in eine aussichtsreiche Lage zurückfinden könnte.

Zum Glück klingelt in diesem Augenblick das Telefon, was den direkten Knock-Out zumindest für eine Weile verhindert.

»Ja?«, fragt Daniela Sommer ungewohnt leise, fast schüchtern.

»Josch hier, guten Morgen, Frau Staatsanwältin. Wie laufen die Geschäfte?«

Mit einem Schlag sind die Lebensgeister von Daniela Sommer wieder geweckt und ihre Kampfeslust gewinnt die Oberhand.

»Du hast mir gerade noch gefehlt! Katja hat mir bereits erzählt, dass du sie angerufen und genervt hast. Nein, wir sind im Augenblick nicht interessiert.«

»Aber …«

»Und nicht nur im Augenblick, Josch! Kapier endlich, dass du im Ruhestand bist! Du kannst nicht alle paar Wochen hier auftauchen und uns einen angeblichen Fall präsentieren! Ermittlungen sind unsere Angelegenheit und zwar ohne dich. Punkt.«

»Das kann doch wohl nicht wahr sein. Wie redest du denn mit mir?«
»So wie man mit jemandem reden muss, der es einfach nicht kapieren will.«
»Ist das dein letztes Wort?«
»Mein allerletztes! Und wir hoffen, dass du das endlich einsiehst, ansonsten droht dir ein Hausverbot.«
»Unglaublich! Du beendest gerade eine jahrelange Freundschaft, das ist dir doch klar.«
»Nein, es muss nicht das Ende sein, sofern du dich an die Spielregeln hältst.«
»Das ist wirklich unglaublich!«
»Aber leider wahr.«
»Daniela, das kann nicht dein Ernst sein, ich ...«
»Josch, ich muss jetzt Schluss machen, ich habe Kundschaft.«
»So kannst du mit mir nicht umgehen; nicht nach all den Jahren!«
»Es tut mir leid, ich habe keine andere Wahl, Josch. Schlaf eine Nacht drüber und trag es mit Fassung. Jedes Spiel ist irgendwann gespielt. Nach zwei Jahren im Ruhestand musst du endlich loslassen. Akzeptier es einfach. In ein paar Wochen können wir gerne darüber reden, aber jetzt muss ich Schluss machen. Tschüss Josch, mach's gut und schönen Gruß an Marion.«
Staatsanwältin Sommer beendet das Gespräch und atmet tief durch.
»Nicht einfach, was?«, bemerkt Toni Lukas.
»Mit Männern ist nie etwas einfach«, erwidert Daniela Sommer.
»Sagt die Frau, die es sich zur Aufgabe gemacht hat, alles durch die Geschlechterbrille zu betrachten. Weshalb eigentlich, frage ich mich?«
»Und? Haben Sie darauf auch eine Antwort?«
»Noch nicht abschließend, aber ich habe eine Vermutung.«
»Jetzt bin ich wirklich gespannt!«

»Sie polarisieren nach außen hin, aber in Wirklichkeit steht dahinter eine große Sehnsucht nach menschlicher Bindung; wenn da nur nicht der verdammte Schatten wäre, über den zu springen Ihnen anscheinend nicht möglich ist.«
»Hoppla! Vor mir sitzt wohl ein waschechter Psychologe? Ob die Beihilfe meiner Krankenversicherung Ihre Leistungen übernimmt, wage ich allerdings zu bezweifeln.«
Daniela Sommer versucht, äußerlich ruhig zu bleiben, aber tief in ihrem Inneren weiß sie, dass ihr Gegenüber im Grundsatz Recht hat.
»Sie verdrängen etwas und das bestätigt meine Vermutung«, lächelt Toni Lukas. »Ich empfinde das im Übrigen keineswegs als Makel; ein Zeichen von Stärke scheint es mir allerdings auch nicht zu sein.«
»Super, danke! Na dann ist unterm Strich ja alles normal. Können wir jetzt zur Sache kommen oder haben Sie noch eine weitere Diagnose im Rucksack?«
»Aus meiner Sicht bin ich bereits bei der Sache, um es mit Ihren eigenen Worten zu formulieren.«
»Nein, das sind Sie nicht! Es geht nämlich nicht um mich, sondern um Ihren Großonkel Wilhelm Reinheimer, respektive um sein Ableben. Und neuerdings auch um die Bienenstöcke von Helmut Kohler, Wilhelm Reinheimers bestem Freund.«
»Was habe ich mit dessen Bienenstöcken zu tun?«
»Immerhin stehen die ganz in Ihrer Nähe.«
»Weiß ich nicht, keine Ahnung, spielt auch keine Rolle. Interessant ist allerdings, dass Sie Willys Tod mit Kohlers Bienen in Zusammenhang bringen.«
»Ich bringe gar nichts mit irgendwas in Verbindung, Herr Lukas!«
Daniela versucht, den Blickkontakt zu Toni Lukas aufrecht zu erhalten, aber diese Augen bringen sie aus der Fassung. Selbst hinter der Brille strahlen sie eine ungeheure Ruhe und intelligenten Sanftmut aus. In diesen Augen möchte man versinken

und die Welt vergessen, sich völlig geborgen fühlen und …
»Alles klar, Frau Sommer?«, reißt Toni Lukas die Staatsanwältin aus ihren Gedanken.
»Äh, ja, natürlich! Ich bin nur gerade in Gedanken irgendwo anders.«
»Das ist nicht zu übersehen«, lächelt Lukas, wofür Daniela ihn am liebsten erwürgen würde.
»Sagen Sie, Herr Lukas«, versucht Daniela Sommer von diesem leidigen Thema abzulenken, »ist Toni, wie Sie selbst Ihren Vornamen definieren, eigentlich die Abkürzung von Anton oder gar von Antonius?«
»Weder noch! Es ist genau der Name, auf den mich meine Mutter hat taufen lassen.«
»Wohl in Erinnerung an Toni Schuhmacher, den Nationaltorwart?«
»Wohl kaum, denn als der zwischen den Pfosten stand, war meine Mutter bereits lange tot. Ich weiß nicht, was sie zu diesem Namen getrieben hat.«
»Sie? Gab es denn keinen Vater?«
»Das tut im Augenblick nichts zur Sache, Frau Sommer. So weit sind wir noch nicht.«
Nun ist Daniela völlig von der Rolle. Egal was sie selbst sagt, der Kerl auf der anderen Seite des Schreibtisches hat immer eine Antwort parat, die sie in die Enge treibt. Was meint er mit noch nicht?
»Wussten Sie von Kohlers Bienenstöcken?«, versucht Daniela abzulenken. »Immerhin stehen Sie nicht weit weg von Ihrem Anwesen.«
»Nein, das sagte ich bereits.«
»Kennen Sie sich mit Bienen aus?«
»Nein, mir ist lediglich der Bienenstich als Backwerk bekannt. Das verbindet mich im Übrigen mit Ihrem Ex-Kollegen, den Sie gerade eindrucksvoll in seine Schranken verwiesen haben.«
»Ach, ich vergaß, er ist ja ein Wanderfreund von Ihnen. Tut

mir leid, dass Sie Zeuge dieses Gesprächs sein mussten, aber bisweilen sind unliebsame Botschaften nicht zu vermeiden.«

»In letzter Konsequenz gilt das auch für Botschaften an das eigene ICH«, bemerkt Toni Lukas, ohne dass sich sein souveränes Lächeln verändert.

»Wie Sie meinen«, seufzt die Staatsanwältin, die endgültig einsieht, dass Lukas zumindest heute eine Nummer zu groß für sie ist. »Haben Sie sonst noch etwas zu sagen?«

»Wenn Sie gestatten, habe ich noch eine Bitte.«

»Wahrscheinlich wollen Sie mich erneut zum Kaffee einladen.«

»Nein; beim nächsten Mal sollten wir uns zu einem gepflegten Abendessen treffen.«

»Womöglich noch bei Kerzenschein.«

»Warum nicht? Nichts spricht dagegen. Aber zuvor habe ich ein anderes Anliegen.«

»Ich höre.«

»Die Wohnung meines Großonkels. Ich möchte sie gerne inspizieren und nachschauen, ob es Familienerinnerungen gibt.«

»Sie sind nicht nur Psychologe, sondern auch noch Nostalgiker?«

»Nennen Sie es, wie Sie wollen. Außerdem möchte ich den Renovierungsbedarf begutachten und Willys Wagen verkaufen.«

»Das mit dem Haus verstehe ich, aber wieso den Wagen verkaufen? Weshalb so schnell?«

»Verkaufen oder verschenken. Wer Interesse hat, kann ihn haben, aber ich weiß nicht, ob er noch TÜV hat und in welchem Zustand die Kiste ist. Je länger er steht, umso schlechter für den Wagen. Eine rein logische Überlegung.«

»Rationalist sind Sie also auch noch.«

»Wenn das für Sie die Bezeichnung für einen logisch denkenden Menschen ist, soll es mir recht sein. Ich werde für alle Reparaturen aufkommen und Haus und Wagen in einem einwandfreien Zustand übergeben, an wen auch immer, aber ich brauche einen Überblick, um abschätzen zu können, was getan werden muss.«

»Von mir aus. Unsere Ermittlungen vor Ort sind ohnehin abgeschlossen. Sie erinnern sich an Hauptkommissarin Reinert?«

»Selbstverständlich!«

»Den Flur runter, letztes Büro links. Sie wird Ihnen den Schlüssel aushändigen.«

»Herzlichen Dank, Frau Sommer. Wie geht es mit uns beiden weiter? Sie erinnern sich an das Bewegungsprogramm, mein Angebot steht nach wie vor. Abgerundet mit einem fantastischen Abendessen, dessen Kosten wir uns gerne teilen können, wenn es Ihrem Wohlbefinden zuträglich ist. Dieses Angebot können Sie unmöglich ablehnen.«

»Ich werde es mir eventuell überlegen«, lügt die Staatsanwältin, die ihre Entscheidung in Wirklichkeit bereits getroffen hat.

Toni Lukas verabschiedet sich höflich, ohne sein einnehmendes Lächeln aufzugeben. Als er die Tür hinter sich geschlossen hat, greift Daniela Sommer zum Telefon und ruft bei Katja Reinert an.

»Du, Katja, da kommt gleich dieser Lukas zu dir. Gib ihm die Schlüssel zum Haus seines Großonkels, das geht in Ordnung. Ach ja, und die Beschaffung von dem Fitnessgerät kannst du auf Eis legen, ich habe eine Alternative entdeckt.«

36

Ich bin unglaublich enttäuscht! Entsetzt, konsterniert, verärgert! Minutenlang sitze ich auf dem Balkon und versuche, mich zu beruhigen und einen klaren Kopf zu bekommen.
Was ist bloß in Daniela Sommer gefahren? Und in Katja? Die hat schließlich ähnlich reagiert, wenn auch weniger heftig. Sind die beiden plötzlich von allen guten Geistern verlassen? Es kann doch nicht sein, dass die mich wie einen Staatsfeind behandeln. Bei Daniela alleine hätte ich das noch einigermaßen verstanden; wenn der eine Laus über die Leber gelaufen ist oder sie einen schlechten Tag erwischt hat, reagiert sie bisweilen unfreundlich bis aggressiv, aber von Katja hätte ich etwas anderes erwartet.
Irgendetwas muss vorgefallen sein oder sie stehen enorm unter Druck. Aber weshalb? Wegen der ollen Urnen oder wegen der beiden Leichen; oder wegen allem zusammen? Ich verstehe es nicht.
Am liebsten würde ich Inge Manderscheid anrufen und fragen, was los ist, aber damit würde ich Inge in große Verlegenheit bringen. Falls es Ressentiments gegen mich gibt, kann ich nicht erwarten, dass Inge sich gegen ihren Arbeitgeber stellt und auf meine Seite schlägt; schon gar nicht am Telefon.
Bei meinen ehemaligen Kollegen Marius und Ken, denen ich quasi das kriminalistische Laufen beigebracht habe, sieht es nicht viel anders aus. Die haben jetzt neue Vorgesetzte, damit muss ich mich abfinden.
Vielleicht sollte ich in den nächsten Tagen einen Bummel durch Saarbrücken machen und den alten Kollegen wie zufällig über den Weg laufen. Ich weiß, wo sie bei schönem Wetter ihre

Mittagspausen verbringen ... andererseits: Wenn der ganze Laden unter Druck steht, bleibt denen außer dem Essen in der Kantine kaum Zeit.

Das ist eine Scheiß-Situation! Wenn ich nicht weiß, wo der Feind lauert, bringt mich das um den Verstand, das war schon immer so. Einem Kampf mit offenem Visier habe ich mich, mit Ausnahme bei Marion, immer gestellt, aber das hier ist zum Verrücktwerden.

Habe ich was falsch gemacht? Bin ich jemandem auf den Schlips getreten? Ich wüsste nicht wo, wann und wem. Was kann ich tun? Meine Möglichkeiten sind begrenzt. Erstmal runterkommen! Ein Spaziergang durch den Ort und anschließend einen Bienenstich bei Anick ... nein, die hat heute Ruhetag.

Beim Bürgermeister vorbeischauen und mit ihm über die aufgetauchten Urnen reden; vielleicht weiß er mehr. Gute Idee! Auf dem Weg ins Rathaus begegne ich Wolfgang, dem Freund und Nachbarn aus der Siedlung.

»Moin, Herr Adami«, grüße ich und klopfe ihm auf die Schulter. »Na, was treibt dich denn durch die Gegend?«

»Ich war auf der Bank. Und du? Falls du zu Anick und meinem Bienenstich willst, das kannst du dir sparen. Ruhetag. Kein Bienenstich!«

»Das weiß ich, aber was hast du mit der Sache zu tun? Woher weißt du eigentlich, dass ich so gerne Anicks Bienenstich mag?«

»Ich war gerade bei Anick wegen der Abrechnung, da hat sie mir davon erzählt.«

»Wolfgang, ich stehe auf dem Schlauch.«

»Oh, Mann, Josch! Wirst du alt? Was war ich von Beruf?«

»Bäcker!«, erinnere ich mich.

»Korrekt! Was noch?«

»Äh, Fußballspieler?«

»Das war doch nur nebenher!«

»Mach's nicht so spannend!«

»Konditor! Klingelt es jetzt?«
»Nein, tut mir leid.«
»Wer macht den Bienenstich?«
»Anick!«
»Falsch! Ich!«
»Wieso du? Ich bin davon ausgegangen, dass …«
»Falsch gedacht! Ich mache den Bienenstich für Anick. Immer schon! Zwei- bis dreimal die Woche. Tendenz steigend, weil er gut läuft.«
»Wieso das? Du bist seit Jahren in Rente.«
»Mir geht's wie dir, ich kann es nicht lassen, mit dem Unterschied, dass deine Rente wesentlich höher sein dürfte. Nee, das war Zufall. Ich hatte seinerzeit einen Kuchen für den Obst- und Gartenbauverein gemacht, Anick hat ihn probiert, seitdem habe ich den Job.«
»Aha! Kompliment, der Bienenstich ist wirklich gut.«
»Danke. Wo willst du eigentlich hin, Josch?«
»Ins Rathaus, ich muss mit dem Bürgermeister reden.«
»Das kannst du vergessen! Ich komme gerade von da, das ist ein Hühnerhaufen. Wegen der Schließung der Hallen sind die im Dauerstress. Zoff mit allen Vereinen und leere Taschen. Ich habe den Bürgermeister im Aufzug getroffen, da war er gerade auf dem Weg ins Ministerium, um nach Geld zu betteln. Zwei marode Hallen, muss man sich mal vorstellen.«
»Mein Gott, dann soll er eben eine Neue bauen.«
»Wenn du ihm ein paar Millionen auf den Tisch legst, macht der das sofort.«
»Ich? Bin ich Konditor? Wovon träumst du nachts?«
»Mittlerweile von Bienenstich«, lacht Wolfgang. »Ist am Freitag eigentlich blaue Bank?«
»Davon gehe ich aus, sofern das Wetter hält.«
»Gut, dann bis spätestens Freitag.«
Nachdem wir uns herzlich verabschiedet haben, ändere ich meinen Plan. Mein neues Ziel ist das Centrum Freizeit Kom-

munikation am anderen Ende von Spiesen. Zum einen gibt es dort eine gute Speisekarte, zu anderen komme ich auf dem Weg dorthin an den Häusern von Helmut Kohler und Willy Reinheimer vorbei; nur mal schauen, ob es dort was Neues gibt, könnte ja sein, dass sich etwas ergibt.
Wenn mein neues Ziel von Anfang an festgestanden hätte, wäre ich mit dem Auto gefahren, aber das ist jetzt zu spät. Den halben Weg habe ich zwar schon, aber bislang ging es nur bergab. Jetzt folgt der leidige Aufstieg bis zum Friedhof und Sportplatz, dann noch eine kleine Kuppe bis zum CFK. Dort werde ich auf eine Mitfahrgelegenheit spekulieren, denn rückwärts tue ich mir dieses bucklige Spiesen nicht noch einmal an. Irgendwer wird dort oben schon rumlungern und mich mitnehmen. Hoffentlich!
Als ich endlich vor Helmut Kohlers Haus ankomme, bin ich fix und fertig; dieser Berg ist mörderisch, fast noch schlimmer als die Bergehalde.
Das Haus ist versiegelt. Ansonsten fällt mir nichts Besonderes auf. Die Siedlung liegt friedlich und still in der Mittagssonne, niemand zu sehen, den ich in ein Gespräch verwickeln könnte. Ich bleibe eine Weile und warte, aber als sich nichts tut, setze ich meinen Aufstieg in Richtung Willy Reinheimers Haus fort.
Schon von weitem sehe ich, dass der alte Mann aus der Nachbarschaft wieder am Fenster auf Beobachtungsposten liegt. Als er mich entdeckt, zieht er sich schnell zurück und schließt das Fenster. Habe ich die Krätze oder was? Beim letzten Treffen war er zwar mürrisch, aber wenigstens kommunikativ; was soll das jetzt?
Ich gehe weiter und bleibe vor Reinheimers Haus stehen. Erst bei näherer Betrachtung sehe ich, dass sich hinter dem Fenster im Erdgeschoss etwas bewegt. Da ist jemand in der Wohnung! Merkwürdig! Ist die Wohnung überhaupt schon freigegeben? Hallo! Ich muss wissen, wer sich da drinnen aufhält. Falls es Kollegen vom LKA sind, wäre das die Gelegenheit, Hinter-

gründe über meine Abgrenzung zu erfahren. Wenn es jemand anderes ist, interessiert mich das erst recht. Als ich nähertrete und zur Haustür gehen will, öffnet sich ein Fenster und eine Person erscheint im Rahmen. Toni Lukas!
»Hallo!«, ruft er. »Auf Erkundungstour?«
»Nein«, entgegne ich. »Ich bin nur zufällig vorbeigekommen. Gibt's was Neues?«
»Ich sichte und räume ein bisschen auf.«
»Soll ich helfen?«
»Sei mir nicht böse, aber lieber nicht. Ich bin gerade ziemlich beschäftigt und habe auch nicht viel Zeit. Ein anderes Mal vielleicht.«
»Aha; alles in Ordnung?«
»Ich muss mir erst einen Überblick verschaffen.«
»Verstehe! Wie gesagt, wenn ich helfen kann.«
»Ich wüsste im Augenblick nicht wie; muss mich selbst erst durchwühlen.«
»Dachte ja nur.«
»Danke für das Angebot. Wir reden ein anderes Mal, am besten bei einem Bienenstich.«
»Ich kann dieses Wort bald nicht mehr hören.«
»Wie bitte?«
»Ach nichts. Bis dann.«
Wieso ist der Kerl plötzlich so abweisend? Bisher war er immer sehr zugänglich und redselig. Ist der auch von diesem Anti-Josch-Virus infiziert? Das gibt's doch nicht, dass sich die ganze Welt gegen mich verschworen hat. Was soll das?
Ich bin deprimiert. Mir ist der Appetit vergangen, und das passiert mir so gut wie nie. Plötzlich fühle ich mich schlecht und um Jahre gealtert. Niedergeschlagen mache ich mich auf den Rückweg.

✣

Am Abend erzähle ich Marion von meinem Telefonat mit der Staatsanwältin. Mit tröstenden Worten hatte ich zwar nicht unbedingt gerechnet, aber die Reaktion meiner Frau überrascht mich dann doch.

»Recht hat sie!«, verkündet Marion. »Endlich hat es dir mal jemand in aller Deutlichkeit gesagt. Finde dich ein für alle Mal damit ab, dass deine aktive Zeit vorbei ist! Andauernd spielst du den Kommissar, anstatt dich um andere Sachen zu kümmern. In zwei Jahren gehe ich auch in Rente, dann kannst du dir deine Geheimdiensttätigkeit ohnehin abschminken. Wir werden reisen und uns die Welt anschauen. Bereite dich schon mal darauf vor, mach Sprachkurse, geh zu Reisevorträgen, lies Bücher, tu irgendwas, aber häng endlich deinen Sherlock Holmes an den Nagel.«

»Du übertreibst maßlos. Ich bin doch überhaupt nicht aktiv! Nur wenn auffällig ist, dass irgendwas geklärt werden muss.«

»Ach ja? Dir fällt jeden Tag etwas Merkwürdiges auf. Du musst aber nicht die Welt retten, nur weil deine Kollegen überfordert sind oder der gesamte Polizeiapparat angeblich personell unterbesetzt ist. Schluck die Kröte endlich und fertig!«

Marions Predigt gibt mir nach dem heutigen Tag den Rest. Ich soll mich also damit abfinden, dass ich ein alternder Mann, ein nutzloser Ruheständler bin! Die Kröte, die ich schlucken soll, steckt mir im Hals fest, ich krieg sie einfach nicht runter!

37

Toni Lukas war rückblickend nicht glücklich darüber, den Hauptkommissar a.D. abgewiesen zu haben, aber der würde das verkraften müssen, was blieb ihm auch anderes übrig.
Im Vergleich zu dem Telefonat mit der Staatsanwältin am Morgen, bei dem Toni unfreiwilliger Zeuge hatte sein müssen, war diese Zurückweisung ein Klacks. So wie Daniela Sommer den armen Schaum zusammengefaltet hatte, musste im Vorfeld einiges passiert sein.
Möglicherweise war Josch, wie ihn alle nannten, nicht der liebenswerte Kerl, als den ihn Toni im Café und bei der Wanderung zur Bergehalde erlebt hatte; zumindest musste er noch eine andere Seite haben, und die schien seinen ehemaligen Kollegen gehörig auf den Wecker zu gehen. Anscheinend mischte er sich in Dinge ein, die ihn nichts mehr angingen, und er glaubte wohl immer noch, er sei der Chef der Abteilung beim LKA. Es gab eben Menschen, die nicht loslassen wollten oder konnten, meist ein Zeichen fehlender Alternativen oder mangelnder Beschäftigung.
Toni Lukas selbst hatte damit kein Problem, aber was den ehemaligen Hauptkommissar betraf, hatte er kein Risiko eingehen wollen. Daniela Sommer hatte ihm trotz kurzer Bekanntschaft vertraut, ihm den Schlüssel zu Willys Haus aushändigen lassen und auf umständliche Formalitäten verzichtet. Das wollte Toni nicht aufs Spiel setzen, indem er jemanden in Willys Wohnung einlud, der mit der Staatsanwältin auf Kriegsfuß stand und ihr und ihm womöglich hinterher noch Schwierigkeiten bereiten würde. Rational betrachtet war Tonis Handlungsweise eine logische Konsequenz.

Bereits nach wenigen Minuten in Willys Haus hatte Toni Lukas den Eindruck gewonnen, dass sein Großonkel ein ordnungsliebender Mensch gewesen war.

Alles war nahezu perfekt. Der Wäscheschrank war akkurat eingeräumt, das Geschirr in den Schränken war sorgfältig sortiert, im Bad stand alles ordentlich an seinem Platz, selbst die kleine Werkstatt im Keller war ein Muster von Ordnung und Sauberkeit.

Jedes Werkzeug hatte seinen Platz, Schraubenzieher und -schlüssel waren der Größe nach sortiert. Ein Wandregal für Schrauben aller Art, Unterlagscheiben, Dübel und Nägel nach Durchmesser und Länge in kleinen Schubladen eingeordnet und leicht zu finden.

Nachdem sich Toni einen ersten Überblick verschafft hatte, ging er ins Detail. Auf dem Dachboden fanden sich Tapetenreste, Ersatzziegel und Dämmplatten, für die es vorerst keine Verwendung geben würde, denn Gebälk und Dämmung waren in einem ordentlichen Zustand. Auch von außen war an der Dacheindeckung kein Makel zu erkennen. Alles war trocken und gut isoliert, hier gab es nichts, was einer Renovierung bedurfte.

Als nächstes nahm sich Toni die Heizung vor, danach überprüfte er intensiv die elektrischen Anlagen, aber auch hier bestand offensichtlich kein Investitionsbedarf. Im Keller hatte der Estrich an einigen Stellen kleine Risse, aber das war weder tragisch noch renovierungsbedürftig.

Okay, die sanitären Anlagen waren nicht unbedingt auf dem neuesten Stand der Technik, aber voll funktionsfähig und durchaus in der Lage, noch einige Jahre ihren Dienst zu tun. Einiges war ganz einfach Geschmacksache.

Waschmaschine und Trockner entsprachen laut Typenschild dem neuesten Standard der Energieeffizienz und waren nicht zu beanstanden. Den einzigen Makel, den Toni fand, waren die alten Fenster, die den Wärmeschutz betreffend nicht optimal waren.

Nachdem Toni auch die Fußböden, Treppen und Türen begutachtet hatte, kam er zu dem Schluss, dass ein paar Dosen Lack und Lasur ausreichen würden, um alles auf Vordermann zu bringen.
Als nächstes machte sich Toni an die Ordner im Wohnzimmerschrank. Willy war früher Braumeister bei Karlsberg gewesen, seiner Aktenordnung nach zu urteilen, hätte er auch als Buchhalter oder Archivar seinen Mann stehen können.
Alles war fein säuberlich abgeheftet, teilweise in Klarsichthüllen, und nach Datum sortiert. Die Kontoauszüge nahmen einen gesonderten Ordner ein. Ein Aktenordner enthielt, zwischen Trennblättern sortiert, Unterlagen von Versicherungen, der Telefongesellschaft, dem Energieanbieter und sonstiges. Hier war auch der Kfz-Brief einsortiert, den Toni bald benötigen würde.
In einer anderen Akte waren Dokumente abgeheftet; von der Geburtsurkunde bis zum Rentenbescheid, ein ganzes Leben zwischen zwei Aktendeckeln. Urkunden, Zeugnisse, alles Mögliche, aber keine Spur eines Testamentes. Lohnabrechnungen und Mitteilungen der Personalabteilung, Einladung zur Abschiedsfeier, Entlassungsurkunde in den Ruhestand. Willy hatte nicht schlecht verdient und auch die Rente lag über dem Durchschnitt. Die Kontoauszüge wiesen ein bescheidenes Guthaben aus.
Für einen ersten Überblick genügte das. Toni beschloss, einige Ordner mit nach Hause zu nehmen, um die Versicherungsunterlagen im Detail durchzugehen und die relevanten Dokumente seinem Steuerberater zu übergeben; sollte der sich mit den Abmeldungen und Formalien rumschlagen, dafür wurde er schließlich bezahlt und im Notfall könnte ihm ein Rechtsanwalt behilflich sein.
Toni schaute sich um. Ein neuer Bewohner würde bestimmt andere Möbel haben wollen, denn obwohl das vorhandene Mobiliar noch intakt war, gehörte die Stilrichtung seit langem der

Vergangenheit an; außerdem drückte das schwere dunkle Holz aufs Gemüt.
Die Wohnung wäre ideal für einen Zwei-Personen-Haushalt; es gab dafür mit Sicherheit Bedarf innerhalb der Gemeinde. Toni würde mit dem Bürgermeister, der Lebenshilfe oder wem auch immer über eine Schenkung sprechen, das würde sich ergeben. Notfalls könnte er das Haus auch behalten und kostenlos zur Verfügung stellen.
Tonis Blick fiel auf den Sessel auf der anderen Seite des Tischs. Dort hatte Willy seinen letzten Atem ausgehaucht, eine traurige Vorstellung. Wahrscheinlich war alles noch so, wie Willy es zum Schluss gesehen hatte, selbst die Fernbedienung und die Fernsehzeitung lagen noch auf dem Tisch. Welche Sendung mochte Willy wohl am Ende noch gesehen haben? Hoffentlich etwas Lustiges. Toni griff nach dem Journal. Als er es an sich zog, fiel ein gefaltetes Papier heraus.
Toni stutzte, entfaltete das Blatt und betrachtete es. Eine Viertelseite, mit Schreibmaschine beschrieben. Überschrift: Mein letzter Wille.
»Das kann nicht wahr sein!«, murmelte Toni. »Was macht Willys Testament in einem Programmheft?«
Aufmerksam studierte er den Text.
Ich Willy Reinheimer vermache mein Haus mit Grund und Boden meiner Nachbarin Eva Höhn. Dafür soll sie sich um die Beerdigung kümmern und mein Grab pflegen, so lange es geht.
Willy Reinheimer
Toni Lukas atmete tief durch. Dieser Wisch war nicht das Papier wert, auf dem er geschrieben stand. Es war allgemein bekannt, dass ein Testament handschriftlich verfasst, mit Ort und Datum versehen sein musste, sowie mit der Versicherung des Verfassers, dass er es bei klarem Verstand und aus freien Stücken geschrieben hat.
Der Zettel war ein Witz! Nein, so blöd war Willy nicht gewesen! Und weshalb lag dieses Stück Papier in der Fernseh-

zeitung? Das passte überhaupt nicht zu Willys penibler Aktenordnung. Merkwürdig, sehr merkwürdig!
Toni Lukas beschloss, die Staatsanwältin über diese Entdeckung zu informieren. Die Nummer entnahm er der Visitenkarte im Handy-Etui, aber als er anrief, ging niemand ran. Toni beschloss, es später erneut zu versuchen.
Er faltete den Zettel wieder und legte ihn in die Zeitschrift. Vielleicht würde die Staatsanwältin die Auffindesituation interessieren. Wahrscheinlich würde sie ausflippen, weil der Fund nicht in ihre Ermittlungssituation passte, aber Toni war das egal, er hatte sich um andere Dinge zu kümmern.
Um Willys Beerdigung zum Beispiel, denn bei diesem ungültigen Testament würde die Nachbarin weder etwas erben noch die Bestattung organisieren.
Und dann war da noch das Fahrzeug, das er verschenken oder veräußern wollte, falls der zu erwartende Erlös den Aufwand rechtfertigte. Um das beurteilen zu können, brauchte Toni neben dem Kraftfahrzeugschein auch die Zulassung, aber die war bislang nicht aufgetaucht.
Falls er sich richtig erinnerte, hatte das LKA Willys Geldbörse sichergestellt, aber ob sich die Zulassung darin befand, hatte man ihm nicht mitgeteilt. Die Autoschlüssel hingen jedenfalls am Schlüsselbrett in der Küche, so dass eine Begutachtung des Wagens und eine kleine Probefahrt kein Problem war.
Toni schnappte sich die Schlüssel und ging zum Wagen, der mit dem Heck im Freien und dem Vorderteil halb in der Garage stand. Warum Willy den Wagen so platziert hatte, erschloss sich Toni nicht, vielleicht weil es so einfacher war, aus dem Wagen zu steigen, oder weil er gleich wieder wegfahren wollte.
Der Peugeot hatte schon viele Jahre auf dem Buckel, machte äußerlich jedoch einen guten Eindruck. Die Plakette auf dem Nummernschild wies aus, dass der Wagen noch über ein Jahr TÜV hatte, demnach sollte er eigentlich in einem verkehrstauglichen Zustand sein.

Toni stieg in den Wagen und betrachtete den Innenraum. Sauber und gepflegt, wie die Wohnung; fehlte nur die Rolle Klopapier und der Wackeldackel. Vom Innenspiegel hing ein Wimpel von Borussia Spiesen. Kilometerstand etwas über 130.000. Eine Veräußerung auf dem Markt war wahrscheinlich aussichtslos, aber einem Fahranfänger würde das Vehikel noch gute Dienste tun.

Toni spekulierte auf die Sonnenblende, aber dahinter befand sich die Zulassung nicht; auch nicht in dem kleinen Fach am Armaturenbrett. Vielleicht im Handschuhfach? Toni drehte den Knopf und die Lade fiel herunter. Ganz unten ein dickes Heft, wahrscheinlich die Betriebsanleitung. Darüber ein rotes Plastik-Kissen. Toni konnte die schwarze Aufschrift lesen: Notfallset.

Da war also das Teil, das die Kripo gesucht und nicht gefunden hatte. Im Wagen hatten die Ermittler offensichtlich nicht nachgeschaut, was Toni als Nachlässigkeit empfand, aber gut, es war nicht sein Problem.

Hatte Willy sein Überlebensset im Auto aufbewahrt? Was nutzte das Ding dort? Oder war das nur ein Reise Set und Willy hatte mehrere davon? Logisch wäre es und klug!

Toni Lukas überlegte kurz und beschloss, dass er die Staatsanwältin auch von dieser Entdeckung unterrichten wollte, was sie daraus machte, war ihre Sache.

Dieses Mal ist Daniela Sommer sofort am Telefon.

»Sie schon wieder!«, seufzt sie, als Toni sich vorstellt. »Ich habe mir Ihr Angebot noch nicht überlegt, üben Sie sich in Geduld.«

»Frau Sommer, ich bitte Sie! Überstürzen Sie nichts, ich kann warten. Der Grund meines Anrufs ist ein anderer; möglicherweise habe ich etwas für Sie.«

Toni erzählt von dem Testament, beantwortet einige Zwischenfragen und berichtet auch von dem Notfall-Set im Handschuhfach.

»Gut, dass Sie anrufen«, bedankt sich die Staatsanwältin. »Das ist tatsächlich sehr interessant. Ich bitte Sie, das Haus zu verlassen und abzusperren. Macht es Ihnen etwas aus, vor Ort zu warten?«

»Auf Sie warte ich überall, Frau Sommer«, versucht Toni eine Charme-Offensive.

»Zu gütig, aber ich muss Sie enttäuschen. Hauptkommissarin Reinert oder einer ihrer Mitarbeiter wird vorbeikommen. Bis dahin rühren Sie nichts an und warten außerhalb des Hauses. Geht das für Sie in Ordnung?«

»Selbstverständlich, sofern es keine Ewigkeit dauert.«

»Ich werde die umgehend in Marsch setzen. Und noch etwas: kein Wort zu irgendjemand!«

»Schweigen gehört zu einer meiner Stärken.«

»Na dann!«

Nachdem das Gespräch beendet ist, verlässt Toni Lukas das Gebäude, sperrte ab und setzt sich auf die Vorgartenmauer.

38

Die Kommunikation mit dem Paketdienst gestaltete sich wegen der Datenschutzvorschriften schwierig, war zeitraubend zäh, aber gegen Mittag hatte Hauptkommissarin Katja Reinert einige Informationen beisammen, die sie nun selbst weiterverarbeiten muss.

Im Augenblick ergibt sich folgendes Bild:

Der Bote hatte am Tag vor Wilhelm Reinheimers Tod zwei Pakete bei Nachbarin Eva Höhn abgegeben. Eins davon war an Willy Reinheimer adressiert gewesen, aber der war nicht zu Hause. Das andere war für Eva Höhn selbst. Letztendlich hatte Eva Höhn beide Pakete in Empfang genommen.

Über die Versandnummern konnten die Absender zurückverfolgt werden, allerdings musste Katja nun selbst rausfinden, womit diese Firmen handelten. Die Suche war aufwendig, aber schließlich fand Katja die Lieferanten im Internet: zum einen ein Imker aus Saarlouis, namens Rudolf Collett. Wilhelm Reinheimer hatte sich augenscheinlich Honig schicken lassen! Na gut, den gab es zwar auch um die Ecke zu kaufen, aber was soll's!

Der Lieferant von Eva Höhns Paket war allerdings ein Online-Apotheker mit Hauptsitz in Kaiserslautern. Komisch! Nach eigener Aussage hatte sie keinen Computer, wie also war sie an diese Adresse gekommen und wie hatte sie bestellt?

Die Hauptkommissarin hatte beschlossen, beide Lieferanten anzurufen und die Bestellungen zu hinterfragen, mit der Apotheke fing sie an.

Der Mann am anderen Ende der Verbindung pochte auf den Datenschutz und gab keine Auskunft. Zurecht! Ohne einen richterlichen Beschluss war er nicht bereit, Auskunft zu erteilen, schon gar nicht am Telefon. Bei dem aktuellen Stand der Ermittlungen würde Katja diesen Beschluss niemals bekommen. Was Eva Höhn bestellt hatte, würde also vorerst im Dunkeln bleiben, es sei denn, Frau Höhn selbst würde darüber Angaben machen wollen. Katja würde nachbohren, aber erstmal ist der Anruf bei diesem Imker aus Saarlouis vorrangig.

Es dauert eine Weile, bis sich jemand meldet; eine Frauenstimme. Katja erkundigt sich nach Rudolf Collett.

»Das ist mein Mann«, sagt die Frau. »Um was geht es denn?«

»Um eine Lieferung Honig.«

»Honig? Gibt's jetzt keinen.«

»Nicht? Aber vor etwa einer Woche wurde welcher geliefert.«

»Aber nicht von uns! Da müssen Sie etwas verwechseln. Der Honig vom vergangenen Jahr ist schon lange ausverkauft und den neuen gibt es erst in frühestens sechs Wochen. Was wollen Sie überhaupt und wer sind Sie?«

»Ich bin Hauptkommissarin beim Landeskriminalamt und ermittle in einem Todesfall. Am Siebzehnten dieses Monats wurde von Ihrer Adresse aus ein Paket nach Spiesen-Elversberg geliefert. Der Kunde hieß Wilhelm Reinheimer. Vielleicht erinnern Sie sich.«

»Nein, keine Ahnung, was Rudolf dorthin geschickt hat, aber mit Sicherheit keinen Honig. Den Honig-Verkauf mache nämlich ich, alles andere der Rudolf.«

»Was zum Beispiel?«, hinterfragt die Hauptkommissarin.

»Manchmal tauscht er Bienenvölker mit anderen Züchtern oder so; oder wenn Anfänger Grundstöcke anlegen wollen.«

»Aha. Ist Ihr Mann in der Nähe, kann ich mit ihm sprechen?«

»Nein, der ist draußen auf dem Grundstück in Beaumarais. Vor heute Abend kommt der nicht zurück.«

»Kann ich ihn auf dem Mobiltelefon erreichen?«

»Sie meinen ein Handy?«

»Genau!«

»Nein, so etwas haben wir nicht.«
»Er ist also im Augenblick gar nicht erreichbar?«
»Nein, erst heute Abend. So ab halb sieben. Soll er zurückrufen?«
»Frau Collett, kennen Sie einen Wilhelm Reinheimer?«
»Nein.«
»Helmut Kohler?«
»Auch nicht.«
»Sie sagten, dass sich Ihr Mann manchmal mit anderen Imkern austauscht.«
»Ja, das kommt vor. Warum?«
»Werden da auch Bienenvölker ausgetauscht oder handelt Ihr Mann auch mit ganzen Stöcken?«
»Handeln? Nein. Austausch oder Ersatz, das ja, aber kein Handel, falls Sie auf die Steuer anspielen.«
»Nein, Steuern interessieren mich überhaupt nicht. Werden die Tiere mit der Post oder einem Paketdienst verschickt?«
»Normalerweise nicht. Rudolf liefert die meistens persönlich aus; außer wenn es zu weit ist oder so.«
»Grundsätzlich ist das aber möglich?«
»Ja, aber da gibt es besondere Transportbehälter.«
»Wie groß sind die?«
»Das kommt drauf an, aber das macht der Rudolf alles selbst, da kümmere ich mich nicht drum. Ich mache nur den Honig …«
»Frau Collett, bitte beschreiben Sie mir, wie ich das Grundstück und Ihren Mann finden kann. Ich kenne mich in der Gegend ziemlich gut aus. Bis heute Abend, das dauert mir zu lange.«
»Also ich weiß nicht! Ich glaube nicht, dass der Rudolf bei der Arbeit gestört werden will; er ist da ziemlich eigen.«
»Ich will Ihnen ungern drohen, Frau Collett, aber im Verweigerungsfall behindern Sie eine polizeiliche Ermittlung und das ist nicht gut für Sie.«

»Verweigerungsfall?«
»Wenn Sie mir nicht sagen, wo ich Ihren Mann finden kann«, seufzte Katja Reinert der Verzweiflung nahe.
»Na gut, aber gefallen wird das dem Rudolf nicht, das weiß ich.«
Das Grundstück in Beaumarais liegt außerhalb der Ortslage zwischen Donaubach und Rothbüschbach. Katja Reinert benötigt weniger als eine Stunde, bis sie Rudolf Collett aufgespürt hat.
Collett ist am Anfang ziemlich missmutig, taut im Verlauf des Gespräches allerdings auf und gibt bereitwillig Auskunft, auch über die Lieferung an Wilhelm Reinheimer. Was der Imker erzählt, haut die Hauptkommissarin fast vom Hocker. Plötzlich erscheint der Fall in einem völlig anderen Licht.
So schnell wie möglich eilt Katja Reinert zurück ins Präsidium und stürmt kurz nach 15 Uhr 30 ins Büro der Staatsanwältin, die ziemlich sauer reagiert.
»Da bist du ja! Wo steckst du denn? Toni Lukas hat in Reinheimers Wohnung gerade interessante Entdeckungen gemacht. Eben hat er angerufen.«
»Ich habe auch neue Erkenntnisse«, erwidert die Hauptkommissarin. »Aber zuerst du; was gibt's?«
Katja Reinert hört dem Bericht der Staatsanwältin aufmerksam zu und ist völlig überrascht.
»Scheiße!«, kommentiert sie zwischendurch. »Der Wagen ist uns durch die Lappen gegangen. Das geht mit mir heim.«
»Geschenkt!«, beruhigt Daniela Sommer. »Schließlich war ich es, die die Ermittlungen auf Sparflamme gehalten hat. Wir holen das nach.«
»Du hast das Ermittlungsverfahren also nicht gestoppt?«, fragt Katja voller Hoffnung.
»Das läuft im Augenblick unter der Hand. Aber erzähl du mal, was los ist.«
Katja berichtet von ihren Ermittlungen und geht dabei ins Detail.

»Und jetzt kommt's: Die Bestellung eines Bienenvolkes bei Rudolf Collett ging von Eva Höhn aus! Sie hat als Lieferadresse allerdings Wilhelm Reinheimer angegeben. Im Klartext: Eva Höhn bestellt für sich etwas bei einer Apotheke und für ihren Nachbarn, der an einer Bienenallergie leidet, ein Bienenvolk an dessen Adresse. In Reinheimers Körper werden Beruhigungsmittel nachgewiesen. Bei mir macht es da klick, und zwar ganz laut.«

»Eva Höhn!«, murmelt die Staatsanwältin nachdenklich. »Da könnte was dran sein, aber es kann auch eine logische Erklärung geben.«

»Könnte?«, echauffiert sich die Hauptkommissarin. »Für mich ist sie dringend tatverdächtig.«

»Wenn das stimmt, bekommen wir wahrscheinlich Probleme.«

»Wir? Ich nicht!«

»Im Prinzip ist das zwar richtig, aber die obere Etage wird das anders sehen. Man wird uns kollektive Schludrigkeit unterstellen.«

»Dann lass uns kollektiv und aggressiv nach vorne argumentieren! Wir nehmen ihnen den Wind aus den Segeln, wenn wir behaupten, dass wir Eva Höhn von Anfang an auf dem Schirm hatten, aber aus ermittlungstaktischen Gründen alles unter der Decke gehalten haben.«

»Nach außen hin funktioniert das wahrscheinlich sogar, aber intern werden die uns das nicht abkaufen. Egal, einen Versuch ist es wert. Unter einer Voraussetzung!«

»Die wäre?«

»Entweder du hast eindeutige belastbare Indizien oder ein Geständnis der Höhn! Ich habe mich mit dieser Urnengeschichte dermaßen unbeliebt gemacht, dass sie nur darauf warten, mir ans Bein zu pissen. Und dann werden wir alle nass.«

»Wer will dir ans Bein pissen?«

»Alle! Der Oberstaatsanwalt, der Polizeipräsident, der Staatssekretär und der Minister auch. Ich habe sie in ihren Eitelkeiten verletzt. Ohne einen spektakulären Ermittlungserfolg, der zeigt, wie gut wir sind, kommen wir aus der Nummer nicht mehr raus. Brutal, aber wahr. Mit vagen Verdachtsmomenten brauchen wir nicht zu kommen, und die Presse kannst du vergessen, die schlägt sich wie so oft auf die Seite der Landesregierung.«

»So schlimm?«

»Noch schlimmer.«

»Ein Geständnis von Eva Höhn, das wird nicht einfach. Ehrlich gesagt, traue ich das der Frau gar nicht zu, aber okay; Sag niemals nie!«

»Kümmere dich persönlich drum, fühl der Frau auf den Zahn, setz sie unter Druck! An den Apotheker kommen wir vorerst nicht ran, bis wir das durchhätten, würden Wochen vergehen, die Zeit haben wir nicht. Ich gebe dir Recht. Eine andere Verdächtige als Eva Höhn ist im Augenblick nicht in Sicht.«

»Sehe ich genauso! Wieviel Zeit habe ich?«

»Gar keine bis wenig. Gib Gas! Und sorry für die anfängliche Blockade. Ich habe es unterschätzt. Danke für deine Hartnäckigkeit. Du bist eine sehr gute Ermittlerin, tut mir leid, wenn ich …«

»Schon gut!«, unterbricht die Hauptkommissarin, der dieser Auftritt fast peinlich ist. »Wir ziehen das jetzt gemeinsam durch, aber ich brauche Zeit. Die Auswertungen werden dauern. Du kennst die Personalsituation.«

»Ja, die kenne ich, aber das interessiert niemanden. Nach mehr als zwei Wochen kann ich denen nicht mehr mit Aufschub kommen; die wollen Ergebnisse. Mach, was geht, mal schauen, was dabei rauskommt.«

»Ich weiß, was zu tun ist, aber das wird verdammt eng. Noch was?«

»Ja.«

»Und?«

»Du bist wirklich gut, Katja. Danke!«

Als Katja Reinert das Büro der Staatsanwältin verlässt, ist sie

einigermaßen verwirrt. Zum einen ist sie glücklich, dass Daniela ihr freie Hand lässt, auch wenn Katja nachvollziehen kann, dass ihr nicht viel Zeit bleibt. Andererseits ist Daniela plötzlich ganz anders als sonst. Ihre Raubeinigkeit ist einer menschlich anmutenden Vertrautheit gewichen, und das ist nicht damit zu erklären, dass die Staatsanwältin Schiss vor den oberen Etagen hat und von unten auf Hilfe hofft. Das entspricht nicht Danielas Charakterbild. Mit einem Mal ist da eine soziale Kompetenz, die früher nicht bei ihr feststellbar war und Katja fragt sich, woher dieses Phänomen kommt.
Entweder hat sie dieser Fall persönlich berührt oder Toni Lukas hat seine Karten im Spiel. Vielleicht ist es aber auch die Kombination von beidem.

39

Nach dem Gespräch mit der Staatsanwältin ist Katja Reinert sofort nach Spiesen aufgebrochen, um Eva Höhn in die Zange zu nehmen. So sehr sie diese Frau bei ihrer ersten Begegnung auch bedauert hatte, wenn sie heute keine eindeutigen Erklärungen liefern könnte, würde Katja nicht zögern, sie zur offiziellen Vernehmung mit ins Präsidium zu nehmen; notfalls würde sie ihr mit einer vorläufigen Festnahme drohen.

Dass sie jetzt alleine unterwegs sein muss, wurmt Katja gewaltig. Ken und Marius waren kurzfristig und ohne vorherige Absprache zu einem Koordinierungsgespräch mit dem stellvertretenden Polizeichef beordert worden und damit für mindestens zwei Stunden blockiert. Eine Sauerei, denn ohne Vier-Augen-Prinzip ist Eva Höhns Befragung nur die Hälfte wert und vor Gericht fast nicht verwertbar, aber Katja will nicht riskieren, dass sich die Frau aus dem Staub macht und daher blieb ihr nichts anderes übrig, als alleine loszufahren.

Nahe der Autobahnausfahrt Spiesen erreicht Katja ein Anruf der Staatsanwältin, den sie über die Freisprechanlage entgegennimmt.

»Bist du unterwegs nach Spiesen?«, fragt Daniela Sommer.

»Ja klar, warum? Was ist denn jetzt schon wieder? Du klingst gehetzt.«

»Toni Lukas wartet vor Reinheimers Haus. Er hat ein paar wichtige Entdeckungen gemacht.«

»Aha! Und welche?«

Daniela Sommer fasst das Gespräch mit Toni Lukas kurz zusammen und gibt die Informationen an Katja Reinert weiter.

»Gut, ich schaue mir das an und rede mit ihm. Sorg dafür, dass

Ken und Marius oder wenigstens einer von beiden in Kürze hier auftaucht. Ich brauche Unterstützung«, bat die Hauptkommissarin.
»Da muss ich mir was einfallen lassen, aber ich tue, was ich kann. Halte mich auf dem Laufenden!«
»Warum kommst du nicht selbst? Dein Toni würde sich freuen.«
»Deine spitzen Bemerkungen kannst du dir sparen! Ich kann hier im Augenblick nicht weg. Der Oberstaatsanwalt will mich sprechen, ich sitze hier auf Abruf. Vielleicht finde ich danach die Gelegenheit, zu euch zu stoßen. Ich habe aber keine Ahnung, wie lange das noch dauert.«
»Eventuell nehme ich Frau Höhn vorläufig fest; kommt drauf an, wie sich das Ganze hier entwickelt.«
»Du weißt, dass wir uns den Termin beim Haftrichter sparen können, wenn wir nichts Handfestes vorlegen können.«
»Klar weiß ich das. Die nächsten Stunden werden zeigen, wohin die Reise geht. Ergebnisoffen, aber entweder hopp oder topp; wir sind jetzt in der alles entscheidenden Phase.«
»Bring das Ding zu Ende, egal wie. Ich habe vollstes Vertrauen in dich.«
»Egal wie ist nicht mein Ding. Entweder ich löse den Fall gerichtskonform oder ich scheitere.«
»Ich meinte das gleiche nur mit anderen Worten.«
»Gut, dann sind wir uns einig. Sonst noch was?«, fragt Katja Reinert, die mittlerweile in der Hauptstraße vor dem Abzweig zu der Wohnsiedlung angekommen ist.
»Nein, das war es vorerst.«
»Bist du sicher, Daniela?«
»Was soll denn sonst noch sein?«
»Grüße an Toni Lukas vielleicht?«
»Ja, das kannst du gerne … nein, wie kommst du denn auf die Idee? Tschüss bis später!«
Katja Reinert grinst. Daniela hat tatsächlich Feuer gefangen.

Fragt sich nur, ob Toni Lukas das erwidert, aber das wird sie schon rausbekommen.
Kurz nach dem Telefonat trifft die Hauptkommissarin vor dem Haus von Wilhelm Reinheimer ein. Toni Lukas sitzt dort auf der Vorgartenmauer und winkt, als er sie erkennt. Mit Handzeichen bedeutet er ihr, dass sie in der Einfahrt hinter Reinheimers Wagen parken soll. Als sie aussteigt steht zwar der hintere Teil des Wagens auf dem Gehsteig aber das ist ihr im Augenblick egal.
»Ich habe zwar mit jemand anderem gerechnet«, beginnt Toni Lukas, »aber eine bessere Alternative hätte ich mir nicht wünschen können.«
»Doch: die Staatsanwältin! Aber nun hören Sie auf mit dem Gesülze und warten Sie kurz! Ich muss erst zur Nachbarin.«
»Wie Sie wünschen. Dauert es lange?«
»Das wird sich zeigen. Warten Sie hier!«, entgegnet die Hauptkommissarin, die etwas angespannt und zu keinem Smalltalk bereit ist.
»Und wenn nicht?«, fragt Toni Lukas provokativ.
»Dann fixiere ich Sie mit Handschellen am Zaun. Damit wäre mein Problem vorerst gelöst, Ihres nicht.«
»Stress?«
»Nein, Routine. Daniela … äh die Staatsanwältin hat gerade mit mir telefoniert. Ich weiß in etwa, um was es geht, aber nichtsdestotrotz muss ich zuerst zu Frau Höhn.«
»Okay, ich übe mich in Geduld.«
Katja Reinert geht ein Haus weiter und klingelt bei Frau Höhn. Nach dem zweiten Versuch erscheint die Frau in der Tür.
»Ja bitte?«, fragt sie und Katja hat nicht den Eindruck, dass sie sonderlich überrascht ist.
»Frau Höhn, ich habe noch ein paar Fragen an Sie.«
»Aber ich habe doch schon alles gesagt«, erwidert die Frau mit weinerlicher Stimme.
»Dennoch habe ich noch Fragen. Sind Sie verfügbar oder wol-

len Sie heute noch weg?«
»Nein, wo sollte ich denn hin?«
»War ja nur eine Frage. Sie bleiben also hier und warten kurz.«
»Ja, aber ich verstehe nicht.«
»Das müssen Sie auch nicht. Ich habe nebenan noch ein paar Minuten zu tun; halten Sie sich zur Verfügung.«
»Was heißt zur Verfügung?«
»Bleiben Sie einfach hier und verlassen Sie das Haus nicht!«, antwortet Katja Reinert unwirsch, weil sie das Gefühl hat, dass Eva Höhn sich dümmer stellt, als sie wirklich ist. »Kann ich mich drauf verlassen? Es dauert nicht lange.«
»Von mir aus, aber ich weiß immer noch nicht, was Sie eigentlich von mir wollen.«
»Wir werden sehen, warten Sie einfach ab!«
»Ja, ja!«, schnauzt Frau Höhn, die plötzlich nicht mehr die ältere nette Dame zu sein scheint, die Katja Reinert in Erinnerung hat. »Was soll der Zirkus? Der Willy muss unter die Erde, darum sollten Sie sich kümmern, anstatt mich zu belästigen. Es ist ein Skandal. Und der Kerl da drüben schleicht schon den ganzen Nachmittag ums Haus; jetzt lungert er seit einer Stunde auf der Vorgartenmauer herum; ich wollte schon die Polizei rufen.«
»Die ist jetzt ja da, Frau Höhn. Und nun beruhigen Sie sich, ich komme gleich zurück.«
Eva Höhn dreht sich um und verschwindet murrend in ihrer Wohnung. Katja Reinert beschließt, die Haustür so gut es geht im Auge zu behalten, während sie mit Toni Lukas redet; irgendwie traut sie Frau Höhn plötzlich nicht mehr.
Toni Lukas lächelt die Hauptkommissarin an und erhebt sich von der Vorgartenmauer.
»Wie Sie sehen, bin ich nicht getürmt. Ich fände es allerdings hilfreich, wenn wir jetzt zur Sache kommen könnten.«
Lukas versteht es vorzüglich, seinen Ärger hinter einem gewinnenden Lächeln zu verbergen.

Höflich aber konsequent, urteilt Katja. Mit Charme und intelligenter Wortwahl, kein Wunder, dass die Staatsanwältin beeindruckt ist.
»Danke! Und entschuldigen Sie bitte die Grobheit von vorhin, aber es war wichtig, zuerst mit Frau Höhn zu sprechen.«
»Verstehe. Frau Sommer hat sie ja über das Papier vorinformiert.«
»Ja, das hat sie. Sie haben nichts verändert?«
»Musste ich ja wohl, sonst hätte ich die Entdeckung ja nicht machen können. Logisch, oder? Ich habe alles wieder so platziert, wie ich es vorgefunden habe. Meine Fingerabdrücke können Sie ja zum Vergleich noch nehmen.«
»Sie scheinen sich ja auszukennen.«
»Nein, aber es ist naheliegend.«
»Geben Sie mir bitte die Schlüssel, Herr Lukas, und warten Sie hier. Behalten Sie die Haustür von Frau Höhn im Auge und geben Sie sofort Bescheid, falls sie Anstalten macht, das Haus zu verlassen. Meine Kollegen werden bald eintreffen; hoffe ich zumindest.«
»Ich übernehme zwar ungern polizeiliche Aufgaben, aber Ihnen zuliebe mache ich eine Ausnahme.«
»Wegen mir oder Frau Sommer?«, schmunzelt die Hauptkommissarin.
»Wie könnte ich zwei Frauen gegeneinander ausspielen? Sie sollten das nicht werten!«
»Wo genau finde ich das Schriftstück?«
»Im Fernsehheft auf dem Wohnzimmertisch; ein gefalteter Papierbogen. Ich kann allerdings nicht garantieren, dass er zwischen den ursprünglichen Seiten liegt, er ist nämlich herausgefallen, als …«
»Damit müssen wir leben! Das andere Teil lag im Handschuhfach?«
»Korrekt! Meiner Meinung nach …«
»Sorry, aber die interessiert mich im Augenblick nicht. Wir

werden das beurteilen; das ist nicht gegen Sie gerichtet, aber wir analysieren das gerne selbst.«

»Kein Problem, Frau Hauptkommissarin, ich möchte mich keineswegs aufdrängen. Ziehen Sie Ihre Schlüsse, ich warte derweil auf Ihre Kollegen.«

»Ist Ihnen beim Betreten der Wohnung etwas Spezielles aufgefallen, Herr Lukas?«

»Beim Betreten nicht, aber bei der Inspektion.«

»Gut dann eben bei der Inspektion. Darf ich erfahren, was?«

»Das Haus ist in einem nahezu tadellosen Zustand. War Willys Ordnungssinn nicht eher pedantisch? Was ich gefunden habe, passt nicht ins Bild, aber das wollen Sie ja selbst bewerten. Was ich nicht gefunden habe, ist die Zulassung für den Wagen. Vielleicht ist sie in Willy Geldbörse, die sich in Ihrer Obhut befindet.«

»Kann sein, weiß ich nicht. Wir werden das überprüfen. Ich gehe dann mal rein.«

Die Hauptkommissarin verschwindet im Haus, während Toni Lukas sich wieder auf die Mauer setzt und der Dinge harrt, die da kommen sollten.

Dass die Hauptkommissarin sich gegenüber Frau Höhn nicht gerade freundlich verhalten hat, scheint ihm eine logische Konsequenz zu sein. Das Auftauchen eines vermeintlichen Testamentes, das die Nachbarin als Erbin deklariert, lässt Willys Tod in einem neuen Licht erscheinen, da muss selbst der einfältigste Ermittler hellhörig werden, und die Hauptkommissarin ist alles andere als einfältig! Immerhin hat sie mitbekommen, dass er und Daniela Sommer gewisse Sympathien füreinander hegen; mehr noch: Frau Reinert hat sich nicht gescheut, ihm gegenüber dies offen zu formulieren. Respekt! Die traut sich was!

Toni betrachtet die Umgebung, aber Eva Höhn lässt sich nicht blicken. Langsam wird es hier langweilig. Die Siedlung döst menschenleer in der Sommersonne.

Nach einer Weile kommt die Hauptkommissarin aus dem Haus und geht zu Reinheimers Wagen. Mit einer Geste deutet sie an, dass Toni weiterhin warten und Frau Höhns Tür im Auge behalten soll. Etwas anderes hat er ohnehin nicht zu tun, weswegen er sich über diese Bevormundung amüsiert.
Endlich scheint auch die Untersuchung des Autos abgeschlossen zu sein und Katja Reinert setzt sich zu Toni Lukas auf die Vorgartenmauer.
»Sie sehen müde aus«, urteilt Lukas.
»Nicht müder als sonst auch. Sie haben wahrscheinlich gelesen, was auf dem Papier steht.«
»Sagte ich bereits, aber meine Meinung interessiert Sie ja nicht.«
»Mein Gott, sind Sie eine Mimose!«
»Keineswegs, ich respektiere lediglich Ihren Willen.«
»Okay, okay! Unter uns: Was halten Sie davon? Hat Wilhelm Reinheimer Ihnen gegenüber davon etwas angedeutet? Wissen Sie Näheres über das Verhältnis zu seiner Nachbarin?«
»Nein, die hat er mir gegenüber nicht einmal erwähnt. Und den Wisch können Sie vergessen. Irrelevant! Für eine Nachlassregelung absolut ungeeignet.«
»Kennen Sie sich in solchen Sachen aus?«
»So wie man sich als mündiger und interessierter Bürger auskennen sollte.«
»Entspricht dieses Schreiben dem Niveau Ihres Großonkels?«
»Nein, aus meiner Sicht nicht! Es passt auch nicht zu der peniblen Ordnung im Rest des Hauses. Falls das Set im Handschuhfach …«
Mit einem Ruck steht die Hauptkommissarin auf und geht zu einem Wagen, der die Straße entlang rollt und vor dem Anwesen anhält. Katja Reinert spricht mit den Insassen und deutet nach vorne, bevor sie wieder zu Toni zurückkehrt.
»Meine Kollegen. Gar nicht einfach, hier einen Parkplatz zu bekommen. Vielen Dank, Herr Lukas, Sie können jetzt gehen.

Die Schlüssel für das Haus und den Wagen muss ich allerdings behalten. Wenn wir fertig sind, gebe ich Ihnen Bescheid.«
»Das verstehe ich«, erwidert Toni Lukas. »Was ich allerdings nicht nachvollziehen kann, ist die Tatsache, dass Willys Leiche immer noch nicht zur Bestattung freigegeben ist. Was Sie bei ihm bisher noch nicht gefunden haben, werden Sie auch nicht mehr finden, vermute ich mal. Dass sich manche Dinge durch Liegenlassen von selbst erledigen, dürfte in diesem Fall kaum zutreffen.«
»Ich verstehe Ihre Sicht, aber dazu möchte ich im Augenblick nichts sagen. Rufen Sie morgen bei Frau Sommer an, vielleicht kann die Ihnen eine konkrete Aussage liefern. Vielleicht kommt sie später auch noch hierher, aber das ist nicht sicher.«
»Erstaunlich, wie Sie alles auf Frau Sommer abwälzen; aber gut, wie Sie meinen. Ich wünsche Ihnen noch einen schönen Tag und viel Erfolg bei Ihrer Arbeit.«
Die Hauptkommissarin bedankt sich und widmet sich sofort den beiden Kollegen, die gerade eingetroffen sind.
»Was gibt's denn hier noch zu tun?«, fragt Marius Sorg.
Katja Reinert erklärt es und teilt die Aufgaben ein. Während Ken Arndt in Reinheimers Wohnung das Eintreffen der Spurenermittlung abwarten soll, würden Katja und Marius sich um Eva Höhn kümmern. Wenige Minuten später sitzen die Ermittler in der Wohnung der Nachbarin und konfrontieren sie mit ihren Fragen.
»Frau Höhn, was können Sie uns zu den beiden Paketen sagen, die der Lieferservice am Tag vor Herrn Reinheimers Tod bei Ihnen abgegeben hat?«
»Das habe ich bereits erzählt! Ich habe ein Päckchen angenommen, weil der Willy nicht zu Hause war.«
»Da war noch ein Paket, das allerdings an Sie selbst adressiert war.«
»Ach ja, jetzt wo Sie es sagen. Das habe ich ganz vergessen.«
»Was befand sich in diesem Paket?«

»Weiß ich nicht mehr; irgend so ein Werbekram.«
»Haben Sie diesen Kram noch?«
»Nein, ich habe das Zeug gleich entsorgt.«
»Was ist mit dem Paket an Herrn Reinheimer? Wissen Sie etwas über den Verbleib dieser Lieferung?«
»Nein!«
»Frau Höhn, das verstehe ich nicht ganz«, hakt die Hauptkommissarin nach. »Als Sie das Paket übergeben wollten, war Herr Reinheimer bereits tot …«
»Wer behauptet das?«, unterbricht Eva Höhn.
»Sie selbst haben das mir gegenüber erwähnt. Wir haben kurz mit Ihrer Schwester gesprochen, die hat das so bestätigt.«
»Ja und?«
»Wenn Herr Reinheimer das Paket weder annehmen noch öffnen konnte, wo ist es dann geblieben? In seiner Wohnung haben wir es nicht gefunden. Wie erklären Sie sich das?«
»Kann sein, dass ich es in der Aufregung mit meinem Paket gleich mit entsorgt habe.«
»Ohne es zu öffnen?«
»Ich habe das Paket nicht geöffnet!«, schnauzt Frau Höhn.
»Was war in dem Paket? Was ist mit dem Absender?«
»Wie soll ich das wissen?«
»Vielleicht war ein Aufkleber drauf«, meldet sich Marius Sorg zu Wort. »Etwas, was auf den Inhalt hingedeutet hat.«
»Was meinen Sie?«, fragt Eva Höhn mit einem Unterton von Ärger und Verachtung.
»Zum Beispiel Achtung zerbrechlich oder Vorsicht Glas oder etwas in der Richtung?«
»Ich kann mich nicht erinnern.«
»Schade, Frau Höhn«, übernimmt nun wieder die Hauptkommissarin. »War es ein großes Paket?«
»So mittel, aber ich kann mich nicht genau erinnern.«
»Haben Sie eine Schreibmaschine im Haus?«, wechselt Marius Sorg urplötzlich das Thema.

»Nein.«
»Einen Computer haben Sie auch nicht?«
»Nein, was sollen diese Fragen?«
»Kennen Sie sich mit Bienen aus«, schwenkt nun Katja Reinert um.
»Nein, natürlich nicht.«
»Und mit Betäubungsmitteln?«
»Quatsch! Wieso sollte ich?«
»Frau Höhn, kennen Sie einen Imker namens Rudolf Collett?«
»Nein!«, behauptet Eva Höhn und schluckt.
»Was fällt Ihnen bei der Firma MediTransfer ein?«
»Wer soll das sein?«
Katja Reinert steht auf und geht ein paar Schritte durch die Wohnung, während Eva Höhn still auf ihrem Stuhl sitzt und an die Decke starrt.
»Frau Höhn«, beginnt die Hauptkommissarin schließlich. »Was Sie uns hier auftischen, klingt wenig glaubhaft. Ihre Antworten sind nicht schlüssig, sie stimmen nicht mit dem überein, was wir bereits wissen. Ich muss Sie bitten, uns ins Präsidium zu begleiten.«
»Was?«, schreit Eva Höhn nun fast hysterisch. »Auf keinen Fall, ich bleibe hier! Was soll ich denn dort?«
»Wir werden Sie erkennungsdienstlich erfassen, das heißt wir werden unter anderem Ihre Fingerabdrücke nehmen und Sie mit einigen Beweisstücken vergleichen. Sie haben das Recht auf eine anwaltliche Betreuung und Sie müssen nichts aussagen, was Sie selbst belasten könnte. Was Sie sagen, muss allerdings der Wahrheit entsprechen. Ich werde Sie auf dem Präsidium dahingehend ausführlich und noch einmal belehren. Ich rate Ihnen dringend zu einem Anwalt, der Sie berät und vertritt; der kann dann im Präsidium zu uns stoßen. Wenn Sie es für nötig halten, benachrichtigen wir auch Verwandte, damit die sich über Ihre Abwesenheit keine Sorgen machen müssen.«
»Ich habe niemanden außer meiner Schwester.«

»Die lassen wir erstmal außen vor, solange sie im Krankenhaus ist. Das kann später Ihr Anwalt übernehmen.«
»Was wollen Sie denn mit meinen Fingerabdrücken? Von welchen Beweisstücken reden Sie denn da? Das ist ein Skandal ...«
»Möchten Sie einen bestimmten Anwalt hinzuziehen, Frau Höhn?«
»Ich kenne keinen. Wozu brauche ich einen Anwalt?«
»Ich rate Ihnen dringend dazu. Wie gesagt, Sie haben ein Recht drauf. Wir können Ihnen auch einen Pflichtverteidiger stellen.«
»Selbst wenn, ich könnte den gar nicht bezahlen! Nein, ich komme nicht mit!«
»Sie haben keine Wahl, Frau Höhn!«
»Sie werden eine alte Frau nicht zwingen wollen!«
Während die Hauptkommissarin noch mit Frau Höhn diskutiert, greift Marius Sorg bereits zum Telefon und ordert einen Streifenwagen.
»Wir haben die Möglichkeit zur Zwangsvorführung«, erklärt Katja Reinert. »Es würde mir leidtun, dies durchsetzen zu müssen. Sie sollten einsichtig sein, alles andere hilft Ihnen nicht weiter.«
»Bin ich jetzt festgenommen?«, fragt Frau Höhn leise, weil ihr augenscheinlich die Ausweglosigkeit ihrer Situation klar zu werden scheint.
»Noch nicht, aber wenn Sie sich weiterhin weigern, werde ich die vorläufige Festnahme förmlich aussprechen und Sie notfalls auch gegen Ihren Willen ins Präsidium bringen lassen. Das würde dann allerdings die gesamte Nachbarschaft mitbekommen und ich kann mir nicht vorstellen, dass Sie das wirklich wollen. Oder?«
»Nein!«
Gut, dann packen Sie ein paar Sachen zusammen, wenn Sie wollen, dann helfe ich Ihnen dabei.«
Wenig später fährt eine Polizeistreife vor, die Eva Höhn zum

Präsidium bringen soll.
Während Ken Arndt weiterhin mit den Spurenermittlern in Wilhelm Reinheimers Haus zugange ist, folgen Katja Reinert und Marius Sorg dem Wagen, der Eva Höhn nach Saarbrücken bringt.

40

Eva Höhn hat die vergangene Nacht in Untersuchungshaft verbringen müssen. Obwohl klar ist, dass sie bei ihren Vernehmungen nicht die Wahrheit gesagt hat, ist sie bei ihren Darstellungen geblieben, und zum Schluss hat sie dann auf Anraten ihres Verteidigers überhaupt nichts mehr gesagt. Gegen 21 Uhr war die Vernehmung beendet, Frau Höhn in eine Haftzelle gebracht worden, die Ermittler haben ihre Protokolle verfasst, der Anwalt ist nach Hause gefahren.

Am Morgen soll es zwischen 9 und 10 Uhr weitergehen, danach würde gegen Mittag die Beschuldigte dem Haftrichter vorgeführt werden, dann würde man weitersehen.

Bereits für 8 Uhr ist eine interne Besprechung angesetzt, an der die Ermittler von K3 und K4, die Staatsanwältin und der Oberstaatsanwalt teilnehmen sollen. Jetzt sitzen alle beisammen, außer dem Oberstaatsanwalt, der sich aus Termingründen hat entschuldigen lassen, wobei jeder weiß, dass ihm dieser Termin in Wahrheit nur zu früh war und er sich in der Regel vor 9 Uhr nie blicken lässt.

Die Gesprächsleitung obliegt daher Daniela Sommer, die auch sofort zur Sache kommt.

»Ich habe die Protokolle gelesen, vielen Dank für die schnelle und ausführliche Information. Es zeichnet sich eine interessante Entwicklung ab, Frau Höhn verwickelt sich zunehmend in Widersprüche. Damit alleine kommen wir allerdings nicht weiter, für den Haftrichter brauchen wir mehr. Gibt es bereits erste Spurenauswertungen?«

Die Frage richtet sich an die Mitarbeiterin des K4. Zu Beginn des Zusammentreffens haben alle mit Erleichterung zur Kenntnis genommen, dass ihr Dezernatsleiter Hubertus Sonne nicht selbst erschienen ist. Zu so früher Stunde und mit gehörigem Ermittlungsdruck im Nacken wären dessen langatmige und komplizierte Ausführungen kaum auszuhalten.

»Wir haben fast die ganze Nacht durchgearbeitet«, erklärt die junge Spurenermittlerin. »Kein Problem, aber ich bitte um Verständnis, dass wir den ausführlichen schriftlichen Bericht erst im Laufe des Vormittags vorlegen können.«

»Geschenkt«, lächelt Katja Reinert. »Danke für die schnelle Unterstützung! Fürs Erste reichen mir die Ergebnisse im Wortlaut.«

»Gerne, ich mach es kurz: Der Vergleich der Referenzabdrücke hat ergeben, dass Eva Höhns Fingerabdrücke auf den Beweisstücken eins und zwei nachgewiesen werden können, also sowohl auf dem Dokument, das als Testament deklariert ist, als auch auf dem Notfallset im Handschuhfach von Wilhelm Reinheimers Fahrzeug. Die Abdrücke konnten auch auf der Klappe des Faches sowie am Griff der Beifahrertür zugeordnet werden. Allerdings konnten auch an drei Stellen Fingerabdrücke gesichert werden, die nicht zuzuordnen sind, weder zu Frau Höhn noch zum Opfer.«

»Wir sollten die Abdrücke von Herrn Lukas mit diesen Spuren vergleichen. Es liegt nahe, dass er Kontakt hatte, das lässt sich leicht überprüfen. Haben wir seine Vergleichsabdrücke?«

»Noch nicht, wir holen das nach.«

»Sehr gut! Frau Höhn hatte demnach zweifelsfrei sowohl das Papier als auch das Set in der Hand?«

»Exakt. Weitere Abdrücke gibt es auf dem Wohnzimmertisch und der Fernsehzeitung.«

»Was könnt Ihr zu dem Schriftstück selbst sagen?«, fragt die Hauptkommissarin.

»Bisher nur, dass es auf einer mechanischen Schreibmaschine älterer Bauart geschrieben worden ist. Die Auswertung zum genauen Typ läuft noch, das ist aufwändig. Sicher ist, dass das Schreiben vor längerer Zeit verfasst wurde und das Papier stammt nicht aus neuester Produktion. Details hierzu kann ich erst in ein oder zwei Tagen liefern.«

»Schreibmaschine, kein Drucker?«

»Korrekt!«

»Wurde bei Eva Höhn eine Schreibmaschine gefunden, die dazu passen könnte?«, fragt Daniela Sommer.

»Nein«, antwortet Ken Arndt. »Definitiv nicht in ihrem Haus und bei Wilhelm Reinheimer auch nicht.«

»Schade«, bedauert Katja Reinert. »Das wäre hilfreich gewesen.«

»Immerhin helfen uns die Fingerabdrücke weiter, darüber kann der Haftrichter nicht hinwegsehen«, meint die Staatsanwältin. »Wir haben noch ein paar Stunden bis zur Vorführung. Konfrontiert Frau Höhn mit diesen Fakten, setzt sie unter Druck, aber bitte keine Formfehler! Bindet den Anwalt ein. Wenn er merkt, dass es eng für seine Mandantin wird, lenkt er vielleicht ein.«

»Er wird argumentieren, dass das Testament unwirksam ist«, widerspricht Katja Reinert. »Als Motiv kann es damit nicht herhalten.«

»Das sehe ich anders, Katja. Wir müssen allerdings nachweisen, dass der Verfasser oder die Verfasserin in Unkenntnis der tatsächlichen Rechtslage gehandelt hat. Wir sollten das versuchen! Ich werde zumindest zeitweise bei der Vernehmung dabei sein.«

»Gut, dann fangen wir an, sobald der Anwalt auftaucht.«

»Bis dahin ist noch Zeit für ein Frühstück«, beschließt die Staatsanwältin. »Ich sterbe vor Hunger. Wer kommt mit in die Kantine?«

Als sich niemand meldet, motzt Daniela: »Lebt Ihr alle von Luft und Liebe?«

»Na gut«, gibt Katja Reinert nach. »Ich komme mit, aber nur auf einen Kaffee.«

»Na also!«, seufzt die Staatsanwältin. »Geht doch!«

Nachdem der Anwalt eingetroffen ist, lässt Katja Reinert dessen Mandantin in den Vernehmungsraum bringen. Eva Höhn wird über ihre Rechte belehrt, die Formalien mit dem Anwalt besprochen und die Aufzeichnungsgeräte angeschaltet.
Frau Höhn ist nach wie vor störrisch, antwortet nur knapp und beäugt ihren Anwalt argwöhnisch, als wolle sie ihm deutlich machen, dass er ihrer Meinung nach hier genauso fehl am Platze ist wie sie selbst.
Die Hauptkommissarin spricht die vorgeschriebenen Ansagen zum Anlass der Vernehmung, Ort und Datum mit Uhrzeit und den anwesenden Personen ins Mikrofon.
»Frau Höhn, ist Ihnen zwischenzeitlich zu den gestern gestellten Fragen, beziehungsweise Ihren Antworten noch etwas eingefallen, das sie zu Protokoll geben wollen?«
»Nein, was soll mir denn da noch einfallen? Eine Schweinerei, dass sie eine alte Frau ins Gefängnis einsperren!«
»Frau Höhn, wir halten Sie hier nicht fest, weil uns sonst nichts Besseres einfällt, sondern weil Sie sich selbst in diese Situation manövriert haben. Wir verdächtigen Sie, eine Straftat zum Nachteil von Herrn Wilhelm Reinheimer begangen zu haben, oder zumindest darin involviert zu sein. Ich hoffe, Sie sind sich der Schwere dieses Vorwurfs bewusst. Außerdem sind Sie nicht alt genug oder eingeschränkt, um eine Haftverschonung ins Auge zu fassen. Ihr Anwalt kann Ihnen das sicherlich ausführlich erläutern.«
»Ach der ist doch selbst noch grün hinter den Ohren!«
»Gut, Ihre Ansicht. Wenn Sie sich zu den bisherigen Einlassungen nicht weiter äußern wollen, machen wir weiter«, entscheidet die Hauptkommissarin. »Frau Höhn, haben Sie selbst ein Testament gemacht?«
»Was soll diese Frage?«, interveniert der Anwalt.
»Ich möchte einfach wissen, ob Ihre Mandantin weiß, wie man ein Testament verfasst.«
»Sie müssen darauf nicht antworten, Frau Höhn«, rät ihr Anwalt.

»Weswegen sollte ich ein Testament machen?«, knurrt Eva Höhn. »Ich habe doch nix und das Haus …«
»Ich stelle also fest, dass Sie noch nie ein Testament geschrieben haben«, unterbricht die Hauptkommissarin. »Herr Reinheimer hat aber eins verfasst.«
»Ach ja?«
»Ja, und da sind sogar Ihre Fingerabdrücke drauf.«
»Was wollen Sie meiner Mandantin damit unterstellen?«, fragt der Anwalt.
»Zumindest, dass sie von diesem Testament Kenntnis hatte. Ist das so?«
»Der Willy hat mal angedeutet, dass er so etwas geschrieben hat«, antwortet Eva Höhn, noch bevor ihr Anwalt sie daran hindern kann.
»Wissen Sie, was drin steht?«, hakt Katja Reinert nach.
»Nein, aber er hat gesagt, dass ich nicht leer ausgehen würde, wenn er vor mir stirbt.«
»Dieser Fall ist nun offensichtlich eingetreten«, seufzt die Staatsanwältin, hält sich aber weiterhin zurück.
»Ist meine Mandantin in diesem Testament bedacht?«, fragt der Anwalt neugierig.
»Ja und nein.«, sagt Katja Reinert. »Hier, bitte, das Beweisstück in Kopie. Lesen Sie selbst und bilden Sie sich Ihr eigenes Urteil.«
Der Anwalt überfliegt das Papier und schüttelt den Kopf. »Die Mühe hätte sich Herr Reinheimer sparen können«, meint er lapidar.
»Als Eva Höhn ihn mit großen Augen anstarrt und um eine Erklärung bittet, fügt er ein knappes »ungültig« hinzu.
»Ungültig?«, staunt Eva Höhn fassungslos. »Was soll das heißen?«
»Formelle Fehler. Das Testament hat in dieser Form keine Rechtsgültigkeit!«
»Aber das verstehe ich nicht!«, schreit Eva Höhn. »Der Wil-

ly hat doch aufgeschrieben, was sein letzter Wille ist. Der hat doch …«

»Frau Höhn«, geht die Hauptkommissarin dazwischen, »Sie haben gar nicht gefragt, was in diesem Testament drinsteht. Kann es sein, dass Sie das bereits wissen?«

»Äh, äh, woher sollte ich das wissen?«

»Vielleicht weil Sie dabei waren, als es verfasst wurde. Oder stammt es sogar aus Ihrer eigenen Feder?«

»Antworten Sie nicht, Frau Höhn!«, empört sich der Anwalt. »Dafür gibt es keinerlei Beweise. Wir verbitten uns derartige Unterstellungen. Sie müssen darauf nicht antworten!«

Dieses Mal folgt Eva Höhn dem Rat ihres Anwaltes und schweigt, aber die Hauptkommissarin lässt nun nicht mehr locker.

»Wie sonst erklären Sie sich Ihre Fingerabdrücke auf diesem Papier? Frau Höhn, ich erwarte von Ihnen eine schlüssige Antwort!«

Aber Frau Höhn schweigt weiter, worauf der Anwalt nur zu sagen weiß:

»Dafür kann es eine einfache Erklärung geben, Frau Hauptkommissarin. Aber bevor wir uns dazu äußern, möchte ich mich dazu mit meiner Mandantin besprechen.«

»Gut! Tun Sie das! Und besprechen Sie mit ihr bei dieser Gelegenheit auch die Fragestellungen, wieso ihre Fingerabdrücke auf der Fernsehzeitschrift sind und desgleichen im und am Fahrzeug von Wilhelm Reinheimer und fordern Sie eine Erklärung, was in dem Päckchen war, das Ihre Mandantin bei einer Apotheke in Kaiserslautern bestellt hat. Hoffentlich erklärt sie Ihnen auch, wieso und zu welchem Zweck Ihre Mandantin bei einem Imker in Saarlouis gleich einen ganzen Bienenschwarm geordert hat und zwar auf die Lieferadresse an den an einer Bienenallergie erkrankten Wilhelm Reinheimer. Falls Sie es leugnet, werden die Zahlungseingänge bei den Lieferanten Klarheit bringen, sofern Ihre Mandantin keine andere Erklärung hat.«

»Ich möchte mich dazu ohne vorherige Rücksprache mit meiner Mandantin nicht einlassen«, erwidert der Rechtsanwalt forsch.

»Das ist Ihr gutes Recht. Frau Höhn, ich beschuldige Sie der aktiven oder inaktiven Teilnahme an einem Tötungsdelikt zum Nachteil von Wilhelm Reinheimer. Wenn Sie kooperieren wollen, kann sich das vorteilhaft für Sie und auf das weitere Verfahren auswirken. Besprechen Sie das mit Ihrem Anwalt ausführlich.«

»Nun reicht es mir aber!«, entgegnet der Anwalt. »Warten wir die Entscheidung des Haftrichters und die Gespräche mit meiner Mandantin ab. Vorher wird es keine weiteren Äußerungen unsererseits geben. Beenden wir diese Farce jetzt!«

»Machen wir! Kurz vor 12 Uhr beim Haftrichter. Schauen Sie zu, dass Sie pünktlich sind, der wartet nämlich nicht gerne!«

41

Ich habe die ganze Nacht kein Auge zugemacht, deshalb bin ich an diesem Dienstagmorgen völlig zerschlagen.
Der gestrige Tag hat bei mir Spuren hinterlassen. Marions Standpauke hat mir einen Tiefschlag versetzt; beim Boxen hätte der Ringrichter den Kampf sofort abgebrochen.
Beim Grübeln während der Nacht ist mir jedoch letztendlich klar geworden, dass Marions Vortrag keine unfaire Aktion gewesen war; sie will mich lediglich vor mir selbst schützen. Je länger ich darüber nachgedacht habe, desto klarer wurde mir das.
Die vergangene Nacht hat einiges in mir verändert, mehr als all die Tage seit meiner Pensionierung. Es ist tatsächlich an der Zeit, dass ich loslasse. Ich hätte das schon viel früher tun sollen. Jetzt jagen sie mich vom Hof, das ist schlimm und ehrabschneidend, aber ich bin selbst schuld. Im Nachhinein betrachtet haben mir alle möglichen Leute bereits vor Monaten zu verstehen gegeben, dass ich endlich Ruhe geben soll, aber ich habe die Zeichen nicht erkennen wollen. Ich bin weiterhin auf jeden Gaul gesprungen und davon galoppiert.
Naja, zum einen oder anderen Erfolg habe ich schon noch beigetragen, aber wahrscheinlich hätten sie es auch ohne mich geschafft. Wahrscheinlich! Oder auch nicht! Ist aber auch egal! Jedenfalls ist es jetzt vorbei! Endgültig! Androhung von Hausverbot! Das muss man sich einmal vorstellen! Soweit habe ich es kommen lassen, eine Blamage ohnegleichen. Wenn ich genau analysiere, blieb ihnen keine andere Wahl, ich hätte es anders nicht kapiert. Vielleicht doch, wenn sie es anders formuliert hätten … wer weiß?

Mit dem Aufstehen habe ich gewartet, bis Marion aus dem Haus war. Noch so einen Vortrag hätte ich nicht ertragen. Jetzt sitze ich bei einer Tasse Aufgusskaffee, der fürchterlich schmeckt.

Ich habe keine Lust auf Frühstück, erst recht nicht alleine. Von meinen nächtlichen Grübeleien habe ich genug, es reicht jetzt. Muss ja auch mal gut sein! Was hat Marion vorgeschlagen? Fremdsprachen und Reiseberichte. Vielleicht gar nicht so schlecht.

Vor allem muss ich unter die Leute. Im Grunde genommen bin ich zwar ein Einzelgänger, aber ich brauche Leute um mich rum. Nicht immer. Aber jetzt. Irgendwie bin ich anscheinend ein merkwürdiger Kauz. Alleine mit mir halte ich es wahrscheinlich nicht lange aus. Ich kriege dann Krach mit mir selbst. Im Prinzip habe ich den schon.

Wenn ich jetzt den ganzen Morgen auf dem sonnigen Balkon sitzen bleibe, wird der Kaffee nicht besser und mehr Leute kommen auch nicht. Am besten gehe ich zu Anick und trinke einen anständigen Kaffee; Rühreier mit Speck wären auch nicht übel. Zu Fuß mache ich mich auf den Weg.

Als ich im Café ankomme, bin ich tatsächlich hungrig, und wie! Die frische Luft hat mir gutgetan und meine Laune ist nun auch etwas besser. Die Rühreier sind eine gute Idee, da freue ich mich drauf.

In froher Erwartung betrete ich das Lokal und bin überrascht, dass Toni Lukas an einem der Tische sitzt und frühstückt. Bisher war ich der Annahme, dass er hier nur am Nachmittag Kaffee trinkt und Bienenstich isst, aber anscheinend lungert der immer hier rum. Nach der schroffen Abfuhr von gestern brauche ich den jetzt nicht unbedingt; außerdem habe ich mit seiner Angelegenheit nichts mehr zu tun, basta! Er liest in der Zeitung, weswegen er mich noch nicht entdeckt hat. Dummerweise ist kein anderer Platz frei, daher ist es wohl besser, wenn ich wieder gehe.

Ich habe die Rechnung allerdings sprichwörtlich ohne den Wirt gemacht. Als Anicks Mann mich sieht, ruft er quer durch den ganzen Raum: »Da vorne bei Herrn Lukas ist noch ein Platz frei!«
Das war's dann! Nun hat auch der Letzte mitbekommen, dass ein neuer Gast erschienen ist; Toni Lukas ebenso, denn er winkt mich zu sich an den Tisch.
»Setz dich«, begrüßt er mich und legt die Zeitung zur Seite. »Ich wusste gar nicht, dass du hier auch frühstückst.«
»Dasselbe könnte ich von dir auch behaupten«, entgegne ich.
»Ich wechsle ab, mal hier mal da.«
Ich bestelle Rühreier mit Speck, Orangensaft und ein Kännchen Kaffee. Als Toni mich nach meinem Wohlbefinden erkundigt, vermeide ich, den gestrigen Tag zu erwähnen. Toni scheint den gleichen Plan zu verfolgen, denn er lenkt das Gespräch in eine andere Richtung und deutet auf die Zeitung.
»Der Vorsitzende der deutschen Feuerwehrvereinigung, oder wie auch immer diese Organisation sich nennt, ist zurückgetreten, weil er fürchtet, bei den Feuerwehren eine Tendenz in die rechte politische Richtung zu erkennen.«
»Hm«, ist alles, was ich darauf antworte, denn bisher habe ich mir darüber noch keine Meinung gebildet.
»Naja«, fährt Toni fort, »ganz so schlimm sehe ich das zwar mangels Insiderwissen nicht, aber wenn ich die mir anschaue, sieht das manchmal schon ziemlich martialisch aus.«
»Was ist martialisch daran, wenn die Leute Tag und Nacht bereitstehen, um anderen das Leben zu retten?«, wundere ich mich.
»Das meine ich nicht. Selbstverständlich sind das alles mutige und engagierte Männer und Frauen, aber müssen die auch außerhalb des Einsatzes in Uniformen rumrennen? Das passt meiner Meinung nach nicht mehr in unsere Zeit.«
»Das erinnert mich an meinen Opa«, schmunzele ich. »Der war Eisenbahner und ist Sonn- und feiertags auch immer mit

dem Drillich unterwegs gewesen.«

»Vor allem diese Schirmmützen sind fürchterlich«, ergänzt Toni.

»Alle Schirmmützen sind peinlich.«

»Hattest du bei der Polizei auch eine Ausgehuniform?«

»Ja, aber die habe ich nie angezogen, nicht einmal beim Polizeiball, weswegen ich regelmäßig einen Rüffel bekam. Mir war das egal. Meine Uniform müsste sogar noch irgendwo auf dem Speicher hängen, falls Marion sie nicht längst entsorgt hat.«

»Ich habe generell eine Aversion gegen Uniformen«, behauptet Toni. »Mancher kann sich dahinter verstecken, ohne sein wahres Gesicht zeigen zu müssen. Man sollte sie abschaffen.«

»Da kannst du so generell nicht sagen«, widerspreche ich vehement. »Wie willst du einen Polizisten im Dienst erkennen, wenn er keine Uniform trägt? Bei Flug- und Bahnbegleitern ist es das gleiche. Stell dir vor, du bestellst einen Bloddy Mary bei einem Zivilisten oder der Zugschaffner ist in Wahrheit ein Taschendieb.«

»Das stimmt allerdings«, lacht Toni. »Ich meine ja auch nur die Ausgehuniformen, im Dienst ist das natürlich etwas anderes.«

Wir tauschen uns zu diesem Thema noch etwas aus, aber alles in allem bleibt unsere Unterhaltung an der Oberfläche. Ich merke, dass Toni alles tut, um einem Gespräch über seinen Großonkel aus dem Wege zu gehen. Irgendwas ist an der Sache also faul oder man hat ihm einen Maulkorb verpasst. Vielleicht hat er in der Wohnung etwas gefunden, was nicht ins Bild von Willy Reinheimer passt. Kinderpornos oder so…

Nein Josch! Du hast damit nichts mehr zu tun! Fang nicht schon wieder von vorne an!

»Kannst du deinen Ruhestand genießen?«, fragt Toni urplötzlich.

»Ja klar, wieso sollte ich nicht?«

»Nur so! Nach so vielen Dienstjahren ist das bestimmt nicht einfach.«

»Wer sagt das?«
»Niemand, das denke ich mir so; wäre doch logisch!«
»Ach, man braucht schon eine gewisse Zeit, um runter zu fahren, aber dann gewöhnt man sich dran.«
»Wie schnell?«
»Warum fragst du mich das? Hast du das nicht selbst durchgemacht?«
»Nicht so abrupt wie du. Außerdem bin ich aus freien Stücken ausgestiegen.«
»Schöner Ausdruck für die Tatsache, dass du es nicht mehr nötig hattest.«
»Ich gebe zu, dass das Leben es gut mit mir gemeint hat. Apropos: Kennst du jemanden, der eine Wohnung braucht? Jemanden, der in einer Notsituation ist oder sonst wie keinen bezahlbaren Wohnraum findet?«
»Die von Willy?«
»Ja, genau!«
»Ist das Erbe geklärt? Die Leiche freigegeben?«
»Noch nicht, aber das sollte in den nächsten Tagen über die Bühne gehen. Ich habe bereits ein Beerdigungsinstitut beauftragt, sich um die Formalitäten zu kümmern.«
»Dann denk dran, dass die Sargträger keine Uniformen tragen sollen«, spotte ich.
»Guter Einwand! Zum Pfarrer gehe ich heute Abend.
»Was das Haus betrifft, kann ich mich ja mal umhören. Vermieten oder verkaufen?«
»Weder noch. Zur Verfügung stellen, sofern es ein Not- oder Härtefall ist.«
»Beamtenwitwen also nicht«, murmele ich und widme mich meinem Frühstück.
Die Eier schmecken vorzüglich, die Brötchen sind so wie ich sie mag und der Kaffee ist nahezu göttlich; kein Vergleich mit der Plörre in der Frühe.
Nachdem ich mit dem Essen fertig bin, melden sich mein

Darm und meine Blase gleichzeitig; sie signalisieren, dass ich mich beeilen sollte.
Auf dem Weg zur Toilette merke ich, wie mir plötzlich kalt wird; eine merkwürdige Kälte, die überhaupt nicht zu den sehr warmen Sommertemperaturen passt. Mit einem Mal fühle ich mich schwach und elend.
Zunächst fängt meine rechte Hand an, unkontrolliert zu zittern, danach greift dieses wackelige Gefühl auf meine Beine über, dann zittert und bebt mein ganzer Körper. Ich muss mich schnell am Türrahmen festhalten.
Als ich weitergehen will, zieht es mir den Boden unter den Füßen weg, mir wird schwindlig, der Kopf dröhnt. Im Fallen versuche ich, die Arme nach vorne zu bekommen, um den Sturz abfedern zu können.
Dann wird es dunkel.

42

Die Vorführung beim Haftrichter hat kaum länger als eine halbe Stunde gedauert. Richter Simon war nach Anhörung aller Beteiligten zu der Überzeugung gekommen, dass die forensischen Ergebnisse den Verdacht erhärten, dass Wilhelm Reinheimers Tod wissentlich herbeigeführt oder zumindest billigend in Kauf genommen worden ist; kurzum: Es ist von Fremdeinwirkung auszugehen und damit ist nach Stand der Dinge Eva Höhn im Fokus der Ermittlungen.

Das komplizierte Deutsch der Juristen hat Eva Höhn verunsichert und bisweilen kann sie die Ausführungen ihrer Gegenüber nicht nachvollziehen, was zur Folge hat, dass sie sich am Ende vehement beschwert und den Richter beschimpft. Ihr Anwalt versucht, ihr die Sachlage zu erklären und fordert seine Mandantin zur Mäßigung auf, aber das gelingt ihm nur bedingt, was wiederum den Richter auf die Palme bringt.

Alles in allem tut sich Eva Höhn damit keinen Gefallen, denn Richter Simon ist einer von der alten Sorte, der auf Missachtung seiner Würde und seines Amtes äußerst sensibel reagiert.

Der Richter folgt in weiten Teilen der Argumentation der Staatsanwältin, anerkennt die Beweisstücke der Spurenermittler und hält die Verdachtsmomente, die das K3 vorträgt, für schlüssig und damit auch ausreichend.

»Da die Beschuldigte offensichtlich nicht gewillt ist, ihrerseits dazu beizutragen, entlastende Momente einzubringen, muss sie auch die Konsequenzen tragen. Nur sie alleine wäre in der Lage, hinsichtlich der Paketsendungen Licht ins Dunkel zu bringen. Solange sie das nicht tut, bleiben Verdachtsmomente bestehen, die weitergehende Ermittlungen notwendig machen und eine Fortführung der Untersuchungshaft rechtfertigen. Sollten sich die Verdachtsmomente nicht erhärten und die Staatsanwaltschaft auf eine Anklageerhebung verzichten, wird auf Antrag über eine Haftentlassung innerhalb der gesetzlichen Fristen neu entschieden.«

Im Anschluss tauschen die Juristen sich aus und beratschlagen über Fristen und Termine.

Eva Höhn hat davon bereits nichts mehr mitbekommen, denn unmittelbar nach dem Richterspruch haben Vollzugsbeamte die Beschuldigte zurück in ihre Zelle gebracht. Anscheinend hat sie immer noch nicht realisiert, dass sie eines Kapitalverbrechens oder zumindest einer Mittäterschaft bezichtigt wird, denn als sie abgeführt wird, ruft sie mehrmals »das kann doch nicht sein« und »der Willy hat das doch so gewollt«.

Ihr Anwalt versichert ihr, dass er sie umgehend zu einem Gespräch aufsuchen werde und gibt der Staatsanwaltschaft gegenüber zu verstehen, dass er ein psychologisches Gutachten über die Schuldfähigkeit seiner Mandantin beantragen werde.

»Wenn Sie das tun, ist das fast schon ein Schuldeingeständnis«, entgegnet die Staatsanwältin. »So viel dürfte Ihnen klar sein.«

»Das sehe ich anders«, antwortet der Anwalt. »Es geht um die Glaubwürdigkeit ihrer Aussage.«

»Eben! Reden Sie mit Ihrer Mandantin in aller Ruhe und zeigen Sie ihr die Konsequenzen in alle Richtungen auf. Sofern sie keine plausiblen Erklärungen hat, sind die Beweismittel erdrückend. Wir werden über kurz oder lang an die Informationen rankommen, was die Lieferung der Apotheke betrifft. Sie wissen so gut wie ich, was das Ergebnis dieser Ermittlung sein … könnte, um es vorsichtig zu formulieren. Wenn es das ist, was wir erwarten, war es das für Ihre Mandantin; dann werden wir über Strafmilderung nicht mehr diskutieren können. Fünf Jahre mehr oder weniger sind für eine Frau in ihrem Alter eine Menge Holz. Sagen Sie ihr das!«

Eva Höhns Anwalt nickt zerknirscht, ohne noch etwas zu sagen.

Er ist noch nicht erfahren genug, um sich die erkennbare Niederlage nicht anmerken zu lassen.

✤

Den Rest des Nachmittags verbringen die Ermittler und die Staatsanwaltschaft mit Protokollierungen, Archivierungen und Aktenabgleich.

Der Tod von Helmut Kohler kann nach Vorlage der abschließenden Analysen endgültig als Unfall zu den Akten gelegt werden. Was den Mann dazu getrieben hatte, wohl über viele Jahre hinweg die Urnen vergangener Fußballgrößen zu klauen und daheim aufzubewahren, wird wohl für immer ein Rätsel bleiben.

Auf den Urnen waren keine anderen Fingerabdrücke als die von Helmut Kohler festgestellt worden. Damit sind auch die Spekulationen, dass Kohlers Freund Wilhelm Reinheimer an den Diebstählen beteiligt gewesen sein könnte, hinfällig. Ob Reinheimer etwas von der verrückten Leidenschaft seines Kumpels gewusst hatte, bleibt offen. Dass die beiden Freunde kurz nacheinander auf tragische Weise ums Leben gekommen waren, kann man letztendlich nur dem Zufall zuschreiben; jedenfalls bis zum aktuellen Zeitpunkt.

✤

Am frühen Mittwochmorgen nimmt der Fall Wilhelm Reinheimer dann eine unverhoffte Wende. Eva Höhn lässt über ihren Anwalt mitteilen, dass sie zu einer Aussage bereit sei.

Die Nachricht schlägt im Kommissariat ein wie eine Bombe. Sofort lassen die Ermittler und die Staatsanwältin Sommer alles andere liegen und kümmern sich um die Vorbereitungen zur Vernehmung von Eva Höhn. Um 10 Uhr trifft der Anwalt ein, kurz darauf wird Eva Höhn in den Vernehmungsraum geführt.

Die Frau, die den Ermittlerinnen jetzt gegenübersitzt, ist eine völlig andere als die bei der Vorführung vor dem Haftrichter. Von der zänkischen selbstgefälligen Frau ist nichts mehr zu erkennen. Eva Höhn wirkt uralt, zerbrechlich und mit den Nerven am Ende. Entweder ist es die Haft, die ihr bereits nach kurzer Zeit so zusetzt oder die appellierenden Worte ihres Anwaltes haben Wirkung gezeigt und ihr klargemacht, was ihr nun für den Rest ihres Lebens bevorsteht.
Fast hätte Katja Reinert Mitleid mit der Frau gehabt, ähnlich wie bei ihrem ersten Zusammentreffen, aber dieses Mal hat die Hauptkommissarin ihre Gefühle im Zaum, denn immerhin hat die Frau möglicherweise ein Menschenleben auf dem Gewissen. Bereits beim ersten Blick auf Eva Höhn ist Katja Reinert sicher, dass die Frau hier und heute ein Geständnis ablegen wird, und mit dieser Einschätzung liegt sie völlig richtig.
Eva Höhn will sofort loslegen und ist geradezu besessen von dem Drang zu erzählen. Die anderen müssen sie bremsen und bitten zu warten, bis die einleitenden Formalien abgeschlossen sind.
»Ich habe das gemacht mit dem Willy«, beginnt sie schließlich mit leiser zittriger Stimme. »Und es tut mir leid. Aber der Willy, der hat auch ein gutes Stück Schuld daran …«
Während der nächsten zwei Stunden schildert Eva Höhn von Anfang an, wie das Unheil letztendlich seinen Lauf genommen hat. Dabei ergibt sich das Bild einer einsamen, verwirrten, einfach gestrickten Frau, die in ihren Gefühlen verletzt worden war, und in ihrer einfältigen Denkweise einen Weg aus einer ihrer Meinung nach aussichtslosen Lage gesucht hatte; sie hat ihn auch gefunden, aber es war der falsche Weg.
Angefangen hatte alles bereits vor vielen Jahren, nachdem kurz hintereinander sowohl Willy Reinheimer als auch Eva Höhn ihre Ehepartner verloren hatten.
Eva fühlte sich zu Willy hingezogen, der zeigte sich freundlich und zuvorkommend, aber Eva verstand das völlig falsch. Willys

Hilfsbereitschaft beim Reparieren von Schäden am Haus deutete Eva als Beweis seiner Zuneigung, dass er sich diesbezüglich ihr gegenüber nicht erklärte, schrieb sie seiner Schüchternheit zu.

So ging das jahrelang, während derer sich Eva immer weiter bemühte, aber Willy sprang darauf einfach nicht an. Die Schäden an Evas Haus wurden größer, während ihre ohnehin mickrigen Ersparnisse immer kleiner wurden; ohne die jährliche Zuwendung ihrer Schwester Anita wäre es gar nicht mehr gegangen, aber sie um noch mehr Geld anzuflehen, dazu war Eva Höhn zu stolz. Nein, ihr Ziel hieß Willy Reinheimer!

Anita selbst hatte schließlich von Anfang an vorgeschlagen, dass sich Eva den Willy unter den Nagel reißen solle; dass sie Evas Fantasien mit diesen Äußerungen in die falsche Richtung beflügelte, war der Schwester wahrscheinlich nicht bewusst.

Vor einem Jahr oder länger, Eva Höhn konnte sich nicht mehr genau erinnern, hatten Willy und Eva eines Abends im Garten bei einer Flasche Wein zusammengesessen; was der Anlass war und ob es überhaupt einen gab oder es ein spontanes Treffen war, wusste Frau Höhn nicht mehr. Da Eva sich zurückgehalten hatte, hatte der Willy die Flasche fast alleine geleert und war ins Plaudern geraten.

Er hatte Eva erklärt, dass er ihre Bemühungen um seine Gunst sehr wohl mitbekommen habe, aber daraus könne nichts werden, weil er sich im Gedenken an seine Frau keine neue Beziehung mehr vorstellen könne. Eva müsse das verstehen, in seinem Alter sei der Zug nun mal abgefahren.

Weinselig wie er war, hatte Willy Reinheimer allerdings ein Zugeständnis gemacht. Er sei ja bekanntermaßen fünf Jahre älter als Eva und demzufolge sei es auch recht wahrscheinlich, dass er vor ihr das Zeitliche segnen würde. Für diesen Fall werde er vorsorgen und ihr sein Haus vermachen, da er ja ohnehin keine ihm bekannten Erben habe und falls doch einer dieser buckligen Verwandten auftauchen sollte, wäre es nur allzu ge-

recht, wenn der dann in die Röhre schauen würde. Eva könne das Haus ja vermieten oder verkaufen, das solle sie selbst entscheiden, Hauptsache sie wäre ihre finanziellen Nöte los. Solange er noch lebe, werde er sich weiterhin um die Reparaturen kümmern, soweit er dazu körperlich noch in der Lage sei.
Willy Reinheimer hatte nicht ahnen können, dass dieser Abend und diese Flasche Wein letztendlich dafür verantwortlich waren, dass eines Tages ein tragischer Tod auf ihn wartete.
Vor einigen Monaten hatte Eva Höhn beobachtet, wie der Willy fast von der Leiter gefallen wäre. Mit 73 Jahren war er nicht mehr der Jüngste und für Eva Höhn war absehbar, dass Willy die Reparaturen bald nicht mehr würde erledigen können. In Erinnerung an das Versprechen, das ihr der Willy beim Wein gegeben hatte, sprach sie ihn an, wahrscheinlich ungeschickt und voreilig, ob er denn für den Fall der Fälle eine Erbschaftsregelung aufgesetzt habe und wo die denn im Falle seines Ablebens aufzufinden sei.
Willy hatte darauf schnippisch geantwortet, dazu sei ja wohl noch Zeit, denn er habe nicht vor, ins Gras zu beißen, bevor er den 80. Geburtstag gefeiert habe.
Mit dieser Äußerung hatte Wilhelm sein Todesurteil endgültig ungewollt selbst ausgesprochen, denn Eva Höhn war daraufhin in Panik geraten.
Je länger sie darüber nachdachte und ihre eigene Situation besah, umso klarer wurde ihr, dass sie ihr Schicksal selbst würde in die Hand nehmen müssen. Zu warten, bis der Willy 80 war, kam nicht in Frage, denn bis dahin wäre bereits alles den Bach hinunter und sie selbst würde im Altersheim für Arme ein trostloses Dasein führen.
Wie überhaupt diese überbordende Angst die Antriebsfeder für Eva Höhns weitere Pläne war. Ihre Hauptsorge war, einsam und mittellos in einem Heim dahin zu vegetieren, lieber würde sie sich umbringen. Aber es gab ja noch eine andere Lösung.
Der Plan, Willy Reinheimer vorzeitig ins Jenseits zu befördern,

reifte schnell, war aber dennoch im Ansatz sorgfältig geplant. Dieser scheinbare Widerspruch schien Teil der komplizierten Psyche von Eva Höhn zu sein, in dieser Beurteilung waren sich die Zeugen ihres Geständnisses einig, ohne das aussprechen zu müssen. Ein paar Blicke im Austausch, eine Reaktion in der Mimik, während Eva Höhn weiterhin wie ein Wasserfall redete, machte klar, dass Staatsanwältin, Anwalt und die Ermittler das gleiche dachten: Diese Frau hat ein psychisches Problem und zwar ein Großes.

Die Beschuldigte führte aus, dass der spätere Tatzeitpunkt mehr oder weniger zufällig zustande gekommen sei. Ausschlaggebend war der Termin der Müllabfuhr am Nachmittag der Paketlieferung, und damit die Gelegenheit, alle Verpackungen schnell und einfach wieder loszuwerden.

Das Betäubungsmittel und das Bienenvolk hatte Eva Höhn telefonisch aus einer Telefonzelle bestellt; insofern hatte sie berechnend und bewusst eine Straftat geplant, was der Anwalt zähneknirschend zur Kenntnis nehmen musste. Die Adresse der Apotheke hatte sie einer Zeitschrift entnommen, die Lieferung hätte einige Tage früher erfolgen sollen, hatte sich aber aus unbekannten Gründen verzögert. Den Imker hatte sie in einem Fernsehbeitrag des SR gesehen und sich Namen und Wohnort gemerkt, den Rest erfuhr sie aus dem Telefonbuch.

Als nun beide Lieferungen zufälligerweise am gleichen Tag eintrafen, die Mülleimer bereits abholbereit auf dem Gehweg standen und Willy zudem nicht zu Hause war, hatte Eva Höhn spontan beschlossen, dass der Tag gekommen war, an dem sie handeln wollte.

An dieser Stelle hat die Hauptkommissarin ein Verständnisproblem und hakt daher nach.

»Die Lieferung der Bienen war an Herrn Reinheimer adressiert. Wenn er zu Hause gewesen wäre, hätte er sie also selbst in Empfang genommen. Weshalb hätten Sie für diesen Fall das Betäubungsmittel gebraucht?«

»Ach, der Liefertermin für die Bienen war ja genau festgelegt, weil ich diesem Imker gesagt habe, dass das ein Geburtstagsgeschenk für einen guten Bekannten sei. Das hätte ich also mitbekommen. Wenn ich die Lieferung nicht hätte abfangen können, hätte mich der Willy mit Sicherheit gerufen, wenn in seiner Wohnung plötzlich alles voller Bienen gewesen wäre.«
»Aber dann hätte er mit dem Notfall-Set reagieren können, und Ihr Plan wäre dahin gewesen.«
»Das hätte ich schon irgendwie hinbekommen.«
»Okay, dann erzählen Sie mal weiter, Frau Höhn!«
Eva Höhn hatte demnach einen Plan gehabt, der letztendlich völlig unausgegoren war. Ihr Vorhaben hatte sie an jenem Tag nur umsetzen können, weil ihr der Zufall in die Hand spielte; ein Zufall, der Willy Reinheimer das Leben gekostet hatte. Nicht zu fassen!
»Ich bin dann also sofort rüber, als der Willy nach Hause gekommen war«, fährt Eva Höhn fort. »Der wollte sich gerade etwas kochen und war deshalb in der Küche beschäftigt. Ich sollte mitessen und sagte, dass ich derweil im Wohnzimmer Staub wischen könne. Willy war einverstanden, aber das war ja nur ein Vorwand von mir. Das Paket mit den Bienen habe ich zunächst versteckt, die K.O.-Tropfen in sein Wasserglas getan und abgewartet. Es hat dann eine Zeitlang gedauert, bis ich ihn soweit hatte, dass er etwas getrunken hat, aber dann ging alles ziemlich schnell. Der Willy ...«
Detailliert und emotionslos schildert Eva Höhn, wie sie Wilhelm Reinheimer in den Sessel geleitet hatte, als ihm plötzlich schwindlig geworden war. Dort hatte sie dem arglosen Mann nochmals zu trinken gegeben und bald war Willy völlig weggetreten. In aller Seelenruhe hatte Frau Höhn danach die Bienen losgelassen.
Die Bienen seien ziemlich aggressiv gewesen, deswegen habe es auch nicht lange gedauert, bis der Willy gestochen worden sei. Sie habe das genau beobachtet und habe dabei selbst einige Sti-

che abbekommen. Später habe sie dann die Verandatür geöffnet, draußen etwas von Willys Deo versprüht, um die Bienen raus zu locken. Das habe überraschend gut funktioniert. Das Notfall-Set, das Willy immer griffbereit hatte, habe sie dann ins Handschuhfach gelegt, das Glas gespült und alles abgewischt, so gut sie konnte. Ein paar Bienen seien verendet, die habe sie aufgekehrt. Dass sie dabei einige übersehen hatte, kommentiert die Hauptkommissarin nicht, um den Redefluss von Frau Höhn nicht zu unterbrechen, außerdem ist das mittlerweile belanglos.

Den Schilderungen ist zu entnehmen, dass Eva Höhn direkt vor, während und nach der Tat mit berechnender Emotionslosigkeit agiert hatte, was ganz im Widerspruch zu den dilettantischen Vorplanungen stand; auch darin zeigte sich die Widersprüchlichkeit der Täterin.

»Sie haben das Testament vergessen«, erinnert die Hauptkommissarin. »Wann haben Sie das in der Zeitschrift platziert?«

»Viel später. Ich weiß nicht mehr wann, aber nicht am gleichen Tag.«

»Wie sind Sie denn in die Wohnung gekommen?«

»Ich hatte schon lange einen Schlüssel!«

»Aber dann hätten Sie sich den ganzen Aufwand doch sparen können. Ich meine, weshalb dann diese Umstände?«

»Nee! In Willys Wohnung einbrechen, wenn er nicht da ist, das wäre ja ein Vertrauensbruch gewesen.«

Jetzt hat Eva Höhn wieder diesen treuherzigen unschuldigen Blick drauf, den Katja Reinert von ihrem ersten Zusammentreffen kennt.

»Wusste Ihre Schwester etwas von Ihren Planungen?«

»Natürlich nicht!«

»Was war das für ein Paket, das Sie Ihrer Schwester gezeigt haben, damit Sie zu Herrn Reinheimer rüber geht?«

»Das war eine Attrappe. Ein alter Schuhkarton; habe ich selbst eingepackt. Ist auch im Müll gelandet. Nachmittags war alles weg.«

»Ihr Motiv war also Habgier«, stellt die Staatsanwältin lapidar fest. »Sie wollten an Herrn Reinheimers Vermögen ran. Das Haus, das Geld, den Hausrat …«
»Und die Goldbarren!«
»Welche Goldbarren?«, fragt die Hauptkommissarin überrascht.
»Die hat der Willy mir mal gezeigt. Ist schon eine Weile her. Zwei Barren pures Gold. Die liegen in seinem Werkzeugkeller in einer Dose unter dem Fensterkitt. Das war dem Willy sein Notgroschen.«
»Zurück zum Testament, Frau Höhn«, ergreift nun wieder die Hauptkommissarin das Wort. »Wann haben Sie das verfasst? Hat Ihnen dabei jemand geholfen?«
Eva Höhn erklärt, dass sie das Papier vor einigen Jahren verfasst habe, und zwar als der Willy sie abgewiesen hatte. Bereits vorher, sie glaubte, sich zu erinnern, dass es an diesem weinseligen Abend im Garten gewesen war, habe sie Willy gefragt, wie denn so ein Testament aussehen müsse, aber von Datum, Unterschrift und handschriftlich und so, habe der Willy nix gesagt. Geholfen habe ihr niemand und die Schreibmaschine habe sie bei dem ganzen Plunder auf dem Dachboden gefunden. Das sei allerdings ein ziemlich klappriges Ding gewesen, bei dem einige Tasten geklemmt hatten, daher habe sie es irgendwann dem Schrotthändler mitgegeben.
Eva Höhn will gar nicht mehr aufhören mit ihren Schilderungen, anscheinend hofft sie, mit jedem Satz das Strafmaß heruntersetzen zu können. Nach und nach ergeht sie sich allerdings in Banalitäten, schweift ab oder wiederholt sich. Am Ende zieht die Hauptkommissarin die Handbremse und beendet die Vernehmung.
»So, Frau Höhn, für den Moment soll das reichen. Wir werden Ihre Ausführungen erstmal zu Protokoll bringen, danach werden sie das Ganze unterschreiben. Ihr Anwalt wird Ihnen beim Durchgehen behilflich sein, damit Sie alles verstehen. Machen

wir jetzt Schluss, gleich ist Mittagszeit. Kann sein, dass wir am späteren Nachmittag nochmal zusammenkommen, wir werden das mit Ihrem Anwalt abstimmen.«

Eva Höhn ist enttäuscht, dass ihr Redefluss nun nicht mehr gefragt ist und reagiert aggressiv.

»Zuerst wollen Sie alles wissen und plötzlich ist Ihnen alles zu viel! Mit einer alten Frau können Sie es ja machen!«

Nachdem der Anwalt gegangen und Frau Höhn in ihre Zelle zurückgebracht worden ist, gehen Daniela Sommer und Katja Reinert ins Dienstzimmer der Staatsanwältin. Dort holt Daniela einen Piccolo-Sekt und zwei Gläser aus dem unteren Fach ihres Aktenschrankes und schenkt ein.

»Der ist zwar pisswarm«, sagt sie, »aber darauf müssen wir jetzt anstoßen! Auf Deinen richtigen Riecher!«

»So etwas habe ich noch nicht erlebt«, entgegnet Katja Reinert und nippt an ihrem Glas. »So viele Widersprüche in einer Person vereint! Einerseits naiv bis zum Anschlag, andererseits emotionslos und kühl berechnend. Erst die ältere etwas vertrottelte Dame, dann urplötzlich das Urbild einer Hexe.«

»Ich schätze, dass ihr Anwalt mit Hilfe eines Gutachtens auf Schuldunfähigkeit hinauswill.«

»Gut möglich«, bestätigt Katja. »Wie geht es jetzt weiter?«

»Ich werde die Anklageerhebung vorbereiten. Was sonst?«

»Gut, dann mache ich mich an das Protokoll. Wir sehen uns später.«

Als die Hauptkommissarin gegangen und die Tür ins Schloss gefallen ist, greift Staatsanwältin Sommer zum Telefon und wählt eine Nummer.

»Hier ist Daniela Sommer, guten Tag. Herr Lukas, ich komme auf Ihr Angebot zurück. Wann wäre es Ihnen denn recht?«

43

Daniela Sommer ist geradezu entzückt! Es musste Jahrzehnte her sein, seit sie zum letzten Mal von einem Mann zum Essen ausgeführt worden war.

Im Großen und Ganzen war sie bisher daran letztendlich selbst schuld, denn Einladungen von Berufskollegen lehnte sie immer konsequent ab. Sich mit diesen Schnöseln, intriganten Selbstdarstellern und Pseudointellektuellen auch noch bei einem Essen über juristische Probleme und Standesklatsch zu unterhalten, war ihr zutiefst zuwider.

Andere Gelegenheiten hatte sie zugegebenermaßen so gut wie nie gehabt und Daniela wusste, dass ihre zunehmende Leibesfülle mit ein Grund war, warum sich Männer mit ihr schwertaten. Zudem konnte nicht jeder ihre wenig diplomatische Art vertragen. Dass Daniela wählerisch war, erleichterte eine Kontaktaufnahme zum anderen Geschlecht auch nicht gerade.

»Dir muss man einen backen«, hatte eine Bekannte bereits vor Jahren prophezeit.

»Stimmt«, hatte Daniela geantwortet. »Aber Backwaren neigen im Allgemeinen bei längerer Lagerung zum Schimmelansatz und entgegenwirkende Konservierungsstoffe schmälern den Geschmack und sind obendrein gesundheitsschädlich. Danke, ich verzichte!«

Und so blieb alles beim Alten und sie ein ewiger Single. Bisher war sie damit ganz gut gefahren, sie hatte nichts vermisst und das Alleinsein hatte ihr nichts ausgemacht, aber in letzter Zeit waren ihr einige Gedanken gekommen, die sie bisher nicht gekannt hatte. Erst hatte sie geglaubt, das seien sentimentale Anfälle, die den Wechseljahren geschuldet waren und bald wieder

vorbeigehen würden, aber diese Annahme hatte sich als falsch erwiesen.
Als dieser Toni Lukas vor einigen Tagen unverhofft auf der Kampfmatte ihres Lebens aufgetaucht war, hatte sie sofort das Gefühl, dass diese Begegnung mit ihr etwas machte. Da war plötzlich ein Gefühl, das neu war; eine Art Magie, nicht mit Worten zu erklären. Wie ein Stimulanz vielleicht; oder so, als säße man vor einem knisternden Kaminfeuer, wenn man dem Funkenflug zuschaut und an nichts mehr denken kann.
Und nun sitzt sie tatsächlich diesem Mann gegenüber, bei Kerzenschein und gedämpfter Musik.
»Vivaldi«, meint Toni Lukas, dabei hätte sie eher auf Smetana getippt. Im Augenblick ist das allerdings völlig egal.
Ihr Gegenüber hatte sie am frühen Abend vor der Haustür abgeholt. Mit dem Taxi!
»Wenn man bei einem schönen Essen einen noch besseren Wein genießen will, dann sollte man den Wagen in der Garage lassen«, hatte er argumentiert und war damit auf Danielas vollste Zustimmung gestoßen.
»So viel Vernunft ist beispielhaft«, hatte sie geschwärmt und war gespannt, in welchen Schlemmertempel ihr Toni sie entführen würde.
Das Chez Claude ist eine der ersten Adressen, das weiß jeder, der etwas von gutem Essen versteht. Man muss allerdings auch etwas von Geldgeschäften verstehen oder über ein sehr gutes Einkommen verfügen, wenn man sich den Genuss in diesem Restaurant leisten will.
Daniela Sommer ist sicher, dass dieser Abend für Toni Lukas ziemlich teuer werden wird und sie selbst will gerne dazu beitragen, dass die Rechnung nicht zu knapp ausfallen wird.
»Ich freue mich, dass Sie meiner Einladung gefolgt sind«, beginnt Toni Lukas, nachdem die Bestellung aufgegeben und der Wein ausgewählt ist.
»Und ich freue mich über die Einladung«, entgegnet Daniela,

was deutlich erkennbar aus tiefstem Herzen kommt. »Es ist mir ein Vergnügen und ich werde es genießen. Normalerweise gehe ich nicht mit wildfremden Männern aus, aber …«

»Waren Sie schon einmal hier?«, unterbricht Toni Lukas bewusst, um einer Rechtfertigung Danielas zuvorzukommen.

»Nein.«

»Dann warten Sie ab, was die Küche zu bieten hat; Sie werden begeistert sein.«

»Da bin ich jetzt aber wirklich gespannt. Vielleicht sollte ich etwas vorwegschicken«, nimmt Daniela einen neuen Anlauf, wird aber vom Ober unterbrochen, der den Wein kredenzt.

Toni Lukas begutachtet mit Kennerblick die Farbe, prüft die Blume des Château Latour, kostete fachmännisch und gibt den Ausschank frei. Der Ober füllt die Gläser und zieht sich diskret zurück.

»Bevor Sie fortfahren!« Toni Lukas hebt das Glas und schaut Daniela mit einem Lächeln an, das die Staatsanwältin erröten lässt. »Lassen Sie uns auf einen schönen Abend anstoßen. Santé!«

Auch Daniela hebt ihr Glas und prostet ihrem Gegenüber zu.

»Es heißt, man muss sich tief in die Augen schauen, sonst hat man schlechten Sex«, sagt sie und bereut im gleichen Augenblick, dass sie bereits in das erste sich bietende Fettnäpfchen getreten ist.

»Nicht schlecht für den Anfang«, kommentiert Toni Lukas amüsiert. »Sie wurden eben unterbrochen; was wollten Sie vorausschicken?«

»Ja, das war ein blöder Spruch. Sorry. Was ich sagen will … also … angesichts der Tatsache, dass sich die Umstände geändert haben und dies nun ein besonderer Abend ist … ich meine … ich bin zwar nicht die Ältere von uns beiden und die Etikette verlangt eigentlich, dass nicht ich, sondern …«

»Natürlich werden wir zum DU übergehen«, hilft Toni der Staatsanwältin aus der Patsche, bevor sie sich endgültig im

Wortfindungschaos verheddert. »Gerne! Dass ich Toni heiße, hat sich rumgesprochen, keine Abkürzung. Einfach Toni! Auf dein Wohl, Daniela!«

Daniela atmet erleichtert auf und stößt mit Toni an.

»Ich bin etwas ungeschickt in diesen Dingen«, versucht sie eine holprige Entschuldigung.

»Ich bitte dich, Daniela! Aus dem Alter, dass wir uns für irgendwas rechtfertigen müssen, sind wir raus, schätze ich.«

»Stimmt auch wieder. Wie alt bist du eigentlich?«

Auch dem nächsten Fettnäpfchen ist sie zielsicher nicht entkommen, ärgert sich Daniela. Scheiße!

»Fünfundfünfzig«, antwortet Toni lapidar.

»Oh, dann sind wir nicht weit voneinander weg; wie schön.«

»Du sagtest anfangs etwas von veränderten Umständen«, ergreift nun Toni wieder die Initiative. »Was darf ich darunter verstehen?«

»Dein Großonkel, Wilhelm Reinheimer! Der Fall ist abgeschlossen, du gehörst somit nicht mehr zum erweiterten Kreis der Verdächtigen und daher kann ich mich jetzt völlig befreit und zwanglos mit dir unterhalten.«

»Ah, verstehe. War ich denn in deinen Augen wirklich jemals verdächtig?«

»Ich sage mal so: In meinem Job kann man nie etwas völlig ausschließen.«

»Das ist allerdings logisch. Abgeschlossen, aha! Habt ihr die Nachbarin, diese Frau Höhn, überführen können.«

»Wie kommst du gerade auf sie?«, hinterfragt Daniela vorsichtig.

»Nach all dem, was ich gefunden habe, gibt es kaum eine andere Logik.«

»Du hättest zur Kripo gehen sollen«, lacht Daniela entspannt. »Eigentlich darf ich nicht darüber reden. Das bleibt also vorerst unter uns: Eva Höhn hat die Tat gestanden. Ihr Motiv war Habgier und sie ist eine sehr spezielle Person. Das muss für heute Abend genügen. Du kannst den Erbschein beantragen und die Beerdigung vorbereiten, die Leiche von Herrn Reinheimer ist freigegeben.«

Das Amuse-Gueule wird serviert, Daniela läuft das Wasser im Munde zusammen.

»Respekt! Nun da auch die Urnendiebstähle aufgeklärt sind, kann man sogar eine Einäscherung wieder in Erwägung ziehen«, lacht Toni. »Ich denke, Willy sollte ein Urnengrab bekommen. Wer kümmert sich eigentlich um die Bestattung seines Freundes?«

»Helmut Kohler? Das hast du also auch schon mitbekommen. Der hat einen Sohn in Hamburg. Ob der sich allerdings kümmert, weiß ich nicht. Er scheint ein gestörtes Verhältnis zu seinem Vater zu haben, aber das ist nicht unsere Sache.«

Daniela erzählt in knappen Worten, wie der vermeintliche Urnendieb ums Leben gekommen war und sich der anfängliche Verdacht, Wilhelm Reinheimer könnte ein Mittäter sein, aufgelöst hat.

»Schon merkwürdig, was den beiden widerfahren ist«, urteilt Toni. »Zwei Freunde sterben kurz nacheinander einen kuriosen Tod.«

»Ja, das Leben schreibt manchmal merkwürdige Geschichten«, bestätigt Daniela.

Nun wird das Entree aufgetischt, was Danielas Aufmerksamkeit vollends in Anspruch nimmt. Während des Essens ist es still am Tisch, sie genießen das hervorragende Menü.

»Deinem ehemaligen Kollegen wird gefallen, dass die Sache mit den Urnen endlich aufgeklärt ist«, meint Toni schließlich, legt das Besteck beiseite und tupft sich mit der Serviette über den Mund.

»Wen meinst du?«, fragt Daniela und nimmt einen Schluck des herrlichen Weins.

»Hauptkommissar a. D. Schaum.«

»Ach der!«, seufzt Daniela.

»Vielleicht trägt das seiner Genesung bei«, spekuliert Toni.
»Genesung? Ist er denn krank?«
»Er ist vorgestern in dem Café, in dem wir beide auch schon waren ...«
»... in dem du Scheusal mich hast sitzen lassen!«, ergänzt Daniela.
»Der Erfolg gibt mir Recht«, grinst Toni. »Ohne diese Taktik würden wir hier heute nicht zusammensitzen.«
»Was ist mit Josch?«, lenkt Daniela ein.
»Er ist zusammengeklappt. Der Notarzt musste kommen. Ich war dabei, wir waren gerade beim Frühstück.«
»Ach du Schreck! Josch ist zusammengeklappt? Das wusste ich nicht. Was Schlimmes? Ein Herzinfarkt?«
»Nein das wohl nicht, obwohl es am Anfang schon dramatisch aussah, als er vor der Toilette umgefallen ist. Aber er ist schon wieder zu Hause.«
»Woher weißt du das?«
»Von seiner Frau.«
»Marion? Du kennst sie?«
»Nein, aber sie war am Telefon, als ich anrief, um mich nach ihm zu erkundigen.«
»Und? Was sagt sie?«
»Bis ins Detail konnte sie es mir zwar nicht erklären, aber es war wohl eine Art von einem epileptischen Anfall. Nach einer Nacht zur Beobachtung im Krankenhaus durfte er wieder nach Hause. Es folgen jetzt allerdings noch weitergehende Untersuchungen, was das Ganze ausgelöst haben könnte.«
»Josch und Epilepsie! Kaum zu glauben!«
Daniela wird plötzlich nachdenklich und schweigt. Toni merkt sofort, dass sie sich Gedanken um ihren ehemaligen Kollegen macht.
»Du machst dir jetzt wahrscheinlich Sorgen, dass sich Josch deine Ansprache am Telefon zu sehr zu Herzen genommen hat«, vermutet er feinfühlig.

»Zumindest kann man das nicht ausschließen«, seufzt Daniela.
»War ich wirklich so hart?«
»Das warst du schon, aber ich kenne die Vorgeschichte nicht. Wenn er wirklich so penetrant war, wie ich aus deinen Worten herausgehört habe, blieb dir wahrscheinlich keine andere Wahl.«
»Das sagt sich so einfach. Ich bin manchmal wirklich zu direkt! Diplomatie war noch nie meine Stärke!«
Daniela ist zerknirscht. Plötzlich scheint der Abend eine unschöne Wende zu nehmen.
»Lass dir bitte dieses wunderbare Essen und unser Zusammensein nicht verderben. Wenn ich das geahnt hätte, hätte ich dieses Thema gar nicht erst angesprochen. Mach dir keine Vorwürfe, Josch ist alt genug. Außerdem ist er ja schon wieder auf den Beinen.«
»Nein, den Abend werde ich mir wegen ihm ganz gewiss nicht verderben lassen. Danke für die tröstenden Worte, du bist wirklich ein sehr feinfühlender Mensch.«
»Oh, Danke für das Kompliment, aber dafür ist es noch etwas zu früh. Ich schlage vor, wir wechseln das Thema.«
»Genau! Das machen wir!«, stimmt Daniela freudig zu. »Worüber wollen wir reden?«
»Wir wäre es mit: über uns?«, schlägt Toni vor.
Daniela Sommer ist sprachlos. Damit hat sie nicht gerechnet; jedenfalls nicht zu diesem Zeitpunkt. Toni scheint tatsächlich ein weitergehendes Interesse an ihr zu haben.
Plötzlich kommt sie sich um Jahre jünger vor. Fast wie ein pubertierender Teenager. Aber auch genauso verstört, hilflos und unfähig, ihre Gedanken zu ordnen.
»Ja, gerne. Über uns!«, stottert sie. »Das ist eine gute Idee. Wir sollten uns erst mal kennen lernen, oder?«
»Deshalb habe ich dich eingeladen, Daniela. Du bist nicht die kauzige Staatsanwältin, die du allen vorgaukelst; da steckt noch eine andere Person dahinter. Und die möchte ich näher kennen

lernen, mehr über dich erfahren, und ich gehe davon aus, dass es dir, was meine Person betrifft nicht anders geht.«

»Stimmt«, haucht Daniela. »Wer bist du, Toni Lukas?«

»Nach dem Hauptgang!«, lächelt Toni. »Wir wollen dieses gute Essen nicht durch unsere Lebensläufe verwürzen.«

»So schlimm bei dir?«, wundert sich Daniela. »Bei mir gibt es keine spektakulären Highlights.«

»Die können ja noch kommen«, grinst Toni vielsagend. »Was heißt können? Wenn wir das wollen, werden sie kommen; es liegt an uns!«

44

Dieser Freitag im Frühherbst wird mir für immer in Erinnerung bleiben.
Drei Tage zuvor hatte ich gezweifelt, ob ich je wieder auf der blauen Bank vor unserem Haus Am Köppchen würde Platz nehmen können. Gott sei Dank hat sich alles zum Guten gewendet.
Während des Transportes ins Krankenhaus war ich unter der Sauerstoffmaske wieder aufgewacht und hatte keine Ahnung, was passiert war. Was die Schläuche an meinem Arm zu bedeuten hatten, wusste ich nicht und die Gesichter, die sich in mein Blickfeld schoben, kannte ich nicht.
Spontan dachte ich, dass ich womöglich überfallen worden war, aber dieser Irrtum klärte sich schnell auf, als die Notärztin beruhigend auf mich einsprach und mir erklärte, was vorgefallen war. Danach dämmerte es mir langsam wieder.
Im Krankenhaus war es mir dann schnell besser gegangen, aber Angst und Ungewissheit waren dennoch geblieben, zumal mir niemand erklären wollte, wie es tatsächlich um mich stand. Die wenigen Informationen, die man mir gab, waren derart in Fachausdrücken verklausuliert, dass ich daraus von Hühneraugen bis Hirnschlag alles hätte herausdeuten können.
Erst der junge Stationsarzt, der sich nach Marions unablässigem Drängen mit mir ausführlich unterhielt, konnte erschöpfend Auskunft erteilen, was mich schließlich etwas beruhigte.
»Herr Schaum«, hatte er gesagt, »nun machen Sie sich mal keine Sorgen. Die Sache sieht dramatischer aus, als sie wahrscheinlich ist.«
»Sie haben gut reden, Herr Doktor«, hatte Marion vehement

interveniert. »Mein Mann fällt wie vom Blitz getroffen ohne Vorwarnung um, und wir sollen uns keine Sorgen machen. Und was heißt wahrscheinlich?«

»Ich verstehe Ihre Verärgerung! Die Kollegen sind leider nicht immer in der Lage, ausreichend mit den Patienten zu kommunizieren. Personalnotstand, Zeitdruck … steht ja dauernd in der Presse.«

»Sie können es doch auch!«, hatte ich widersprochen.

»Lassen wir es dabei! Irgendetwas hat bei Ihnen einen epileptischen Anfall ausgelöst.«

Als ich entrüstet hatte nachfragen wollen, hatte mich der junge Arzt gestoppt.

»Hören Sie erstmal zu! Ich versuche, es Ihnen mit einfachen Worten zu erklären. Einverstanden?«

»In Ordnung, ich höre aufmerksam zu.«

Der Arzt hatte mir in verständlichen Worten erklärt, dass Epilepsien jeden in jedem Alter und zu jeder Zeit treffen können; die meisten davon bekäme man gar nicht mit, dennoch gäbe es sie. Auslöser können Durchblutungsstörungen sein, verursacht zum Beispiel durch Diabetes, Rauchen und einigen andere Umständen. Im Prinzip sei niemand davor sicher.

Mein Anfall sei ein kleiner Anfall gewesen. Im EEG seien keine Anomalien festgestellt worden, das EKG, der Blutdruck und die bislang ausgewerteten Blutwerte lägen innerhalb der Toleranzgrenzen …

»Warum bin ich dann umgefallen, wenn ich so gesund bin?«, hatte ich mich gewundert.

»Tja, das ist die Frage, die ich Ihnen nicht beantworten kann. Niemand kann das im Augenblick. Ein ungewohnter Stressfaktor vielleicht, oder körperliche Überanstrengung …«

Marions schallendes Gelächter hatte den Arzt aus dem Konzept gebracht.

»Das können Sie bei meinem Mann ausschließen«, hat sie glucksend erklärt. »Stress und Schwitzen sind für den Fremdwörter.«

Das Gespräch war noch eine Weile hin und her gegangen, bis der Arzt schließlich erklärt hatte, dass nach seiner Einschätzung einer Entlassung am folgenden Tag nach der Visite nichts im Wege stünde, aber darüber müsse letztendlich der Chefarzt entscheiden.

Einerseits war Marion anscheinend ganz froh über die Diagnose gewesen, andererseits hatte ich den Eindruck, dass sie mich gerne noch ein paar Tage im Krankenhaus gesehen hätte.

»Okay«, hatte sie beim Abschied gesagt, »wenn es nicht anders geht, komme ich dich abholen. Ruf an!«

»Du bist so gut zu mir, danke mein Schatz! Als Motivationstrainer würdest du glatt verhungern.«

Bei der Visite am nächsten Morgen hat sich herausgestellt, dass der Chefarzt und ich alte Bekannte sind. Uns verbindet das Abitur im Knabenrealgymnasium am Krebsberg, wie es damals hieß, zwar nicht in der gleichen Klasse, aber im gleichen Jahrgang. Außerdem waren wir uns durch den Sport bekannt, er seinerzeit bei Borussia und ich beim TuS Neunkirchen. Von den gemeinsamen Fahrten in die Partnerstädte Mantes-la-Ville und Vlissingen hätten wir einige Episoden in Erinnerung rufen können, aber angesichts der umherstehenden Ärzte und des Pflegpersonals wollten wir die lieber nicht austauschen.

Mit der Maßgabe, dass ich mich weiterhin in ärztliche Behandlung begebe und weitere Tests und Untersuchungen über mich ergehen lassen, entließ mich der Chefarzt schließlich am späten Vormittag aus dem Krankenhaus.

Ich nahm mir ein Taxi, denn ich wollte nicht, dass Marion für mich ihre Arbeit unterbrach, außerdem hatte ich keine Lust auf ihre zu befürchtenden destruktiven Ratschläge. Das war am Mittwoch.

Am gestrigen Donnerstag habe ich den halben Tag bei meinem Hausarzt verbracht. Auch Dr. Ibrahim Hisri ist ein alter Bekannter und im Ort bekannt wie ein bunter Hund. Zunächst habe ich ihm die Grüße vom Chefarzt ausgerichtet und ihm dann die Unterlagen des Krankenhauses überreicht.

»Wenn der so diagnostiziert, wie er Tennis spielt, kannst du den Kram hier vergessen«, kommentiert Dr. Ibrahim und überflog die Unterlagen.

»Das heißt was?«

»Josch, in unserem Alter setzt die Birne manchmal aus. So lange du wieder wach wirst, ist das nicht sonderlich tragisch.«

»Und wenn ich mal nicht mehr wach werde?«

»Bist du der Einzige, der das nicht mehr mitbekommt. Ist doch super, oder?«

»Ibrahim, Dein Humor ist gewöhnungsbedürftig.«

»Ohne den kannst du in meinem Beruf nicht überleben. Also, da ist kein eindeutiger Befund, der auf eine Schädigung hinweist. Kann es sein, dass dich deine Frau manchmal überfordert?«

»Wie meinst du das?«

»Also nicht! Wenn dem so wäre, wüsstest du, was ich meine.«

»Du bist ein elender Quacksalber.«

»Weiß ich, deshalb praktiziere ich ja immer noch, statt über das Mittelmeer oder in der Karibik zu segeln. Meine Patienten lieben und brauchen mich!«

»Und wie geht es jetzt weiter?«

»Wenn du willst, schicke ich dich zu einem Neurologen, der soll noch ein paar Tests machen. Sicherheitshalber.«

»Du meinst auf Demenz oder so?«

»Zum Beispiel. Irgendwas finden die immer. Dein Gehirn ist so alt wie deine Knochen, mit dem Unterschied, dass die manchmal wehtun und das Gehirn nicht.«

»Wie du das sagst, höre ich raus, dass ich mir den Psychologen ersparen sollte.«

»Nicht Psycho! Neuro! Aber im Prinzip ist es egal, deine Entscheidung!«

»Was würdest du an meiner Stelle tun?«

»Das Leben genießen oder den Hausarzt wechseln.«

Das war gestern.
Ich habe sofort beschlossen, den Hausarzt beizubehalten und den anderen Ratschlag anzunehmen. Von all dem habe ich Marion nichts erzählt. Jetzt ist Freitagnachmittag. Das Mobiliar rund um die blaue Bank vor dem Haus ist aufgebaut, die Getränke stehen in den Kühlboxen bereit, das Banner unserer Siedlung ist gehisst und die Tafel angerichtet.
Wie jeden Freitag werden die Nachbarn aus der Siedlung nach und nach eintrudeln, um das Wochenende einzuläuten. Ich fühle mich gut und freue mich drauf.
Wolfgang und Trudi sind wie immer die ersten, Wolfgang hat einen Bienenstich dabei. Dagmar und Markus schleppen eine Platte mit Frikadellen an. Barbara und Marc warten heute mit Lachs und Forellenfilet auf. Kurt bringt Annemarie mit dem Auto, weil sie die Bowle zu Fuß nicht transportieren will. Den Rotwein stiften Edith und Gerd, Christel den Weißwein, Lotti eine Flasche Kirschwasser. Die Tafel füllt sich. Als Sonja und Stephen mit Schwarzwälder Schinken und einem Laib Schwarzbrot anrücken, wird es eng für die Spezialitäten unser indischen Freunde von gegenüber.
»Selbst gemacht«, sagt Jashoda und deutet auf die Fleischbällchen. »Arvind hat gewürzt.«
»Ich habe den Reis gekocht und die Zwiebeln geschnitten«, verkündet ihr Sohn Bhavin.
Zum Schluss taucht Kai-Uwe mit einer Flasche Eierlikör auf.
Wo bleibt eigentlich Marion? Als sie abgehetzt von der Arbeit erscheint, verschwindet sie zunächst im Bad. Als sie später wieder auftaucht, ist sie mit ihrem hautengen Hosenanzug der Blickfang des Abends.
»Du hast eine geile Schnecke als Frau«, erklärt Markus.
»Schatz, behalt deine Augen im Griff«, meint seine Frau Dagmar. »Ganz ruhig, alles gut, trink noch ein Bier!«
Gegen 19 Uhr tauchen auch der Bürgermeister und seine Frau auf.

»Wenn man irgendwo in Ruhe unter Freunden entspannen will, dann bei euch«, behauptet Bürgermeister Huf.
»Die einzige Straße im Ort, wo du nicht Bürgermeister bist«, behauptet seine Frau Silke.
»Stimmt!«, meint Dagmar. »Das ist hier mein Job.«
Die Gespräche sind in vollem Gange, die Tafel bereits halb geplündert und die Lautstärke der Musik hat bereits die nächste Stufe erreicht, als ein Taxi um die Ecke biegt und direkt vor der blauen Bank Halt macht.
Dem Wagen entsteigen zwei Personen. Ich traue meinen Augen nicht. Daniela Sommer und Toni Lukas!
Ich weiß nicht, ob ich skeptisch oder erfreut über diesen Besuch reagieren soll, beschließe aber, erst einmal abzuwarten, was die beiden hier wollen und halte mich deswegen bedeckt.
Staatsanwältin Sommer scheint etwas gehemmt zu sein, aber Toni Lukas gibt sich als Frohnatur, grüßt freundlich in die Runde und stellt sich förmlich vor. Aus dem Kofferraum nimmt er eine Kiste, stellt sie auf einen freien Stuhl und deutet auf das Mitbringsel.
»Champagner!«, verkündet er. »Eine Spende von Daniela für die blaue Bank.«
»Bei uns wird Crémant getrunken«, erklärt Dagmar laut. »Aber wenn er nix kostet und gut ist, trinken wir auch den.«
»Pommery!«, sagt Toni Lukas salbungsvoll.
»Angenehm, Huf!«, antwortet der Bürgermeister und hat die Lacher auf seiner Seite.
»Ihr zwei habt mir gerade noch gefehlt«, seufze ich.
»Komm her, alter Brummbär«, fordert Daniela. »Lass dich umarmen! Schön, dass du wieder auf dem Damm bist.«
»Setzt euch«, lade ich ein. »Aber bitte kein Wort über die letzten zwei Wochen, sonst bekomme ich einen Rückfall.«
»Einverstanden!«, gibt Daniela klein bei.
»Moment!«, ruft Toni Lukas und zieht einen Umschlag aus seiner Jackentasche. »Ich habe auch noch etwas. Hier bitte öffnen.«

Ich ziehe einen Karton aus dem Kuvert. Mit dem was drauf steht, kann ich zunächst nichts anfangen, nur dass es sich um einen Gutschein handelt; aber wofür?
»Was ist das?«, frage ich.
»Ein Gutschein«, antwortet Toni. »Steht doch drauf!«
»Ich bin ja nicht blöd! Wofür?«
»Über drei Bienenstöcke, inklusive Zubehör und allem Drum und Dran. Abzuholen beim Imker Bernd Weber, der hat die Bienenstöcke von Helmut Kohler übernommen.«
»Was soll ich damit?«
»Bienen züchten, was sonst! Tolles Hobby.«
»Du hast sie wohl nicht alle? Mit Bienen habe ich nix am Hut.«
»Doch!«, widerspricht Wolfgang und deutet auf Marion. »Eine zweibeinige hast du doch schon! Und auf meinen Bienenstich bist du auch ganz verrückt. Passt!«
Das Thema beschäftigt für die nächsten Minuten die gesamte Runde. Marion nimmt bereits Bestellungen für den zu erwartenden Honig entgegen, während Erik der Überzeugung ist, man solle lieber Likör draus machen. Die Leute amüsieren sich, die Stimmung ist prächtig. Nach einer Weile greift mich die Staatsanwältin am Arm.
»Josch, wegen neulich am Telefon. Ich möchte …«
»Stopp!«, rufe ich und packe die Gelegenheit beim Schopfe, endlich etwas klarzustellen. »Alle mal herhören!«
Ich schlage mit einem Messer an ein Glas und bitte mehrfach um Gehör.
»Ich möchte euch offiziell etwas mitteilen …«
»Du bist schon verheiratet«, ruft Sonja.
»Wie könnte ich das vergessen? Nein im Ernst. Ich möchte, dass ihr mit mir anstoßt.«
Ich muss eine Weile warten, bis jeder sein Glas gefüllt oder sich ein Getränk gegriffen hat.
»Ich möchte euch mitteilen, dass ich ab sofort keinen Fuß mehr ins LKA setzen werde, mich nicht mehr in die Angelegenheiten

meiner ehemaligen Kollegen einmische und meinen früheren Beruf endgültig an den Nagel hängen werde.«

»Wer's glaubt«, raunt Marion.

»Über diesen Berg gehe ich nicht«, ruft Dagmar.

»Doch! Endgültig! Schluss, aus und vorbei. Hauptkommissar Schaum gehört der Vergangenheit an und er wird auch nicht mehr zurückkommen.«

»Wetten?«, ruft Bhavin.

»Wenn Josch das sagt, dann ist das so!«, springt Daniela Sommer mir unverhofft zur Seite. »So gut kenne ich ihn mittlerweile.«

»Ich werde allerdings keine Bienen züchten«, fahre ich fort. »Nur weil ihr irgendeine Beschäftigung für mich sucht. Das könnt ihr vergessen.«

»Und was willst du sonst machen?«, fragt Marion ungläubig.

»Ich werde auf Weltreise gehen! Alleine und erst mal für drei Monate. Dabei werde ich Reiseziele vorab erkunden, die Marion und ich in den Jahren nach ihrer Pensionierung gemeinsam ansteuern werden. Das ist mein Plan und mit Kuba fange ich an. Zum Wohl!«

Die Menge spendet Beifall, trinkt und diskutiert.

Nur Marion hat eine Frage: »Und wer schneidet die Hecke?«

ENDE

Weitere Titel aus »Schaumbergs Schwarzer Reihe«:

Klaus Brabänder
Sumpf

Schaumbergs Schwarze Reihe I
4. Auflage, Taschenbuch 13 x 21 cm, 400 Seiten
ISBN 978-3-941095-23-6
14,80 Euro

Klaus Brabänder
Steinbruch

Schaumbergs Schwarze Reihe II
2. Auflage, Taschenbuch 13 x 21 cm, 418 Seiten
ISBN 978-3-941095-29-8
12,80 Euro

Klaus Brabänder
Für Eich

Schaumbergs Schwarze Reihe III
3. Auflage, Taschenbuch 13 x 21 cm, 232 Seiten
ISBN 978-3-941095-36-6
12,80 Euro

Klaus Brabänder
MitGift

Schaumbergs Schwarze Reihe IV
2. Auflage, Taschenbuch 13 x 21 cm, 320 Seiten
ISBN 978-3-941095-44-1
12,80 Euro

Die Reihe wird fortgesetzt!

Klaus Brabänder

Gegenwind

Schaumbergs Schwarze Reihe VI
2. Auflage, Taschenbuch 13 x 21 cm, 320 Seiten
ISBN 978-3-941095-49-6
12,80 Euro

André Link

Feuchte Morde

Schaumbergs Schwarze Reihe VII
1. Auflage, Taschenbuch 13 x 21 cm, 128 Seiten
ISBN 978-3-941095-60-1
9,90 Euro

Klaus Brabänder

Dreierpack

Schaumbergs Schwarze Reihe VIII
2. Auflage, Taschenbuch 13 x 21 cm, 288 Seiten
ISBN 978-3-941095-59-5
12,80 Euro

Klaus Brabänder

Arabella

Schaumbergs Schwarze Reihe IX
1. Auflage, Taschenbuch 13 x 21 cm, 320 Seiten
ISBN 978-3-941095-68-7
12,80 Euro